法科生的
心路与抉择

罗仪涵　陈可儿　王　骁　李浩源
陈禹橦　宋佳欣　刘　政　杨　格　著

法律出版社 LAW PRESS·CHINA
北京

图书在版编目（CIP）数据

旷野同行：法科生的心路与抉择／罗仪涵等著.
北京：法律出版社，2025． -- ISBN 978 - 7 - 5244 - 0288 - 6
Ⅰ.I267
中国国家版本馆 CIP 数据核字第 2025RU7269 号

旷野同行	罗仪涵　陈可儿	特约编辑　袁　方
——法科生的心路与抉择	王　骁　李浩源	策划编辑　薛　晗
KUANGYE TONGXING	著	责任编辑　赵明霞　陈玥蓉
—FAKESHENG DE XINLU YU JUEZE	陈禹橦　宋佳欣	装帧设计　汪奇峰　苏　慰
	刘　政　杨　格	

出版发行　法律出版社	开本　A5
编辑统筹　法商出版分社	印张　11.75　　字数　230 千
责任校对　裴　黎	版本　2025 年 6 月第 1 版
责任印制　胡晓雅	印次　2025 年 6 月第 1 次印刷
经　　销　新华书店	印刷　北京盛通印刷股份有限公司

地址：北京市丰台区莲花池西里 7 号（100073）
网址：www.lawpress.com.cn　　　　　　销售电话：010 - 83938349
投稿邮箱：info@ lawpress.com.cn　　　　客服电话：010 - 83938350
举报盗版邮箱：jbwq@ lawpress.com.cn　　咨询电话：010 - 63939796
版权所有·侵权必究

书号：ISBN 978 - 7 - 5244 - 0288 - 6　　　　定价：86.00 元
凡购买本社图书，如有印装错误，我社负责退换。电话：010 - 83938349

今天，我们需要什么样的榜样？

/罗 翔

当编辑邀我为本书写序，我非常犹豫。首先，因为我觉得自己太忙了；其次，我对所有励志型的故事都本能地保持怀疑，对于精英的傲慢充满警惕。用王尔德的话来说，"老年人相信一切，中年人怀疑一切，青年人什么都懂"。显然，我已经到了怀疑一切的年纪。

我知道忙碌只是无聊的借口，怀疑也只是因为对伪善的失望，而失望不过是矢志不渝的盼望，依然是对真实的致敬。所以当编辑告诉我，这本书是关于一批年轻法律人的心路历程，我还是决定用这本书来打发无聊，并审视他们的理想是否足够真实。

我的忙碌在很大程度上是因为虚荣，日程满满的安排和披星戴月的疲惫不仅会让自己虚荣心得到满足，也会让他人觉得自己很重要。然而，忙碌只是怠惰的代名词，它无非是在放纵灵魂的懒惰。我们用肉身的忙碌去逃避思考，害怕灵魂的闲暇去思考人生中真正重要的事情。忙碌既包括不眠不休的工作，也包括无所事事的辛苦。它的共同特征都是拒绝思考的无聊，所以中文的"忙"不过"心死"而已。

丹麦哲学家克尔凯郭尔在《哲学片段》中讲过一则故事：当马其顿国王腓力二世威胁要围困科林斯城时，该城所有的居民都忙碌起来，有的擦亮武器、有的搜集石块、有的修补城墙。第欧根尼看到这一切，立即披上斗篷，匆匆滚动自己的木桶满街跑。有人问他缘由，他的回答是："既然大家都在忙，那我也要忙起来，避免成为唯一袖手旁观的游手好闲者。"[1] 第欧根尼是犬儒学派的代表人物，愤世嫉俗，批判一切。犬儒这个古怪的名词就来源于他的生活方式，据说他像狗一样生活在木桶中，以最简单的方式满足身体的需要。有一次亚历山大大帝来拜访他，许诺尽其所能满足他的一切愿望。第欧根尼平静地对亚历山大说，"请你别挡住我晒太阳"。木桶是装死人的，第欧根尼也在装死。据说他时常像乞丐一样，大白天打着灯笼在大街小巷寻找一个真正的人，却无功而返。第欧根尼认为当时的社会暗无天日，举世皆浊我独醒。他的心早已死去，只能用肉身的放浪形骸苟活于世，嘲弄一切。当第欧根尼滚着木桶来让自己忙碌起来，看似与他人同频，但也许他只想告诉自己的同胞，一切都徒劳无功，忙碌没有意义，我们只能静待死亡的降临。第欧根尼最后选择了自杀，他用斗篷裹紧自己，闭气而死。

---

[1] 【丹麦】克尔凯郭尔：《哲学片段》，翁绍军译，商务印书馆2017年版，第3页。

第欧根尼不是一个好的榜样，他的逻辑并不自洽，所以柏拉图称其为疯掉的苏格拉底。如果苏格拉底的怀疑是为了走向确信，那么第欧根尼的怀疑则是走向虚无。然而虚无本身不也值得怀疑？这也是为什么后来的犬儒主义者彻底放弃了对真理的追求，玩世不恭，认为天下乌鸦一般黑，没有君子，只有小人，没有高尚，只有卑劣。一旦对错的标准被否定与解构，批判一切的必然逻辑结论是允许一切。犬儒主义否定一切，解构一切，但唯一没有否定的是否定一切，唯一无法解构的是解构本身。我也曾深陷犬儒主义的泥潭，处于极度的人格分裂，私下里愤世嫉俗针砭时弊，公开时却点头哈腰唯唯诺诺。记得有次酒局，我大发牢骚，抱怨社会不公，学界污浊不堪，年轻人没有出路。一位朋友细心地倾听了我的抱怨，然后问我："既然你看到的都是污秽，那你为什么不能成为清流。你看到的都是问题，但有没有可能你也是问题本身。你的愤怒与抱怨，到底多少是出于正直的良心，多少是出于嫉妒的内心呢？你口口声声认为不公平，不患寡而患不均，这不就是因为羡慕嫉妒恨想把强者拉到弱者的地步吗？"这段话重创了我，我至今都感激这位朋友对我的直言不讳。

　　所以，当我在本书这些年轻法律人的叙述中看到他们的热情与理想，期待与盼望，还是有点感动。他们中有的在大学当保安，屡败屡战，终于成就律师梦想；有的海外归来，从事公益；有的出身名校，却选择餐饮……虽然他们并不完美，但我也真心希望他们能够成为我们某个方面的榜样，让我们能够起来行走。不要总是怨天尤人，无所事事；不要将所有善意的批评都冠以 PUA 之名，予以拒绝，无限放大自我的骄傲；不要自诩看透了一切，因为这不符合物理学原理，透过空气或玻璃，我们必须看到某种真实的事物，如果透过一切没有看到任何东西，那唯一的可能就是没有看透；更不要依靠虚无主义的鸦片醉生梦死。请原谅我这些"爹味"十足的说教，人从来不需要被教导，人只需要被提醒，可惜真正能够提醒人们的都会被当作陈词滥调。

每个人都有自己的旷野，旷野中有许多的声音。有的声音让你往左跑，有的声音让你往右跑。犬儒、虚无、虚荣、傲慢、嫉妒等声音像女妖塞壬的歌声一样动人心魄。你说想走一条属于自己的道路，你想安静下来仔细聆听内心的声音，但也许会发现它们更加嘈杂。人的内心充满着欲望、激情和理性的争斗，人心从来都是最大的战场，如果我们的理性不能驾驭欲望和激情，内心的声音会把人带向毁灭。

每个时代都需要榜样，孔子说三人行必有我师，在我们所熟悉的人中，总有值得我们学习的榜样。只是人们很容易树立一个遥远的偶像，却难以忍受一个身边的榜样。事实上，偶像不过是自我的一种理想投射，它会无限放大自我，维持一种虚假的自我形象。一旦偶像坍塌，美好的自我形象也就归于幻灭，因此偶像最好遥不可及，越是不可接近，不可触摸，越是完美无瑕。可惜，人造的偶像无法承受无限美好的期待，它的倒塌是必然的。

心禺为愚。"禺"是多音字，可以读成 yù，也可以读成 ǒu。

对于前者，《说文解字》说禺（yù）是一种母猴属神秘生物，头像鬼一样，后来引申为面具，人戴上了面具，身份就被隐藏。至于后者，禺（ǒu）指的就是偶像，诸如木头做的木偶，泥巴做的泥偶。面具其实就是人设，我们戴上面具，试图掩盖我们脆弱的本真。人心是偶像的工厂，所有带给人虚妄安全感的东西其实都是偶像。很多人认为自己不崇拜任何偶像，从不把任何名人作为偶像，但**殊不知更大的偶像是人心中对功名利禄的执念**。人为财死，鸟为食亡，成功主义是这个时代最大的致幻剂。但古人早就提醒我们，凡在心中堆砌偶像者，其实都是愚人的体现。

因此，**我们不需要偶像，我们需要的只是有瑕疵的榜样**。无论是榜，是样，是楷，是模，都是木字旁，汉字本身就提醒我们榜样是会腐朽的，因此不要期待一个面面俱到，十全十美的榜样，只要他有一个方面值得你学习，那就是你榜样，**没有全面性的榜样，只有方面性的楷模**。就算他们在人生的旷野中暂时迷失与跌倒，这也可以作为对你自己的提醒。

嫉妒的人不喜欢榜样，因为他们习惯贬低他人，高抬自己。但人最大的竞争对手是自己，向他人学习不是为了超越他人，而是为了超越自己。如果总想不甘人后，或者居人之前，人就无法摆脱嫉妒的苦毒，所有的成就都无法给你带来真正的喜乐。

有一个古老的寓言，天使造访人间，可以满足某人的一个愿望，但附带条件是邻居可以得到两倍的祝福。此人犹豫了很久，他很想拥有祝福，却无法忍受邻居过得比他好。所以他向天使提出请求，让自己瞎掉一只眼。天使满足了他的要求,他以为邻居会双目失明,但邻居却安然无恙。

  无论你是否愿意,你都会来到属于自己的人生旷野,愿我们都能有一颗谦卑的心向生命中每一个榜样学习,并期待他们能够走得更高更远,这样我们的旷野之路也会明亮开阔。

2025 年 5 月 16 日

不必做完美标本，
理应尝试一切之未尽。

在每一个当下不确定的选择里，
走出法律人生的坚定选择 /陈禹橦 ———— 211

从读书到做书：
我不再从书里找答案 /宋佳欣 ———— 253

从保安到律师：我的法考晋级之路 /刘 政 ———— 291

我的跨界『食』验 /杨 格 ———— 331

目 录
CONTENTS

走向脆弱 /罗仪涵 —— 1

不特别也可以发芽的灵魂 /陈可儿 —— 49

从小镇青年到国际法律师：
我的彷徨与选择 /王 骁 —— 87

崎岖地成长，漫长地告别 /李浩源 —— 161

走向脆弱

罗仪涵

石头会无数次下落,
但原点已经改变了。

罗似涵

Luo Yihan

北京大学法学院2017级本科生（经济学双学位）。本科毕业后于中伦律师事务所北京办公室工作一年，从事反垄断与数据合规；后于北京市致诚律师事务所从事劳动者保护、数字法治方面公益法律服务与研究。2024年取得芝加哥大学法学院LLM学位，后参与《令人心动的offer 6》节目录制，获得offer。现就职于北京市致诚律师事务所，从事数字法治、劳动者保护、未成年人保护方面的公益法律实务及研究。

走向脆弱

罗仪涵

一、放弃：不比坚持廉价

小时候我听过的励志箴言里，关于"坚持"的阐述和宣扬是最多的，"选择的就要坚持到底"，也是我父亲最喜欢的一句话。无论是学业、事业还是爱情，千百年来人们都青睐各种"从一而终"的故事，可能因为难得，也可能因为这些故事能予人困境之希冀。

从我正式成为一名法学生到现在七年有余了，这期间的故事似乎是大家喜欢的"坚持版"——七年前我作为郑州市文科高考状元，在采访中说"我要做为弱势群体发声的律师"；七年后，我在节目里的太平山顶喊出"十年后，我要成为深情、浪漫、永远提出合理疑点的公益律师"，并正式入职北京市致诚律师事务所，成为一名公益律师。

事实上于我自己而言，这七年的法学之路却并不坚定而笔直，推动关键故事情节的不是一步步地坚持，很多时候竟是放弃。

高一、高二的时候，我一直对经济学很感兴趣，最开始一本《牛奶可乐经济学》，让我觉得经济学打开了认识世界的新视角，遂生兴趣。后来，我成为我们学校的三大社团之一——"商业精英社"的理事。对一个身处高考大省超级中学的高中生而言，和"商业精英社"相关的记忆无疑是闪亮而特别的。我会在校内商赛时拥有和朋友"合伙"的"小苹果公司"，成为那一年校内最火的创意文创"二道贩子"；甚至还一起买了个棉花糖机——后来不仅赚回本了，还把它便宜出给了校内的书店。暑假的时候，踏上南下的火车，去复旦大学参加了全国商赛。那是我第一次稀里糊涂地填平财务报表，第一次惊心动魄地倒计时数秒（就像身处IPO的A1交表环节），第一次知道LAWSON便利店里的冬瓜茶很好喝，第一次系上领带，穿得人模人样站在领奖台上……聚光灯打下来的时候，我幻视十年后的自己：作为企业CEO站在台上，看着乌泱泱的人群。

然而，这个幻视很快被打破了。高二寒假，我随父母过年回老家；穿过黄土飞扬的羊肠小道，我没有看到乌泱泱的人群，只看见一个身着脏得发灰的棉袄，来奶奶家拜年的老人。他扯了很多家长里短，那些话拐了九九八十一个弯才到终点；他遭遇了些宅基地上的麻烦，不知道去哪儿求助，所以赶来问我父亲。那个忙我们当然没有帮成功，因为我父亲只不过是在城里工作而已。他还需要借 200 块钱，好买些肉和菜过年。

17 岁的我，第一次直观感受到了"不公"的力量，2016 年，还有人需要借钱才敢去集市买肉过年。他走了后，我坐在院子里，望着一棵大杏树发呆。那个瞬间我记得非常清晰，我在想如果自己将来成为一个企业老板，我的企业就好像长成一棵大杏树，或许它可以荫蔽很多蚂蚁、飨食落脚的麻雀，但每年是否真的长叶结果是不确定的；有一年，它还有点想枯死过去（甚至去年它被砍平了）。但大杏树下面的土地，沉默而生生不息，上面来来往往的小东西好像很少担心脚下的土地会消失不见。地总是坚实存在的——这不正像法律？这套为社会兜底的系统，无声地运转在社会的每一个缝隙里。

我很天真地那样想，并心潮澎湃地觉得自己应该考虑学法律而不是经济。像那位老人这样没有亲人、没有所谓太多社会资源的人，只有法律才能帮他解决问题，只有懂法律的人愿意帮助他才能予他公正。那一刻，那种抽象的公平正义，带着正襟危坐的法官的英雄光环降落在我对未来的想象中。

在没有很多机会去尝试探索的高中，一个朦胧的念头很容易生根。那时候我自己去检索，略略读了一些法律相关的书籍，比如，《为权利而斗争》《西窗法雨》《洞穴奇案》《法治及其本土资源》，我发现自己对法律越来越感兴趣了。兴趣的生发却带来与日俱增的内心忧惧：我正在远离那条当时认为是"捷径"的保送生政策。大家可能不理解保送生政策对外国语类高中学生甚至河南文科生的意义，那是每个郑外成绩比较优异的学生都会选择尝试的道路。因为就进入一所"985"以上大学的概率而言，通过保送考试的竞争压力要小于参加河南高考，因为在河南高考，成绩再稳定的学生也不敢拍着胸脯说：我不惧怕穿过"一分一操场"的人，从千军万马中挤过独木桥。保送之利大致如此。然而，保送的专业对文科生而言基本都是语言类专业。如果我想修读经济学专业，还可以通过保送"曲线救国"——保送进入大学之后，很多大学里经济学院的双学位或者接受外院转入的政策总是空间较大。如果我想修读法律专业，法学院的壁垒则总是更坚硬一点，鲜少开设双学位或者接受院系平转，至多是降转，这意味着较高的机会成本和更大的不确定性。

保送之弊除去专业限制，还有一种不言而喻的同辈压力，无论你想不想走保送生这条道路，成绩比较好的学生（无论文理）都会在整个高二时期分出很多时间准备校内的保送生考试。我就是那个保送于我如鸡肋的人，每天拿着托福、专四的词汇书背来背去，高二一整年我都非常痛苦。仿佛一场奔赴南墙的恋爱，我在追求一个我知道必然失去且没有那么喜欢的恋人，我追求它不过是因为别人都在向我强调这是一个多么诱人、稳妥的恋人，我们的关系会是我之后"成功人生"的第一块基石（成功真的是有很多基石哈哈）。

我的纠结一直持续到参加完校保送选拔考试，获得保送资格，决定是否参加大学的保送考试那一刻。如果决定参加，等待着的就是两个月左右的"脱产备战保送"。这段"恋情"的入场券已经发放，我好像穿好了晚礼服站在晚宴舞池门口的人。我推开门，往里探了一下，看到了之后四年的自己：每天要学习新的文字，做大量的阅读、听力，使用我可能并不感兴趣的语言。似乎放弃的勇气有时就源于某个选择节点所涌现出的未来具象，我终于被那些想象画面吓退了。

对放弃的恐惧也部分和对事件重要性的想象相关联，事实上，放弃保送的决定和程序比想象中轻描淡写很多。没有和爸妈的反复交锋周旋，没有各个老师的轮番劝说，也没有非常严格正式的程序要求。

那天下午，爸妈带我去了校门口我最爱的包子店铺。吞下最后一个猪肉玉米包后，爸爸说"我们尊重你的选择，但你要知道未来一年可能会很苦、压力很大，你要承受住"；那天下午也没有签投名状般的仪式感，班主任递给我的只是一张纸条，仅有一张 A4 纸的 1/4 那么大。我就在那张白纸条上写"罗仪涵自愿放弃保送"。这样一句话，签发了我和法学故事的开始。九个月后，我又写了一遍"自愿放弃"，面对着香港大学的经济学专业和全额学费奖学金的机会；第二次的放弃非常坦然，因为我已知道自己的高考成绩，我将于九月份站在魂牵梦绕的北京大学法学院门前。

我似乎天生和保送这件事儿八字不合，第三次放弃发生在三年后。向上的竞争永无尽头，周围人都在说本科学历已经不够用了，最直接、稳妥的是保送读本校的硕士研究生。2015级保研时较为充盈的保研名额到我们2017级就开始变得紧俏，大家都想再提升一下学历，或者多两年来思考未来的职业路径。尽管我也想提升学历，也想多两年时间探索，但这些需求都抵不过我不想再重复两年或三年类似本科的生活了。颇有讽刺意味的是，我并未从前两次的"成功放弃"中收获更多的勇气：又和高二时一样，我也依旧为保研这件事作了准备。在大三的暑假，我本来可以好好地安排一个律所的实习，我却在我的高中——郑外旁边找了个叔叔办的寄宿学校，开始了和高二、高三学生一样复习考试的日子。大概是希望通过模拟高考的日子来按压住自己纷乱的想法，那段时间，我每天早上都会六点多起床，围着高中操场跑上半小时；大汗淋漓地停在高中大门口时，发觉自己依旧心意难平。

保研考试应该是个阳光不错的下午。我写了一半试卷后停笔，正好看见阳光把窗外楼上的爬山虎分为阴阳两半，我和那个半站在阴影里的楼一样被困在这里了，被像爬山虎一样细细密密的外界期待、被不能高过博雅塔的限制困住了。我再也无法书写任何答案，脑子里只有一个声音：走出去看看吧。

那个笔试卷我得了零分，我非常"中二"地在下面的部分，洋洋洒洒写下了一篇对本科教育看法的文章。之后的保研面试我也没有去参加，收到目标导师的短信问我"你怎么了"的那一刻，我正在大望路地铁站旁的街边打印店，准备自己的面试材料，打算递交给一个红圈所团队，申请他们的可留用实习生。我想起导师一直以来的期待和帮助，当时愧疚到了顶点，眼泪一下子就涌下来。站在人流密集的地铁站出口，面对着擦肩而去的人群，眼泪甚至滴到正在输入的手机对话框上，我给导师发信息："对不起老师，我觉得我做不到。"

放弃保研考试是我人生至今最不体面也最难为情的一次放弃，因为感到深切地辜负了导师的期待，甚至欺骗了父母主动放弃的实情，可那时候我也自顾不暇。在经历了一段长长的走在隧道里的日子后，我太害怕自己未来读研的几年不过是重复过去的叙事，更怕按照设想，选择直博毕业后走出校门的那一刻我会更迷茫。

你们看到了，这不是和"坚定"有关的故事。哪怕是三次放弃，我也总是犹豫徘徊至最后一刻。没有潇洒转身的决绝，更多的是在原来的道路上经历漫长的痛苦、回环往复地浪费精力和时间，甚至在临门一脚的时候放弃。第一次放弃，我很清楚自己感兴趣的是什么，其实没有必要花费一整年的时间去准备自己不喜欢的保送英语；第二次放弃，我知道自己已经不想再读经济学，但还是为了一个保底和稳妥去申请了港大的"多元卓越计划"，两个月每天都在熬夜练英语和无领导小组面试；第三次放弃，我不清楚自己毕业到底想做什么，只是知道自己不想再重复过去四年的象牙塔生活，其实没有必要浪费导师的精力或者在宝贵的暑假放弃实习去准备保研考试。三次放弃都有一个共同的前提：我确信自己不想要什么。

大一的时候上"法理学"课,我想很多同学可能都记得霍姆斯大法官的那句话"灵魂的欲望是你命运的先知"。19 岁的我被这句话击中时,只以为朝着心之所向走下去就可以了;经历了三次放弃后,我逐渐意识到对我而言,这句话讲的可能不仅仅是关于坚持,还有恰当而决绝的放弃。放弃并不比坚持廉价或者容易;有时候放弃正是另一个维度上的坚持。

还在备战中、高考的学生们大抵会听到这样的感慨:高中真是人生为了一个目标而努力向上的最充实的时光了。那是自然,因为路径单一,千万人往矣,不进则退,只能面对千万人之所向处,选择坚持。如果此时你转向其他方向,势必会在摩肩接踵中增加很多本不必背负的摩擦力。这意味着你要消化过去你为之付出的成本,经历从"可预期"变为"不确定"的心理状态转变,接受一个曾经期许且被别人支持的大概率利好事件的消亡。这种转向从原来的轨道视角来看可能是种放弃,但在你更长的人生中竟会慢慢显出某种神奇的一致性。

可能也有人会说,"你强调三次放弃的意义,其实是因为它们共同导向了你现在正确的、有所收获的结果"。仿佛如果我高考没考好,当初放弃保送的选择会显得非常愚蠢;如果我法学学得不好,当初放弃港大经济学的选择会显得万分可惜;如果我现在没有找到相对平衡、有价值感的工作,当初放弃保研的选择会让我顿觉遗憾。

可是，一个选择的正确与否真的是由直接导向的某个结果所决定的吗？不是的，因为解释放弃后其他选择的意义、价值的权利，永远在我自己。"正确地"或者说不让自己后悔地放弃有一个前提：我真的听清了当时自己内心的声音，并能在放弃后为自己新的选择找到一条可行的道路。在这个前提下，如果放弃后所直接关联的事件导向了更好的结果，我当然会收到上天对我勇敢放弃的正反馈，并在之后的选择中更有自信地听从自己内心的声音，相信自己对某件事的价值判断和解释。如果当初放弃所直接关联的事件导向了不好的结果，只要在我一直都很清楚自己想要什么的前提下，我太清楚我的个性：我会像这三次一样纠结到最后一刻放弃，或者从新的道路上迂回，并最终导向原本所向往的方向。这里不仅是感性直觉——如果明知不喜欢，但我迫于外界压力或害怕浪费过去而没有放弃，去随波逐流地"坚持"，我能得到的最好也不过是一个我没有那么想要，但别人都觉得还可以的结果。放弃或者不放弃，两相对比之下，恰当的放弃都会令将来的我更自洽。

朋友们，放弃不是一种投降，有些时候，恰当地放弃是一种寻找自我的正式宣告，更是把你从沉没成本中拯救出来的吹哨者。当然说服自己的内心，有时要比想象困难很多很多。你可能暂时觉得自己可以自洽，选择一个自己不了解、不感兴趣的专业，或者走进一个自己明知不喜欢甚至可能厌烦的工作环境，但最终你一定会反叛。这个反叛的时点越晚发生，你越要承担更沉重的成本，需要付出更多的勇气。如果你真的有特别想要的东西，特别想去的地方，面对现在不喜欢的这条道路，just lose it！拉长时间线来看，你会发现放弃和坚持都是回应命运先知的方式，上天会回馈你放弃的勇气，或早或晚。这是我把关于高考和大学的时间线视角拉长到现在后，才理解的事情，正是因为三次最后一刻的放弃，我走进了法学这个"围城"。

二、祛魅：先走进围城

"围城"和"祛魅"是这两年法学界讨论得愈发热络的词。很多人被"忽悠着"学习法学，才发现这不过是个亮着就业红牌的专业，又发现抽象高大的正义标语是被无穷无尽的琐碎工作和不得不妥协的瞬间所塑造，不少人高呼法学是个"围城"。大家开始在社媒上分享"对外所祛魅""对红圈所祛魅"的感受，讲述自己在外所或者红圈所工作的真实经历，揪出法学生趋之若鹜的华美外袍上的"虱子"。当然，在法学界之外，更多的高中生走进大学这个围城，发现并没有像想象那样迎来自由新奇的人生，而是在GPA、实习和评奖的内卷中相互追逐。毕业时面对就业的"不可能三角"，发现学历只不过是第一步的敲门砖。

我先走进的是大学这个围城，在北大完成了对学历的祛魅。初中时我就很喜欢五四时期的作家，作为那个时期觉醒先锋的阵地与乐园，北大所代表的那种社会性的活跃与思潮，年轻人的浪漫、理想与热情令我一直非常向往。往宏观了说，是一种连接历史和群体的使命感；往个体说，是一种"未名湖诗人"心中"无用之用"的自由。

然而，我很快发现有时"北大不过如此"。有的部门法领域的前辈，不仅要求学生用自己已经过时的书作为教材，给学生讲课的讲义甚至和我们在百度上搜到的多年前的讲义并无区别。年级中各种 buff 叠满的高分大神，可以因为害怕考不好就干脆退掉一门课。学校强调个性彰显、自由发展的同时，正在僵化地采用"正态分布"来控制每个课程的优秀率；遵循"赢者通吃"的逻辑去树立各方面全优的榜样；缩小 BBS、树洞等学生自由发言的空间。当我拿着所谓的顶尖学历进入律所实习，发现周围人都是差不多的学历，被告知的第一句话就是"别把本科北大当回事儿"，确实，我们所做的工作和学校一直为我们塑造的"社会栋梁"的宏大叙事，实在相隔太远。

大二大三开始一直到毕业后工作，我逐步踏入了法院和律所的围城，又进一步完成了对某个法律职业路径的祛魅。成为北京某区的基层法院民庭实习生后，很快我发现每位法官接触的案子类别是比较固定的，很多案子都是类似的案情和法律关系，翻来覆去援引那几个法条，并不需要很多的论证和说理；当然这并不是法官的问题。初级法官有自己的工作绩效要求，在此要求的背后是令人咋舌的案件处理数量和速度，之后的员额制改革更是使刚步入这个系统的年轻人压力陡增。我对法官职业的兴趣，在大二的我拟写完一份文件草稿时便彻底丧失了。

做一名合格的初年级非诉律师，我首先要把自己变成一个靠谱的应用程序，这意味着：第一，我要有及时的响应速度和运作速度。在中伦的一年里，无论外出去哪，甚至在爬香山时，我都带着电脑，因为我需要总是在线。只要手机屏亮起我就会看一眼微信消息，以至于后来我患上了"信息焦虑症"，对话框弹出在界面上时我的某处脑神经也同样会突突地发痛。第二，我要尽可能去兼容在工作这个场域下运行的其他"程序"。非诉工作处理的往往是一个完整的项目，这个项目中的每个程序（负责人）都是层层嵌套的，上级律师要跟随客户的时间安排，我就需要配合上级律师的工作安排。比如客户的早工作时还是我的半夜，我便需要在凌晨爬起来开会；上级律师的晚工作时是21：00点开始，我就要在21：00到家还没吃上饭时又重新打开电脑。第三，我要做到尽可能中立客观、不掺杂感情。初年级的非诉律师不需要创造力，需要的是尽可能客观地去模仿成熟的样板、输出合格的文件。与此同时，这个职场不鼓励经验传授和情绪消解的空间存在，大家弘扬的是更高效的批评和自我学习，以及拒绝把任何情绪带入工作的专业态度。

进入大学的两三年后，我很快也对自己祛魅了。我记得刚踏上北上的火车时，我拿着火车票拍了张照片，发朋友圈说："孩儿立志出乡关，学不成名誓不还；埋骨何须桑梓地，人生无处不青山。"那时候，我身披在人生第一次大战中获胜的荣光，觉得世界正在我面前展开：我头脑灵、很勤奋、有目标，未来无所不能，我注定不普通。

很快，最表层的打击来自专业课成绩；但分数尚可追赶，最令人痛苦的是智识和思维的欠缺。我高中时自认为深刻的阅读物不过是别人的入门读物；自以为有出色的逻辑和表达能力，却写不出被老师当堂诵读的优秀论文。此外，相较于高中，我开始变得不自信和懒散了，并陷入因试图把自己变回高效而不得的焦虑。

更要命的是，我也出现了那种"空心化"的无意义感。作为从小生活在意义中的"壳中人"，我一直被外界寄予的期待和价值裹挟；探出头挤进晚高峰的北京地铁14号线时，我的影子融入黑压压的人群，在疾行的列车窗上飘忽不定。无意义感不仅来自理想与现实的落差，更厚重的是一种弥散性的无解。

大学四年，法学生就业的每个传统路径我都尝试了，但没找到一个让我觉得非常有价值感的方向。我不是名校优等生吗？为什么我拥有比别人更好的资源，却对生活感到失望和退缩？我不是被命运选中的那个吗？为什么我努力演绎的这些命运，却开始让我不期待它的续集？

"魅"越大，壁垒越高，进入围城后拥有的看似越多，路径也越窄。很长一段时间我觉得自己被"摊薄"了，变成一个飘在空中、干巴巴的透明人，等待不知多久后的吸水复原。

直到2022年10月13日，我走进北京市致诚律师事务所，我才明白祛魅的第一层是重新审视自我而不是他人的价值。

致诚是法学精英围城中的"城中城",只一句,它是一个专注于劳动者保护、未成年人保护和为社会组织提供法律服务的、可以自给自足的公益律所。这座城里有之前我从未设想的一批伙伴。她们中有些没有上过公立大学的法学本科,凭自学拿到律师证,并领导着成员撑起闻名全国的两个公益中心,收满一整屋当事人送的

第一次踏入致诚律所时看到的标语

锦旗。基本工资远不及商业律师,除了个别高级别的研究项目,每天的基本工作也是接听法律援助热线,回答那些琐碎而千奇百怪的问题——但她们显得比我平和自足很多。致诚没有加班的概念,只有想来加班的人。意识到这些之后,我很快发现我太狂妄了……

过去我所信奉的,不就是"优绩主义"(meritocracy)原则吗?那些社会与经济的奖赏是依据我的才能、努力和成就这些"优绩"(merit)来决定的,我唯独忽视了自己沾沾自喜的小成就背后的"运气",就像桑德尔教授指出的那种"运气"——影响我们成功与否的因素大都不是我们自己能决定的,如性别、种族、地区、健康状况、天赋、家庭背景等。当然,桑德尔、丹尼尔·马科维茨等教授更多是在美国的社会政治背景下讨论公民生活,特别是关于分配的正义、公平和效率。不过,暂且搁置这一理论在社会分配等大议题中的争议,作为普通的个体,我开始重新反思

自己如何定义成功和失败，以及如果成为某件事社会意义上的"成功者"，该以何种姿态自处。我想，配得感当然重要，但"常觉亏欠"也同样重要，他们并不冲突。平衡的心态不会是一种汲汲于高位的状态，而是出于一种利用好自身资源和能力的责任感；这样的心态让我不太有担心"摔下来"的恐惧感，也开始理解并悦纳努力的局限性。

祛魅的第二层才是重新审视被祛魅者于我之价值。

譬如大学。为什么我们希望去排名更靠前的大学？更多的就业机会？更优质的软硬件设施？从我当下的理解来说，更靠前的大学更可能拥有不拥挤的试错土壤，那才是可以生发、滋养自由精神和智识的地方。

毕竟还有些风骨犹存。在北大的很多课上，我可以用两三个小时触摸到百代更迭、倾听前浪细语。"法理学"点亮火把照出我周遭的洞穴，我开始思考走出洞穴后自己要"以什么为志业"；"刑法案例研习"课上繁复多诡的案情设计并非"炫技"，法外狂徒"张三"的故事也非虚幻，几年后，当我为卷宗里匪夷所思的一些情节头脑发热时，突然会回想起当年很多个两万字的午后和深夜……不一而足，除了本专业的课程，我也在以后的日子中逐渐意识到：其他专业的通识课会在某日漫不经心地为我洒下人生支点；悄然无声到我只会在它破土而生时才有所感知，原来某种认识和立场从那日起就开始暗自生长。

毕竟也还有少年同游。无论是半夜三更的未名湖石舫上，还是四月天时莺飞草长的岸堤旁,我见过很多美好的少年人肆意释放生命力的样子,不是所谓意气风发,而是对时代和周遭的敏感多思,大抵是种"事事关心"的反应力和解构力。个体的自我困惑和对时代的系统反思被搅和进燕园的春夏秋冬,可能是一次普通的饭后消食,也可能是一次到凌晨的长谈,我们彼此碰杯,然后一饮而尽。从排名榜上的名字变成具体的人,我们被各自的生命力打破,再重生,到慢慢理解并坦然接受每个人身上的独特性和相同点,"诱惑、赤裸、抑郁、闪躲,谁不是凡人一个"。

再譬如律所。我还是会鼓励那些想要到"更大、更好"律所的法学生。当我们没有特别的偏好时,整体而言,更高的平台还是会给我们更良好的工作环境、更优质的对接客户、更严格的专业训练和更多的未来可能。我在中伦时的团队有个可爱的英文名"JSG",JSG里的各位,已经在大时代下找到了自己的锚点,建立起个人的价值序列,为我展示了一个个尽职尽责且带有温度的商业律师的样子。我其实很幸运,带着无尽的迷茫和焦虑走出北大的时候,是JSG带给我一些对抗自我世界中拉扯的勇气,无论这种勇气来自细碎而繁忙的工作,还是严厉而温和的批评,又或是丰富而专精的知识,抑或是打工人面具下的温情与真诚。对初出茅庐的我来说,面对内心的匮乏和不知所措,我开始学会与它们和平相处,并渐渐地学会低头做事。

祛魅,不等于给自己的不努力找借口——"没什么厉害的,我要不要都行";祛魅必须要自己先踏入那个曾经向往的彼岸或者围城，而不是道听途说。听别人祛魅的故事有时会陷入虚假的共鸣，代入的始终只是别人所经历的冲击、所习得经验写就的角色脚本。祛魅的最后一步，必须能让过去的我和别人去指引未来的我。在进入一个围城之前，每个人对这个专业、职业的想象和别人都是不同的，每个人的需求也不尽相同。我总是提醒前来咨询的学弟学妹们：大家可以穷尽所有途径去搜集关于某个专业、某个职业方向、某个就业岗位的评价信息；当然，要知道搜集到的都是有别人主观加工过的信息，我们最后的判断基点，一定始于自己的实践。这也是为什么各种实习对法学生尤为重要，获取法学职业路径的信息非常容易，但信息的真正价值在于实践的自我检验。祛魅戳破的，是在还未切身实践之前，人们对自我和对外物的过多期待所包裹成的幻梦泡泡。泡泡破裂后，我们才能在每一小步中更新自己对职业、对他人和自我的理解。

很多人问，为什么我在《令人心动的 offer 6》中面对高期待和自己 KPI 落后的巨大压力，似乎总保有些松弛感，最后实现"逆风翻盘"？因为那些高学历、精英律所的"泡泡"已经被过去的我戳破：我对自身和他人身上的标签有更高的觉察力和理解力，并始终对任何竞争环境下的规则合理性抱有合理怀疑；我不艳羡任何人身上的标签，也不会陷入对某种执念的狂热迷信，我只是专注于如何在当时的每个课题中用好我的资源。

三、标签：边撕边贴

我在 Offer 6 揭秘篇中给自己的标题就是："标签，边撕边贴"，这是我希望通过节目向大家展示的一个观点。在我逐渐对职业、他人和自己祛魅后，我开始重新审视我身上的标签。社会场景下，认识一个人往往是从标签开始的，比如观众在 Offer 6 里认识我：北大状元、美国 T5 法学院研究生、骑机车调酒的短发女生、现实的理想主义者、深情的浪漫土狗……

法学生对 Offer 6 这个节目有一个普遍的误解，就是认为它有人设和剧本。在报名、选拔乃至开拍阶段，我也如此认为，我还脑补过不少对于自己的剧本和人设的想象。有个小故事我在一次讲脱口秀时分享过：在为我们每个人布置宿舍的时候，我发现我的 PD（执行导演）只给我宿舍里买了切菜板和一把刀。虽然我知道

走向脆弱 21

节目中的照片

她可能考虑到我平时做饭,但我还是不免多想了:我是实习生里各种硬性法学背景都不错的,那就应该不会给我发一个"祭天"的剧本;我又听说整个实习将会非常繁忙而紧张,在这种情况下,我还会下班后自己做饭吃——那这不就是为了展现我较为出色的能力和松弛的心态吗?我当时还暗自得意,觉得我自己推理揣摩出了节目组打算贴给我的标签。

后来,切菜板和刀在整个实习中都没有被使用过。录制的一整个月,我手机记录的每日平均睡眠时间竟只有四个半小时。Offer 6 没有剧本,但每个人在进入这个微缩的实习环境时就带有自己的标签。高密度的相处会显化这些标签,强压力会加深这些标签,镜头会放大这些标签,观众会解构这些标签。

所以,Offer 6 从开拍到播出结束,我一直在提醒自己的是:

从此你要做好被人时刻撕下标签、贴上标签、评头论足的准备。此外，在这个过程中，你不能要求客观和公正。

其实我觉得很幸运的一点是，观众对我始终抱有极大的善意。在这个结果导向的职场竞争节目里，观众并未因我身上的标签和前几期落于人后的成绩差距而对我评头论足，至多也只是在讨论：这样不争的性格还是要改一改，不然很难做好律师；或者猜测我是不是拿了一个什么样的"剧本"（高学历但 KPI 表现平平）。这里面，我们可以看到高考、学历这些标签具有的巨大黏性，但换个视角也能看到这种黏性的持久度所带来的、相对更高的"忍耐度"。人们很容易相信高学历背后代表的强劲实力，所以会赋予标签下的个体很高的竞争期待，和更长一点的容许自己期待实现的时间。

换句话说，大家还是喜欢逆风翻盘的故事，这一点我也是在节目播出完才深刻意识到的。拍摄中做到第四个课题时，我还是在中间晃荡且一点都不着急。当我因为拿了小组第二，笑嘻嘻地决定要和别的实习生一起去吃晚饭时，我的 PD 把我拉回了宿舍。一直对我"赏识教育"、放任我自己表现的她，忽然，非常严肃地对我说："你不能再这样松弛下去了，你要去努力往前赶啊？"我表现出很大的不解："我们的共识不是过程更重要吗？到现在为止，我对过程都很满意啊？"她很严肃地对我说："可是结果对观众重要，大家会觉得你应该在前面；最后你不上不下的结果会让你得不到观众正面的评价，评价对你来说很难不重要。"我那时候突然就觉得很委屈,就因为那些标签,凭什么对我有这样的期待?她听完后,沉默了很久,语气软了下来:"其实没有捷径可走的,至少在这个节目里,你只有走在前面才可能被更多人看到并认可,和你一起做你将来想做的。"

那一刻我一下子醒过来了:我享受了别人给我贴上标签时的荣光和认可,就要拥有勇气去坦然面对标签被撕下时的痛苦,特别是当我需要用这个标签去获得参加下一场比赛的入场券时。它可能确实记载了我在跑道上挥洒下的泪水和汗水;我也知道,当某天我一个踉跄摔下去,标签掉在地上,会被别人拎起来端详,然后说"这不应该啊""不过如此嘛""真叫人大跌眼镜啊"……但没关系。那马拉松式地献祭过往岁月而获得的勋章,本不过是一段故事的载体,看客们拥有自行解读的权利。

我只是一个写故事的人。但和观众的距离远近,是我可以去学着把握的。

面对社会竞争下的标签,或撕或贴,我其实更容易和解一点,最难的是和最爱的人相关的标签。我家的微信群名叫"无风港",是民主决定的;小到微信群名,大到家里买房,或者我放弃保送选学校选专业;自我能记事儿起,和我相关的所有决定,我和父母时有意见不同,但他们即使不理解,最后也会尊重(虽然会加一句"自己负责")。对父母而言,我身上的标签有"明理有想法""听话懂事""理解父母""上进有初心"等很多"好标签";对我而言,父母也一直是开明的、平等的、理解的、先进的。这些标签在我开始工作、步入社会之后，却开始变得有点摇摇欲坠，我们的意见冲突开始变多，有时甚至闹得很激烈。

本科毕业我决定去中伦做商业律师的时候，我父亲就不是很支持。其实他不知道，我本科毕业后迫不及待地想进入社会工作，而不是考公或者读研，连我自己都不愿承认的部分原因是，我希望他不要再说我是在象牙塔里生活的人。

他极少夸奖我，很多时候是以一个对我人生的批判者姿态出现的。父亲一直是我的职业榜样，也深深影响着我职业价值观的底层逻辑。其实从学法律、到想做公益律师，我现在开始觉得自己的很多选择看似是自由意志产物，在深层次里我却一直很希望符合父亲贴给我的那些"标签"——比如适合进体制内，理由是我的性格和能力会是发展优势，也有助于实现我的抱负。真正就业后，我慢慢发现以前我们曾达成"共识"的那些标签，原来和我并不贴切。那些待人接物的技巧和能力，并不是只有在体制内才被需要，只是一个人的性格和长久习得的习惯。我身上那种很容易对权威祛魅、自由跳脱的个性，大概也和体制并不契合。

还有做一个对社会有价值、不忘初心的人。什么是对社会有价值？人一定要通过某种工作获得社会价值吗？某种工作真的能承载那么宏大的价值吗？成为体制内的一个公务员，就比做一个商业律师或者公益律师更对社会有价值吗？对年轻人而言，更重要的是从具体的工作中获得快乐和满足，还是通过把自己的工作放置于一个宏大叙事中而觉得与有荣焉呢？我开始觉得父亲是僵化而固执的，他不愿意让我撕下自己身上过去的标签。

就母女关系的层面而言，我和母亲的关系则更为深刻，因为我们有一个共同的标签——"女性"。我母亲是我见过最坚韧善良的人，没有之一。她也是个思想充盈浪漫、内核稳定、教育水平极高的中学老师；是个真正"上得厅堂下得厨房"的人。

毕业时和母亲的合照

然而，厨房总会挤占很多厅堂的空间。学习了一些女性主义之后，我开始觉得妈妈是被女性身份或者母职身份"拖累"了。在有了第二个孩子之后，为了家庭她放弃了自己的事业。我时常为她觉得非常惋惜，因为我见过很多她教过的学生，我知道她是如何在很年轻的时候就在省级优质课的比赛上拔得头筹；见过她最早在小城市里给感兴趣的学生免费开小灶讲竞赛。后来她不做数学老师了，不得不重回校园时，从最开始被要求在校园里捡垃圾，到成为给人分享经验的心理教师，甚至成为省里的家庭教育讲师，中间经过多少磨难。母亲不仅是家庭的精神支柱，也是我最后的港湾，让我成长为一个"快乐小狗"的模样——我的自由，家庭的成功，母亲的代价太大了。

因此，在真正步入社会之前，我总在试图完美一个标签——

母亲最坚强的后盾和完全互相理解的朋友。我很努力地学习，让所有人都觉得女孩子不比男孩子差；在很多家庭方面支持她，很小的时候就分担日常的家务，长大后又尽量参与弟弟的教育……我希望自己是她的小棉袄、小助手和最好的朋友。

我确实曾经和妈妈几乎无话不谈。可步入社会之后，我和她产生了无法言说的冲突。我第一次深刻地感受到母女关系的复杂性，还有纸面上的女性主义对我看待我和母亲关系的影响。是的，我们共享"女性"这个标签，我却开始害怕、也很抗拒和妈妈聊关于女性、关于婚姻的年轻一代的想法，我曾在一本书上批注：

> 我和妈妈关系越好却越难以讲起这些，因为这仿佛在部分否定她过去的选择和人生，而又偏偏是她的这些选择才成就了我今天能如此去思考这些问题、去探索并体验我的人生。

这样的矛盾，让我觉得残忍、难过和困惑。我终究是没能完美那些标签。

从出国开始，我和家里的交流开始变少，不再经常分享日常或者交流观点，甚至参加 Offer 6、回致诚工作的决定更像是一个通知。不过，节目播出后，我们的交流反倒多了起来。我看到他们比我还认真地追综艺、刷评论，不时还会上头点评。可能是他们第一次看到我工作时的样子，也可能别人的评价触动了他们的一些固化观点，再回家的时候，我和妈妈进行了一次长谈。

妈妈没有说出《出走的决心》里李红说的那句"我和你们一样"，而是对我说："你不要和我一样，也不要去想象我应该是什么样。"

母亲还和我讲了一些父亲以前的故事：从一个9岁丧父、自己在村里长大，到为我们小家走向小康撑起一片天，父亲始终觉得是时代和体制给予了他一个机会。小学时，他要在村里叫卖自制冰棍赚生活费；读中专时，他缴完借的学费，没钱再买车费和饭，就背着干馍睡在绿皮车座下面；刚工作时，他并不是坐办公室，而是清洁布满排泄物的铁轨……我父亲一路遭受过太多冷眼和嘲笑，所以会格外感激周围家人和朋友一点点的温情，显得固执而又家庭主义。这些刻骨铭心的、关于贫穷和温饱的故事在他身上

带着母亲去骑摩托看日出

打上了深深的烙印，也书写了他对家庭、对社会的理解方式。

　　我可能太在意那些纸面上的主义了，却忘记了是他给了我较为优越的物质条件，让我从小不需要对物质有很强烈的渴求。也是爸爸理解我的性格，放下了自己部分传统的思想，小时候经常带我去他的工作场域，让我不怯场、思维活络。当然最重要的，他看到了我的能力和野心，鼓励我作为女孩子也要追求事业、飞得更高更远。他的传统性，可能只是希望他的女儿能安稳余生，故而提出了他理解的最有利于实现我理想的生活和工作方式——进体制，然后成家立业。不过，即使我选择了别的工作，就如现在一样，只要我觉得自己快乐、有价值，他也觉得很好。

　　妈妈也讲了和我的一些事。她说人生就是有很多无奈，她在承受无奈时不愿意我将来也如她一样。所以她有时候会为我的选择担心，有时会为我的选择欣喜。担心我不给自己喘息的机会去追求我认为很重要的东西，又欣喜我终于可以不像她一样委曲求全。她在我又离家时的一封信里，这样写道：

　　　　二十五年来，我们母女心心相知，可以说幸福无比。印象中偶尔的争吵或不愉快，我也当零头抹掉了。对你，妈妈没有不满和失落，没有嗔怪和责难，只有太多的感恩。感恩你来到这个世上认我做妈妈，带给我太多的欣喜和幸福，让我对生活有了除了自己以外的某种期待。

列车上读完这封信，窗外的树木快速后退，一片模糊，我真正释怀了——理解需要时间，哪怕不理解，能用爱去接受也已经是很好的结果。我总说父母给我贴上了标签不愿撕去，我又何尝不是如此？我们互相贴上的标签带有无法抹去的时代印迹，它能那么紧紧地粘在我们身上，恰恰因为我们彼此更深地相爱。沟通中的冲突、碰撞不可避免，这些矛盾和痛苦恰恰是时代进步过程中落在每个人身上的阵痛。

每代人有自己的使命要去完成。父母已经出色且超额地完成了使命，任何人，包括我和他们自己，都不能用不属于我们自己这代人的使命去评价对方，去判断对方的价值。同样地，我们年轻人要求的也只能是自己：要完成我们这一代人的使命，过好自己的生活，才是真正没有辜负使命背后来自父母的、个体的深情。

我可能要撕下父母曾经给我贴上的标签，也要重新给父母贴上什么标签。但在标签之外，我们各自过好什么样的生活是具体的，守护好我们的"无风港"之家是具体的，这些也是我可以去承诺的。或撕或贴，祛魅后又重新尝试理解，我们都在约束条件下最大程度地超越着自身的局限。除此之外，继续坦诚地和父母交流我的想法和观点，无论关于职业还是关于家庭，都不是一种否定，而是在向父母展示：他们的过去和选择是如何在我这里体现着一种生命的延续和流动。

你看，我们现在很流行说一个人要用一生去消解原生家庭带来的印记。这个标签的撕下与贴上的过程，好像总是很沉重。但即使再沉重，也是一个必须完成的过程。当你成为一个飞行器，飞向更远太空的时候，会有更强大的力量帮助你撕去旧标签，那些标签碎片脱落之后，你才可能变得更轻盈、更有动力。无论标签来自哪里，工作、家庭，抑或自己，大胆撕下，也勇敢贴上吧——说到底，标签都不过是过往有限游戏里的一种评价；我们脚尖朝向的人生，却是一个没有边界的无限游戏。

四、少数：主体性的开始

在更多的时候，法学生感受到的是游戏的某种有限性。对很多"正统"法学生而言，参加《令人心动的offer》是有可能被冷眼的一件事，或许因为一些嘉宾最终背离了节目里呐喊的初心，逃离了牛马打工生活，去做全职自媒体博主；又或许因为综艺的滤镜让更多的人抱着不切实际的幻想挤进法学圈，进一步恶化了法学生的生存空间；或者说，他们成为"幸运"的少数人了。在某种意义上说，当我给自己贴上"Offer 实习生""公益律师"标签的那一刻，就意味着我主动选择成为法学生中的"少数群体"。

2023 年 12 月，我和致诚的律所主任打了一个漫长的国际通话，向他表达了确定要回致诚做公益律师的愿望。两三个月后收到 Offer 6 的简历投递邀请时，我几乎没有迟疑地感受到，这是一个机会。坦白讲，我很希望能借助节目的流量去做更有影响力的法律公益领域律师。我清楚自己的专业能力，所以在整个过程中，我对目的和手段一直分得很明白。流量背后的收益和代价，也是在播出后开始做自媒体时才有极为深刻的感受。

节目正播出时，我一方面要忙于各种宣发，另一方面又在重新学习公益慈善法领域的知识，写一个基金会的合规指南。记得有一天，大家就在一个外部工作群里讨论谁来发布指南时，我的上级律师回答说"罗仪涵"，有个外部同事紧跟了一句"听说是个网红"。当时我心里听着不舒服，就感觉自己的努力和专业性好像被这个词消解掉了，但我很快想通了，其实无所谓，未来的我是什么样是要在之后漫长的职业道路中去表现的；更何况，"网红"又有何不好呢？我就只是开玩笑和我朋友调侃，我还是不算"网红"，因为他都不知道节目里"深情的浪漫土狗"（我的微信名）是我，不知道我在那个微信群里。

大致如此，节目可能会稀释别人对我专业性的评价，也要求成为少数的我对本职和兼职的各种权衡多一些意志。比如节目刚录完时见了一位功成名就的合伙人，她对我说，"人的精力一定是在现金流多的地方"——至少现在，我还是不认可、不相信的。

入职中伦后，一方面我还在思索学术道路的可能性，导师说我很适合搞学术，我也在小试牛刀时尝到了一点意外的甜头；但并不意味着我真的耐得下心去坐冷板凳，愿意在之后的漫漫长夜低下头搞学术。另一方面，我也在纠结到底要不要接着做商业律师，尤其是非诉律师。我能感受到接触实务工作、哪怕是文书工作的快乐——可以对某一具体的问题给出自己的分析和解决方案，发现法律条文和实务现实的龃龉，或者学会一个很切实的工作方法和专攻领域内的知识。可是，商业律师经手的上千万、上亿的大项目还是无法让我获得满足感，那种"螺丝钉感"实在太强烈了：我被丢入这个庞大的机器中，被灌输你要变得足够标准化、精细化、客观化，才是一个能从大多数律师中脱颖而出的、优秀的初年级律师。

真要命，我尝试了那么多领域，一切又回到纠结的起点。

在毕业后的原计划中，我工作一年，申请 LLM，这是大多数"小本"学历法学生的提升选择；然而，在短短一年的工作后，我没有按计划出国，而是作出了一个"少数"选择，我去了致诚——一个公益律所。故事情节的推动依旧是非常"我"的风格，这个选择没有什么深思熟虑，只是因为一篇文章。

那是一个很普通的工作日晚上，我们团队要给一个筹备做电商平台的传统零售客户出具一份劳动法方面的法律意见，是关于灵活用工的，我负责写意见的初稿并且帮助审阅、修改客户和第三方灵活用工平台的服务协议。时间很紧迫，客户成本最小化的意愿也很强烈，这个工作很快就完成了，客户也基本按照我们给出的建议去推进执行。法律意见书写完没几天，某个晚上我在正大中心的 30 层楼加班到夜里 11 时许，合上电脑准备回家，坐在工位上准备刷一会儿朋友圈，就看到一篇刷屏的文章——《骑手谜云：法律如何打开外卖平台用工的「局」？》，那是"致诚劳动者"公众号推送的，通过一个外卖骑手的工伤索赔案，他们揭开了外卖骑手深陷的复杂法律关系网：

> 外卖平台和 A 公司对骑手进行日常管理、B 公司与骑手签订合作协议并发放工资、C 和 D 为骑手缴纳个人所得税……最终形成的是外卖平台联合多家公司对骑手进行共同管理的网络状外包模式……在这种模式下，骑手的劳动关系通过人为的网络状外包被彻底打碎。这不但导致骑手分不清用人单位是谁而大大增加维权成本，就连法院也因难以确定用人单位而判决骑手败诉。外卖平台与大量配送商正是借此操作在不同程度上逃脱了用人单位的法律责任。

是谁参与设计了这张困住骑手的网，又是谁在为这种设计的合规性背书呢？是我们。我看着我的法律意见书，那里面给客户的建议，正在一条一条地被文章指责："商业律师和企业的惯常操作。"我的眼泪一下就下来了，心中说不出的难过。

那一刻，我望向窗外，看到了晚上 11 时依旧车流不息的北京三环，也看到了我自己的影子：是飘在空中的。我想起了过去很多时刻：关于我被采访时说要做一个为弱势群体发声的律师；上学的时候读完霍姆斯《以律师为业》和韦伯的《政治作为一种志业》后，激动得拍案而起；备战法考的时候，听到罗翔老师说"做法治之光""爱具体的人"……我突然很想在出国前去致诚看看，公益律师的生活到底是什么样的。

在致诚的 9 个月飞速而过，但我并没有像想象中那样参与很多诉讼案件；可能因为佟主任知道我当时的计划是读完 LLM 后回国读博，更多的时候，我在帮助撰写两本待出版的和数字法治相关的书，或者写一些数字经济相关的法学文章。我有点不甘心，一方面，没有体验到作为一个公益律师去打案子到底是什么感受；另一方面，我也还没下定决心到底要不要搞学术。

其实我隐隐能感觉到，在内心深处我还是害怕脱离传统精英法学生的轨道——在职业初期就成为一个公益律师或者过早成为独立律师，这背后"成为少数"的成本和风险，我还没有足够的勇气去承担。

原计划就这样推着日子往前走。之前，我总在社交媒体上看到讨论留学优劣的分析文章，但自己切身处地进入了那样的生活后，才感受到远离一个文化视域的巨大影响。稀奇古怪的丰富课程学到了什么知识、课外活动认识了什么朋友倒在其次，那 9 个月给我烙印最深的是——"别怕成为少数人"。

首先是课程所学内容给我打下了这一烙印。以美国宪法第十四条修正案的"平权保护"（equal protection）和"正当程序"（due process）条款为例，无论是种族歧视话题下所演变出的"平权行动"（affirmative action）的合宪性审查框架，还是生育权话题下从走入又走出"Roe"时代——这些重大权利斗争史缓慢而曲折的演进，无一不是由相对少数、弱势的社会群体中具体的案例踩下一个个艰难的脚印。

其次是对美国社会生活的一种参与观察。法学生多少都学习过域外的制度体系和其中交融的法理学、政治学、哲学基础；也在社交媒体上碎片化地观赏过美国民主选举的诸多闹剧，为某些族裔在那里的生存状态叹息；或者发言转载过"Dobbs 案"后女性生育权相关的讨论。但当我真的每天可以参加免费"lunch talk"，看到大家对各种社会小众议题的唇枪舌战时；当某个清晨下车，我看到法学院整个地面上写满呼吁生育权的粉笔字时；或者当我享受到因为前两年的校园安全事件中亚裔学生的带头争取，下午5点多可以免费打车回家而不用走在路上担惊受怕时——我会切身感受到那些曾经的"少数人"为这个社会的进步赋予的力量，也能感受到现在的"少数人"所创造出的不断反思和对话的空间。

最后是对更丰富的人生可能性的深切感知。为什么我们总在探讨东亚人的社会时钟、东亚小孩的焦虑？因为我们太强调"步伐一致"的正确性，太注重"垂直人生"中每个环节的紧密性，太追求成为"大多数人"的榜样的荣光了。从小升初、中考、高考、大学本科，乃至第一份工作，我从小都是多数人中的优胜者，我被教育要去做多数人的榜样。

出国的日子里，我见了太多会被以前的环境评价为"奇怪"的人：比如一毕业就专职做公益诉讼的"性别暴力"课程的讲师；辞职去做动物保护 NGO 的传统顶级外所的精英金领；学着国际关系却转做烘焙和中餐外卖的同辈；正处在"gap year"里，到处穷游、打零工，靠写文章吃饱饭的初中朋友。他们当中有跳出传统轨道，

春节时，中国留学生的 party 上我教大家写毛笔字

反而又更早获得一定社会地位，做出社会成就的领域内先行者；但也有本已经在同辈游戏中获胜或者上岸，却因为感到迷茫困惑，毅然转身跳入海中的新青年。

于是我开始反思自己身上的"多数人优胜者勋章"。过往那些比赛中的小胜利，其实是因为我的价值需求和所处群体的"多数人正确"暂时一致了。我高考结束读名校，学"好就业"的法学，本科毕业去红圈，因为在那个时候我对个人成长的需求——有更好的平台、较强不可替代性的专业、基础的经济独立能力，和多数人路径的目标是同向的，但战胜多数人并收获他们的羡慕对我来说并不是充足的正反馈。和我一样的年轻人，在已经佩戴上优胜勋章后，反而因为某些方面无法再满足外界的、和自己不再契合的期待而感到无意义、无价值。我们在这条多数人的道路上走得太顺其自然了，跟着前面人的步伐，听着路边裁判的口号，辨识方向的能力会退化。我们这些年少时总是走在前面的优胜者们，总有一天会意识到：在这场马拉松中，某一圈的相对位置没有任何参考价值。

事实上，我们无法拒绝成为少数人。

人不可能永远是被"多数群体"接纳的一员，总有一天，我们会遇到被某个标准划出群体的时刻，可能是健康状况、经济基础、职业圈层、观点立场、兴趣爱好；甚至只是因为时代变了，而我们只是在过去说了某句平平无奇的话，做了当时大多数人都会做的事儿，又或者你什么都没有做。我们学习过托克维尔的《论美国的民主》或者密尔的《论自由》，里面告诫过世人要警惕多数人权力和个人自由的边界问题；但在个人生命的无限游戏中，我们可能让渡了过多的规则制定和解释权。当我们希望通过成为"多数人"的一员获得和社会的连接感时，我们忘了加缪笔下不止默尔索是社会的局外人，那些"大多数着的"也是彼此的局外人，完全的理解和协同并不存在。

我们不必害怕成为少数人。

第一点是，多数人的规则是会改变的，多与少无恒值。正如和母亲探讨当下职业女性的恋爱婚姻时，我总会告诉她："外公外婆那一代和你们之间也一定有很多不解和隔阂，两个时代的规则虽然短短几十年过去但也有了翻天覆地的变化。同样适用的，你们和我们这一代也会有很多不同，这些变化是任何个体都无法阻挡的——当规则更改，少数也会变成多数。"

第二点是，人与人间的隔阂并不真的影响社会关系本身。因为隔阂的产生并不是个体所能决定的。多年环境的改变、教育的塑造、文化的宣传实在太过根深蒂固，没有某些历史契机，我们都很难突破个体的局限性。朋友家人如此，遑论陌生人。所以，不必去纠结观念的差异，这不是我们应负责和能解决的问题，而这并不影响我们个体的交流和相处。做一个"少数人"不是标新立异，而是尊重时代的选择和差异，不必去苛求彼此完全的理解，而应该在坚守自己底线的前提下珍惜我们一直未曾改变的东西。

如果你拥有成为不一样的"法学生"或者"法律从业者"的机会，并且觉得自己适合也向往这个机会，就抓住它吧，这才是你自己主体性开始确立的时刻——对自己的价值，敢于定义和解释，并敢于责任自负。正如我前文的三次放弃，最后不仅实现了自己的心愿，也收获了让当时多数人艳羡的成绩。这一点上看，命运真是充满了趣味和荒诞，有时候你作出少数人的选择，其实就已经战胜了大部分随波逐流的人群，反而解锁了多数人游戏的胜局。在后来的多数人为你鼓掌的时候，这一获胜的结果，你在选择成为少数人的那一刻，甚至根本就不在意。

五、要约：做个西西弗斯吧

西西弗斯，是古希腊神话中非常有名的一个形象。《荷马史诗》里说，西西弗斯是人间最聪明的人。他出卖了宙斯的秘密，为自己的国家换了一条四季长流的河；他用计绑架了死神，导致在死神被救走之前，人间很久都没有死亡；他被打入冥界，却由于贪

走向脆弱

恋人间的美好，而违反了和冥神的约定。如此看来，诸神加诸于西西弗斯身上的刑罚——日复一日地推石头上山，其实是深爱人间的西西弗斯，对诸神的不屑与对抗性的主动选择。

如何理解这一点呢？高中的我，第一次读完加缪《西西弗神话》时，正处于困惑而又不得不被高考推着向前走的阶段：我知道自己需要高考，去拿到更广阔世界的入场券，却无法理解这样一个通向旷野的机会，为什么需要让人在最有创造力的时候通过比拼熟练性来获得。那些没有实质意义的几分之差，重复地练习模拟卷，似乎和西西弗斯推石头一样，永无尽头。当时，我以为那本书只是告诉我，别去问终极的意义，只从当下的每件事中有所收获。

高三是我人生中第一段"西西弗斯"式的日子，我确实在备战高考的日子里收获了推石头的快乐和平静。

宛如《完美的日子》里的平山：早上 5:45，我会在闹钟响第二下的时候按下它，戴上耳机开始听英语听力，这一直持续到坐在教室座位上。在 5:45~6:10 的时间里，我会按顺序完成洗漱；收拾东西，骑车去学校，去食堂买一个冬菜包和一杯豆浆，第一个到达东教楼并打开教室的灯……6:10 我正式开始一天的学习。整整二百多天里，我的时间是被以 15 分钟区格化的，也总是在做时间分配的小学奥数，比如刷牙的时候可以听完一个 2 分钟的 VOA 新闻；还有一些时间被用俄罗斯套娃的方式叠叠乐：脱把骑车，这样就能同时吃早餐（不建议模仿哦）；边走路可以边背英语单词；一二轮复习的数学课上班主任讲某道题时，我会把当天的作业在做题时间的盈余里快速完成……这些瞬间清晰得可怕，规律得像刻在黑胶上的轨道。

但这些日子的"重复感"又和之后成为红圈所律师后的复制日子不同，它们始终带着一种清晰的"我存在着"的感觉。可能因为那时候"推石头"本身就是意义，可能因为我知道有一天不用再"推石头"，也可能因为我有很多次等"石头"滚下的喘息口。每周的体育课（自习课），我和几个好朋友会趁班主任不注意偷偷溜出教室，然后在行政楼的一楼大厅打羽毛球——有几次还砸到过二楼经过的年级长。周末的培优班上，我们总是在做完题留给大家讨论的时候，先讨论一番点什么外卖。那一年，某小蓝外卖软件刚刚起步，我每次用"化缘价"吃到德克士套餐的时候，都觉得里面那个照烧鸡格外得香。有时候夜里11点，搁下笔，我和朋友就趁家长不在跑去看电影，散场后是凌晨，我们总会快速骑过高中门口，然后大叫几声，把看门大爷吓得一个鲤鱼打挺；骑到路口，聊到一起去北京看日落、不想分别的时候，绿灯正亮起，我们总会说一句"再等一个绿灯吧！"

等了很多个绿灯后，我们真的都慢慢骑到了北京。

中伦工作是我第二段"西西弗斯"式的日子。坐北京14号线上班的时候，我有时会望向对面飞驰而过的列车，那是通向"国贸""大望路"的反方向的。"国贸"这一站，承载着很多法学生（包括我）曾经对精英律师、体面生活的想象；踏上通向这一站的列车后，很多人又会开始抱怨梦想在拥挤的早高峰中是多么渺小——

就像曾经的我，总是幻想上班要是能乘坐空荡荡的相反方向列车该多好，就可以拥有选择坐着还是站着的自由。

现在我终于来到了这个空旷的车厢，致诚所在的"纪家庙"站正是"国贸"站的反方向。我才发现，选择"站"还是"坐"的自由并不能消解对意义的追问，空旷还是拥挤，人都会焦虑。

但我好像更自洽、更勇敢了一些。回顾和法学结缘的七年多，我撞了不同方向的墙。横向对比来看，现在的我，既没有像本科同学那样已经在外所"升 asso"；也没有像高中挚友一样进了部委；自媒体刚刚起步，也还没有找到自己所谓的"互联网赛道"——但这些都不重要，我很幸运地已经找到一份自己比较擅长的，也有激情的工作。很多法学生不一定会羡慕我现在的工作，但是她们会来对我说，"我觉得你现在选择做公益律师很'伟大'，你每天的工作生活肯定也很有意义"。朋友，我必须要说，这种认识充满可以品鉴的意味，且在我看来有几个误区。

第一，不要患上理想化的"意义饥渴症"。为什么现在的年轻朋友总是在向工作讨要个人的意义？一方面，是价值权威在被消解，时代看似把寻找意义的人生任务的自由重新下放给个人，但选择可能性的延展会让涉世不深的年轻人变得更焦虑和迷茫。另一方面，社会的稳定性是需要越来越多的规制实现的，社会的效率又要求更大规模的组织和统一的运作，这不可避免地要求把一切的活动都用规制控制起来——这也是为什么行业里的顶级生态位（如互联网平台、顶级律所）往往自成一个"体制"。在这两方面的原因下，我们在逐渐变得原子化，工作填充的日常生活在变得枯燥且无力，各种意义说教的哲学信息又在爆炸，人们开始患上"意义饥渴症"。我们有时候对自己的工作和生活抱有一种过于理想化、激情化的期许，但这种期许是非常危险的。

我现在的这份工作，仅仅是没有被体制"异化"而已，而非自得于意义的"伟大"。在一个规模不大的机构团体里，接触具体的当事人和案子，处理可能当下就有反馈的咨询，还可以自己开展社会调查和研究。这样小的团体和我生活的联系更多，我对自己工作部分的话语权也更高。此外，我选择是否加班、如何加班的自由度也很高。这种对工作的掌控实感，是这份工作带给我最大的意义，而不是这份工作在成功学上的价值。当然，我会对帮助相对弱势群体打赢一个案子抱有期待，也有更多的时间精力去组建我的法律社群，但这些被外界赋予"伟大"的部分只是一种社会评价的可能，不是我工作的底层逻辑。

第二，不要把工作置于宏大和琐碎的两极。当我们选择一份工作的时候，不要相信老板对工作价值的宏大宣扬，大部分老板只是我们劳动对价的支付方。无论一份工作带有多么耀眼的光环，特别在职场新人刚入行不久的时期，它总是"名不副实"的。越有社会地位的工作，我们能真正获得对这种工作话语权的时间成本会更高；而在这漫长的前进期中，大部分工作都是琐碎、程式化，甚至是徒劳的。

我始终相信一点，每个人都能在这个社会中找到自己比较擅长的，也有火花的工作。这个"比较"的精髓在于，这份工作能逐渐让我们对自己和生活感到自洽，无论是物质层面还是精神层面。实现这个愿景的前提是，我们要自己去主动寻找和尝试，而不是在随波逐流后抱怨大环境的问题，或者失败一两次之后自暴自弃，又或者永远都只是在表面地体验而毫不深入。

两三年来，我一直把我国《民法典》第472条作为我的微信签名——其实它并无深刻的含义，只是某天我偶然翻到，觉得有趣。这一条是讲要约的构成和成立条件的，我当时在读到这一条的时候，觉得我对待工作、生活，乃至我的命运也应该是这样的态度：

不管命运给了我什么工作，给了我什么生活，如果这个内容具体确定，一约既定，那我就要万山无阻。虽然说它是一个非常个人化，情绪化的解释，但我还是很想把这一条送给大家。如果你我长期处于迷茫、焦虑或抑郁的状态，那么将生活还给生活本身。把宏大的叙事、法律的价值仅作为我们行动的底层逻辑，从心态和技巧上接受现在经历的一切，因为这些都将成为历史的一部分；对于我们个人来说，这就是他人无法剥夺的"此刻"。我们在生活和工作中应该要多创造这样的"此刻"，具体地体验"在场感"，才能在不确定的时候走向自己的确定性。

还是要做一个有点"西西弗斯"式的人。神说的话、神的奖励和惩罚、神的故事是无法促使西西弗斯日复一日推石上山的。这个时代被鼓吹的东西，大部分都不是真正能让我们自己的生活变得更有意义的，比如成功学。让生活更有意义的，其实是我们

目前最爱的去过的地方——乌斯怀亚，地球最南端的灯塔

看到的普通人之间的相互信任和对话，而不是漫天飞的各种各样的观念——很多普通人都在"做事"。比如某些人照顾流浪猫和狗，某些人在家门口卖方圆十几里闻名的馒头……虽然石头总会下行，但社会中还有很多做事的"西西弗斯"，我们的生活会受影响，但跟我们推石头没有那么大的关系。

我知道，我们这一代和以往任何一代一样，会被冠以各种各样的标签、使命、叙事和解读，但生活从来没有像现在这样，如此像落在地面上的水银，会分成各种小珠子，具有不可抗力般地四处散去。既让人感觉完整性和意义在丧失，又读不出每个小珠子关于自己的、局部完整性的故事。近年来，关于个体和整体的讨论文章简直汗牛充栋，但在文章的最后我也想再多聊一聊，毕竟这个话题曾在很长一段时间内都勒住我的咽喉。

一方面，我们要找到日常生活或者意义的锚点。这个锚点要来自我们的私人生活，来自一个非常小的共同体，甚至来自花草树木。我们要回到这样的日常生活当中，去寻找到让自己感觉有温度的、内心笃定的、真实的连接。有了这个起点之后，我们才可以不断地拓宽共同体的边界，然后与世界达成真正的连接。比如，我希望成为一名公益律师，我知道未来更多的职业瞬间是一上午打立案电话打不通，找负责法官时被来回踢皮球，或者辛苦准备直播，但数据寥寥无几；但我还是相信，我会创造执业中一些属于自己的时刻和历史感！在这个过程中，法律人的目光应该始终在理想与现实、宏观与微观之间游走，这也是法律职业的魅力所在。我们会经历循环往复的过程，但它也可能是一个上升的循环，或者是一个更深入扎根的过程。这个行业没有童话，但十年、二十年后，它将是一份让我回顾时会感到感慨的职业。

最近一张形象照

另一方面,也别再逃离宏大叙事了。"没用的迷思"弥散在这个时代,而我现在会乐观一点点。西西弗斯不会在意每段劳作的结果和改变。同样地,个人是否作出有利改变的标准也不是宏大的叙事能否被改变——我们必须放下这样的念头:除非我们一定能看到,否则就没有改变;只有我们促成了改变,我们做的事情才有意义。换句话说,在思考改变和我们与它的关系时,我们需要发展一些与时间类似的"恒常性概念",让我们能够在内心深处相信,即使我们未必能看到,有意义的变化也会发生。我们如果要做个有清晰坐标点的人,就必须成为一个自己规划线路的拓荒者——必须愿意在不知道去往何处的情况下前行。我们需要抱持信念去做在我们看来正确的事情,而不必知道我们的行动会产生什么影响。毕竟,如果拓荒者从一开始就必须知道他们的目的地,他们将永远不会去任何地方或发现任何东西。

不愿委曲求全去妥协的方向,就及时放弃;艳羡别人的目的地时,可以走进去看一看,但不要沉溺自缚;如果沿途获得一些勋章和标签,阅后即焚,但不要因此向多数者们缴枪;最后,石头会无数次下落,但原点已经改变了。

走过腐烂树叶和昆虫尸体的时候,我闻到了脚底粘上的腥臭味——是人们告诉我那些是羸弱的、肮脏的、逝去的、被弃绝的;他们定义了这个味道是腥臭的。同行人停了下来,他们有些捂着鼻子跑走了,说走了一条错路;有些像突然聆听到神谕,拾起了那些东西细细端详并说道:"要把那些东西做成一种标本符号,挂在身上，放在展厅中警醒人们。"

  我觉得这些标本，未来的人会很喜欢。但我不想只做群体的艺术家，我也不准备对我的脚底作任何的处理，我会带着这个不加修饰的气味继续向前走。我会走到一个把他们定义为芳香的地方。

  我绝不为历史制造展厅。

（完）

不特别也可以发芽的灵魂

—

陈可儿

小小的我们，
定要在自己的自由里走个自在。

陈可儿

Chen Ke'er

悉尼大学 2018 级法学本科生（文学双学位）。本科毕业后于英国富而德律师事务所上海办公室工作一年，从事港股上市及上市后合规业务；后参与《令人心动的 offer 6》节目录制，获得 PCLL 全额奖学金及 offer。将于 2025 年开始香港 PCLL 学习。

不特别也可以发芽的灵魂

陈可儿

一、不是一个特别的小孩

其实直到现在我都觉得自己真的学了法律,并且仍旧在且坚定地认为未来也会从事法律相关的职业这件事很神奇。在学法律之前,我从来都没有这样强烈的方向感,甚至在学法律的头两年,我都不确定自己的性格、习惯是否适合成为一名律师。我身边有很多优秀、有规划,从小就对自己想做的事情有非常清晰明确的目标并且从一而终的朋友,但说起来惭愧,我不是其中之一。

上初中的时候我爸爸经常问我,我的梦想是什么,我从来都答不上来,还反过来觉得这个问题很土。我常反问道:"我为什么非要有梦想呢？有梦想没梦想我好像都得周日一早回校，吭哧吭哧地学完一整周，周五晚上才回家。"我爸开玩笑地说看我的吵架能力很卓越，长大了可以去当律师。而我这个半抱怨半借口的"回怼"在后来被送去澳洲读女子高中开始就彻底丧失了底层支撑力。

我还记得那是一个周末的晚上，我刚洗好澡准备上床睡觉迎接第二天一早又一轮的回校，我爸妈突然把我拉到他们的房间，让我坐在他们的床上，问我想不想去澳洲读书。澳洲？当时的我连澳洲都没去过，我从来没有离开过北半球，更别说是客观全面地思考自己想不想去澳洲读书了，我当下只觉得"去澳洲"这件事听起来很新鲜，它是不是一个正确的决定我不知道。在年纪小的时候总是分不清"机会"和"选择"的区别，总会把逃离当下状态的任何"选择"当作一个有无限可能性的"机遇"。那时候的我根本不知道这个选择所产生的影响将远远超乎我的想象。我现在回想起来还会觉得人生其实是一件件很有意思的事，有一些回看时觉得无比重大的决定，其实在当下是这样轻易就作出了，或许自身独立思维的能力越欠缺，就越敢于眼一闭心一横地作出一些重大的决定。

澳洲和国内只有 3 小时的时差，没有大片联系不上国内家人的时间，所以在我妈妈不适应澳洲生活突然回国以后的一小段时间里，我也没有觉得很孤独。澳洲高中的课程选择比我想象中还要自由。除了数学和英文两门必修课以外，所有的课程都可以由我自己选择，这样的选择权对于我，一个在军事化初中住校了 3

年的孩子来说是天大的自由，同时也是巨大的压力，因为我不得不开始独立思考我未来想做什么这件事了。我先选了一门音乐课，我想试试水，想着自己从4岁就开始学钢琴，音乐课对我这样的乐感来说应该就是一节轻松享受的课。结果第一节课就给我来了一个下马威。老师让我们挨个上去，用钢琴即兴创作一段爵士乐。很多学生都是连着选了好几年音乐课，已经对即兴创作习以为常，但对于我，一个一直上音乐课都是坐在台下听，偶尔大合唱跟唱两句的学生来说，我一下蒙了。我学过乐理，学过扒谱，学过演奏，唯独没有学过即兴创作。我，该创作什么呢？不仅是爵士乐，我这3年的高中生活，我，想为自己创造什么呢？

其实我不是没有想做的事，我的想法很多，想做的事也很多，只是在此之前我从来都不是一个叛逆的孩子，我循规蹈矩地在学校里做我必须完成的事，我最大的叛逆可能就是拒绝做额外的课外题册，转而花时间去写我认为对于我来说更有效的错题本，然后就被叫了家长，于是我的叛逆也就止步于此了。我没有机会去尝试我想做的事，哪怕我的父母其实非常开明，一直希望我找到自己热爱的事情并且持之以恒，但是没有尝试过的我根本不知道除了学习、钢琴、画画以外我还能有什么爱好。于是当我真的开始思考"我喜欢什么"这件事的时候，因为这种受宠若惊的神圣感，这种我选择了我就真的可以去改变自己未来人生的发展轨迹的责任感，让我第一次明白了我可以对自己的人生有掌控度，且从那时开始，一直都可以有。小时候上课，我会偷偷让自己的舌头在嘴巴里转动，享受于这种别人不知道我的舌头其实在自由转动的时刻，现在想来这其实是我在努力宣告——看吧，你无法百分百地掌控或限制我。而当那个小时候只有舌头是自由的孩子，开始拥有自由叙事的权利，因为一直习惯于"被安排"，她就像被归驯过的宠物一样，只知道哪些行为可以获得嘉奖，哪些行为可能会被指责，她试图去扮演一个自我认知下安全的社会角色。

高二的时候，身边有一个同学选了一门课，名为 legal study，我问她为什么会选这门课，她说她的家人都是律师，所以她也想考法律专业，做一名律师。我很震惊，居然有人在填报高考志愿之前就已经有了清晰的对于专业的目标，我以为只需要先选最能刷分的科目，把分数刷高，出分拥有选择的主动权之后再花时间去想自己要报哪些学校的哪些专业就行了。说句实话，我一直觉得学了总会有用，却从来没有反过来想过自己的喜好是什么，从而反推回来看，需要去学什么相关的知识。

但当她提到学法律，我想起从小到大很多人建议我去学法律，觉得我性格外向、有很强的表达欲且表达能力强，适合做律师。虽然这种判断只是基于他们对于律师这个职业的想象，以及对于我粗略的认知随口说出的"意见"，但在我的脑海中植入了一些对于这份职业的好奇。于是当我在高中被再次拷问"我的梦想是什么"的时候，我真的开始想，是不是我确实可以尝试去做一名律师。我开始看很多和法律相关的影视作品和书刊读物，将茫然无序的思绪层层筛落，我逐渐长出了一点点自我。可是我毕竟是一个才来澳洲不到两年的中国学生，我的英语水平可以让我听懂上课老师说的内容，支持我和同学们进行日常沟通交流，但是我真的具备用英文在法庭上替我的当事人辩护的能力吗？虽说来日方长，我还有大量的时间去学习和训练，但是这样落后于大部分同龄人的起跑点，真的可以支撑我成为一位很好的律师吗？我不知道这个问题的答案。

在那段时间给家里打去的电话中，我和父母分享我的感受，询问他们对于高中选课以及大学专业选择的看法。但当我把复杂的选课和算分系统费劲儿地翻译成中文，解释给他们听的时候，我突然意识到，我未来要往哪里走，已经彻底成了我肩上，我需要独立去面对和思索的问题。父母不再能，也不再该像我小时候读书那样，手把手地看我的家庭作业要求，给我的每张试卷签字。家永远是我的避风港，但如果我想闯，我得撑伞自己走进雨里。

那一刻，我曾经在家里的床边与澳洲联系起来的"自由"彻底兑现了。

二、逐渐长出自我

很多人问"为什么你会选择学法律呢？"我有一套很清晰明确的回答，但其实真的掏心窝子说，我觉得我作出很多选择的理由都是在事后被问起时去人为赋予的。这不代表这个理由是假的，这个理由是真的，是我被问起以后回过头仔细回顾我当时的心路历程后给出的回答。但当时的我真的深思熟虑,做过优劣势分析,明确总结出成为一名法律人的理由和一套完整的未来执业思路才选择去学法律吗?很惭愧地说,我没有。真的回想起来,好像我的很多选择都是我当下想做,然后就去做了,任何的理由只是给自己选择去做所找的借口而已。

我想做什么事情貌似从来都不需要非常多的理由,对我来说,想做本身就已经是充足的理由。可能也是因为我之前很长一段时间一直就是一个比较冒失的愣头青吧,这一点让我在之后的法律实践中吃了苦头,产生了许多次的自我怀疑,但那时候的我还完全没意识到这一点。

当高考成绩下来,选择报考专业的时候,我坚定地在表格上选择了法律专业。我觉得学法律以后自己一定可以变得很酷,和美剧里的那些律师一样,对法条驾轻就熟,在法庭里雷厉风行。我在想有那么多按部就班的律师,如果我就是那个出其不意的,会不会格外特别?我想没有任何职业可以像律师这样凸显我的特别了。但是我忘了,一切他人眼中的飒爽姿态都是背地里无数次伏案挣扎后的结果。一种职业的固有印象是有它的道理所在的,这份职业里大部分人的模样,就是最适合从事他的那部分人的模样,如果我不是其中之一,那我也会被洗刷成为其中之一。如果我想保住那部分"特别的自我",我只能付出超过大多数人的努力,把我那"特别的自我"以外的部分,努力扩张成为百分之百。"特别"的部分能扮演的从来就只有赋能,如果指望它去搭配弥补,那只能成为平均值之下的四不像。

  我现在都记得我刚开始在法学院上课时的心情。自以为英语水平还算不错的我被第一学期的课打了一个措手不及，我从来没见过这么厚的教材，翻开来是密密麻麻的英文字母，老师布置了大量的 reading 让我们在每节课前完成阅读。每次考试前的 case list 都有好几页 A4 纸那么长，而上面甚至只列了我们需要熟记于心的案件的标题。案件与案件的事实情况之间相差甚微，但在判决上的体现却大不相同，逻辑层次像洋葱一样层层叠叠。我开始察觉到我在选择专业时的想法是多么地想当然，我在过程和成果中只看到了成果，而当我被丢进过程的茫茫海洋时，我必然会感到无所适从。看着 lecture 教室里黑压压的背影，我开始好奇这千千万万名法学生中，最终有多少位成为律师，又有多少位在这份职业中深耕下去，其中会有我吗？很多人说，大部分人在大学里学的内容最后都不会在从事的工作中用上，毕竟高中刚毕业时选择"志愿"时的心境和大学即将毕业时半只脚踏入社会的心境肯定不一样，但只要是学习，总是有意义的。我学法律的时候其实我的家人也和我说，就算不做律师，懂法律总是不会错的，很多别的行业也会喜欢招懂法律的人。虽然这个想法是有道理的，也能起到一定程度的自我安慰，能在作决定的时候推自己一把，不至于反复纠结。但我有时候觉得，很多人就是被这样的说法给误导了，包括我自己。当我这样想的时候，我会允许自己的大脑放空，允许自己从对自己到底喜欢什么的思考中跳出来，允许自己暂时不去理会对于未来的规划，还会导致我对于当下做的这件事情逐渐抱有敷衍的态度。班里那些个大学毕业十几年回来重新报名法学院的学生，他们的行为并不是意味着我可以在大学期间晃晃悠悠度过，而是自己要对自己当下做的事情有最强的掌控权。

　　从读书选择专业，到毕业选择工作，其实我都一直在企图夺回这样的掌控权。我很了解自己的脾性，对于自己想做的事情会有很强的行动力，但在我想明白之前，我无法付出百分百的努力去埋头苦干。这样的性格有利有弊，毕竟如果我不想把任何别人的标准直接套用在自己身上，那我势必需要反复确认自己的标准是什么。而因为人天生的惰性，总会倾向于依赖某个全自动的跑道，允许它带我去任何不会太跑偏的地方。法学院的学习强度很大，内容很复杂，我越发担心自己是否有这种"夺回掌控权"的权利，毕竟电影里能自己掌握自己命运的角色一定都有过人的技能或者令人惊叹的杀手锏。

　　而我，一个在澳洲学习普通法的中国人，我的过人之处又在哪？每当有澳洲人问我学的是什么专业时，我都觉得他们心中会质疑我一个连语言障碍都没有完完全全越过的中国孩子，怎么在澳洲律师行业深耕；而每当有中国人问我的时候，我又觉得他们心中在想我一个在澳洲学普通法的学生，回国其实就是一个法盲，并不一定能找到什么好工作。我甚至开始后悔自己放弃重点高中的机会去澳洲读书的那个冲动的决定，如果当初我留在国内，按部就班地学习生活，我是不是可以不用自证？这个问题对于现在的我来说便会很好回答。毕竟我现在清晰地意识到自证是没有限度的，但凡无法放弃对于自证的执着，它就是一个无底洞，会不断吸引着你跳进去持续下坠。其实这些我眼中别人的质疑都源于我的"心魔"，正因为我自己对自己有着这些质疑，正因我自己尚且无法回答这些问题，所以我才把他人所有的语言和表情都归因于这些我眼中的阻碍。"我眼中的别人其实是一览无余的我自己。"而当时那个还没满20岁的我，根本无法想明白这些，那时候的我脑中大部分的思考内容都围绕于他人对我的看法以及如何改变他人对我的看法，我尚不知道这些"他人的看法"其实竟是虚无。

真正开始对律师这份职业有概念其实是在实习之后。大学时期的笔记我大部分都是用电脑记的，但是有一些教授说的令我觉得特别触动的话我会用笔再抄写一遍。当时去实习前，我在实习笔记本的第一页抄写下："做律师应该做一块坚硬的石头，而不是一块看起来像石头的泥块，只需要轻轻一碾就会土崩瓦解，要时刻记住律师是公民们通往正义的入口。"现在想真的是稚嫩得可爱，毕竟我当时实习的其实是民商事的团队，但是青年人心中对未来的憧憬和热血就是这样无厘头却尤为珍贵。我的带教是一位看起来有些严肃的前辈，头几天实习，没有太多和他交流的机会，我也只是按部就班地完成交给我的活，实习经验的欠缺让我不敢贸然去争取任何反馈以学习的机会。直到后来有一次他给了我一个deadline在两天后的活，我一下就紧张了起来，那是一份对于我来说很长的合同，他让我仔细审阅提出我的意见。那两天我无论是在律所还是在家，都在反反复复地审阅那份合同，努力提出一些能为我"加分"的意见。合同中有一个用于计算交易相关金额的公式，我非常想当然地觉得这一定是从模范合同中照搬过来的，一定有很多人审阅过它的准确性，我就不需要去二次校对这些照搬过来的公式了，毕竟合同这么长，我的"拿分点"应该在别的地方。而事实上，我大错特错。在我把自以为提出了非常多有效审阅意见的合同交回给带教后，他专门走到我的工位旁，本就严肃的脸上叠加着失望和不满，说给我额外 10 分钟，让我回去找自己的错误在哪。我当时完全蒙了，翻着合同的手都有些颤抖，翻看着那份我每个字都反复仔细看过的合同找问题出在哪，我突然想起那个我偷懒想当然略过的公式，在和别的合同比对后我发现它多了一个次方。那天在带教的办公室他和我聊了很久，他说即使是这样一个小错误，如果被忽略而发到了客户手上，客户可能会觉得这是恶意埋下的一个陷阱，他说对于我这样的年轻律师而言，良好行为习惯的养成比什么都重要。我才意识到这次的工作于我而言，作为学徒的培训目的，远大于我作为实习生的辅助工作产出目的，而我还真的把自己只当作了一个学生，把学生思维彻头彻尾地带到了工作环境中。我仿佛是在答题一样，想通过一个个点的加分，在考官那里拿到一个还不错的分数，而完全忘记了作为未来律师，

收获了一群志同道合的好朋友，实习结束时给我折的小礼物

我应该做的是为客户解决问题，应该注重的是客户的诉求。律师是一份容错率很低的工作，如果我选择从事这份职业，一些行为习惯不再是性格特点，而是必须被拔掉的倒刺。

三、一块强行拼凑上去的拼图

"迷茫"这件事情反反复复出现在我身上，和千千万万的留学生一样，因为疫情突然回国的我像是被斩断了原先生活的轨迹，且在毕业将至的紧迫感下必须迅速从斩断处长出新的枝桠。

我不得不面临拿着从来没有在国内受过法律教育的文凭，先在国内找工作的局面，毕竟几乎所有律师岗都需要于在读期间开展转正实习，才能竞争毕业后的工作名额。这么回想起来，我的人生从初中毕业以后好像就从来没有过"万事俱备，只欠东风"的阶段。反而是我认为最按部就班的小学初中的那几年，是我记忆中最稳妥、时刻为机会预备着的一段时间。自我自己掌管自己的成长步伐以后，我时常遇到这样的"突发事件"，所以潜意识里也就贯承着意料之内的不紧不慢，我知道人生不会因为这样的小偏差就完蛋，不然我可能已经完蛋很多次了。

我投递了无数家律所，哪怕是不要求我写 cover letter 的岗位我也一一写好 cover letter 投递到对应的邮箱地址。每天都反复刷新收件箱，等待自己理想律所的回信。我拿着一个可能乍一看并不完全与之相称，也未必一定会按预期完成拼凑，往完美发展下

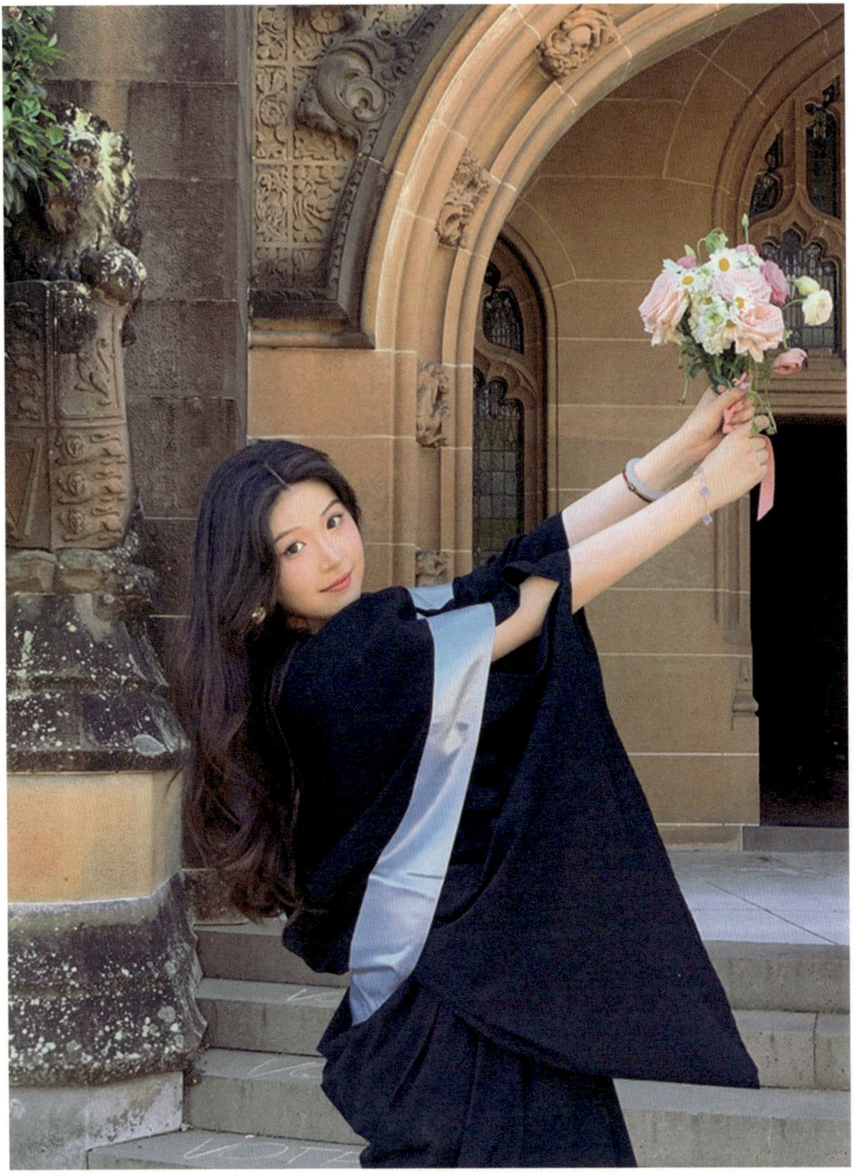

去的拼图,去试探一个又一个的机会,我没有这个等东风的契机,可能是我欠缺万全的准备,也可能是在现在这个市场本就没有万全的准备,对于稚嫩的法学生来说,有的只是用自己灵活感知的触角去触碰一个个的可能性。碰得好就会触发开关,碰得不好就会碰壁。头几次触碰,我碰到的是壁。这不算不幸,这只是实践里的一个必然。一个海外的法律文凭想在内地优秀的律所做诉讼业务几乎是不可能的,于是我只能先放弃自己最感兴趣的诉讼,转而去根据平台选择自己的执业方向。

而这次转向后,我的触角终于触发了开关,我收到了魔圈所之一的富而德律所的面试通知。我现在还记得那个当时对IPO几乎算是毫无了解的我在收到通知后的几天内吃饭、洗澡、上厕所全部都在看IPO相关的内容,在面试的前一晚辗转反侧。那时候我觉得只要我能被这样一个优秀的平台录取,我的人生就稳了,我就可以对很多人有所交代了,仿佛在此之后再无高山需要翻越。我极度渴望证明自己,渴望从那个因为焦虑和害怕而钻进去的角落走出来。初入社会的我不会知道,角落之后也并非都是平坦大道,法学生的职业道路注定是需要不断自我扩充的,如果想一劳永逸,路只会越走越窄。

我想很多毕业生都经历过这种感觉,在竞争日渐激烈的求职市场中面临社会的入门测验,多少会乱了阵脚。哪怕是像我这样在意自我感受的人,也会渐渐地忘记自我的重要性,求职在当时的我眼里是一场分秒必争的限时竞赛,在失去应届生身份之前,

所里的圣诞晚餐照片留念，小实习生吃完又火速赶回项目现场

能够到的最高点就是自己在这场社会入门测验中得到的分数。

  但我回想那个对于我来说从稚嫩愣头青转向初具雏形的律师模样的节点，就是当我把自己这块拼图强行拼凑上去的那段时间。富而德的平台很大，培训很完善，整个考核系统也很透明，我清晰地知道我需要实习多久、与多少人竞争、争得多少份offer中的一份。我加入了一个非常有人情味儿的团队，这次我莽莽撞撞的触角又幸运地触碰到了柔软。我还记得我实习期第一次上手的就是一个和摩根大通以及中信一起做的港股上市项目，当时的我震惊于自己居然可以参与这样成熟的项目，且根据前辈们的职业轨迹判断，三五年后我可以做这样一个项目上的主办律师。在项目成功交表后，项目上的几个律师带我去吃了火锅，前辈律师兴奋地对我说，她真的很喜欢这份职业，她喜欢这种成就感，喜欢修修改改一本招股书然后看到项目成功出去了的感觉。我现在都记得火锅在桌子中间咕嘟咕嘟地翻滚着，隔着雾气，前辈那双亮晶晶的眼睛，那种对职业的热爱，让我无比羡慕。无形中，我把她的梦想嫁接到了自己身上，我觉得哪怕不做我一直以来想做的诉讼业务，在一份能让我产生成就感的工作中升级打怪，一定也是一件很幸福的事。

我记得出差回来后我和家人兴奋地分享着自己短暂的项目经历，那个对业务毫无了解的实习生也有了那双亮晶晶的眼睛，她诉说着自己即将去往一个充满无限可能的平台，终于可以穿着职业装，像自己无数次想象过的那样出入高楼大厦。那时的我已然完全忘记我在法学院时，曾一直激励自己的站在法庭上替当事人辩护的场景，忘记我也曾把"律师是公民们通往正义的入口"这句话写在纸上、贴在桌前，忘记自己无数次看像《性别为本》这样的电影时也曾热泪盈眶。当时的我只觉得这样的平台、这样的薪水、这样的发展前景，对于处在社会时钟里的我来说，实在是太好的一个机会，我可以走向更"高远"的目标，可以做着一些亲戚们"听不懂"的工作内容。只要拿到这份工作，我就可以对所有人有交代，我爸妈也可以对所有的亲戚同事有交代（哪怕亲戚同事可能转头就忘记）。我全然忘记了我也需要对自己和自己的梦想交代，也对嘛，毕竟我是一个从小没有什么梦想的人，那个在上了高中大学后逐渐长出的自我，在这些晃眼的大标签面前被我暂时抛到了脑后。我不在意自己是一块儿什么样的拼图，想拼上怎样一个空缺的地方，我认为这样一个职位已是"百搭"，只要我强凑上去，这个选择总不至于是错的。

我算是一个乖孩子，虽然有时候会有一些特立独行的想法和尝试，但在正式工作之前，大体上来说我还是一个比较循规蹈矩的人。由于对于社会的陌生感，觉得大家都信奉的那一套评价标准应该是可信度最高的，最具有实践参考性的。因此，毕业那会儿我也没有什么有新意的想法，只是一心想去大平台，想找一份高薪的工作，想去高楼大厦里办公。那时的我不觉得高楼压抑，我觉得它让我感到兴奋。光是穿梭在这样的大楼之间，我都觉得自己的人生仿佛有无限可能。我记得我刚收到律所行政人员给我定制好的一盒盒个人名片时，我拍了好多照片，发到和爸妈的群里。认认真真地把名片在桌上放好，从中拿出一小叠放到自己随身携带的背包隔层里。那时候心里想的不是什么时候把第一张名片递出去，而是回家的时候拿一叠给爸妈看看。初入社会的我们总是用学生的心思试探着社会递来的一张张入场券，每次进场都睁大了眼睛滴溜滴溜地努力往四周看，我们通过观察，企图迅速构建自己的一套评价体系，而在此之前，最朴素通用的依旧是我们从老师口中、家长口中听来的那套标准，我们认真执行。

同办公室的前辈姐姐看到我在整理名片忽然对我说，去年的这个时候她和我一样，刚刚转正，她甚至把名片拿回家裱了起来。她说她实习的时候爸妈来看过她一次，行走在陆家嘴这些高耸入云的大楼间，她爸妈感叹："是什么样的人能在里面工作啊！"她那时候抬起头，看着大楼玻璃一个个小小的隔间，心想她一定要去里面工作。她和我说这些的时候我忽然就酸了鼻子，有些感受因为太真切,太让人感同身受所以一下子就能将人的情绪调动起来。大楼里,大楼外,应该还有无数个我们,无数个想要挤进这座楼的应届生,这像一座小小的城,把我们都围了起来。

这个选择确实不错,在那之后我甚至拥有了在父母面前的绝对自由,因为他们认为我是那个"有能力的人",我不再是那个会胡乱选择把

又一年圣诞,一个人去英国出差

自己搞砸的小孩,而是一个有节奏感,会对自己的人生负责的大人了。仅因为一份工作,而当时这个大人,甚至都不那么清楚地知道这份工作从长线看是否会走向自己想要去向的地方。

四、扑棱着扑棱着突然就有风了

大家总说,法学思维模式是很有用的,就算最后不做律师,法学文凭也可以把我们引领向很多别的职业。学法确实在潜移默化中改变了我很多,在日常生活中体现最明显的,就是它让我有了一套系统化运转的思维模式。它自身已是一个闭环,但它仍旧

欢迎输入，这套思维模式让我更信任自己，让我有了非常清晰的主体性。

毕业后我入职了富而德，当时从社会时钟看，我的职业生涯完全在"正轨"上，用最快速的方式进入了国际化的平台，得到了优质的职业发展机会。当时的我也是这么想的，觉得大平台对刚刚毕业的我来说非常重要，但更重要的是，只要身处在这个环境里，我就暂时可以不用再去个性化地规划自己的职业路径，至少眼下我只要在这个平台留着，我就一定在成长，只是成长速率的问题。在我过去的人生中一直悬而未决的，持续困扰我的、让我感到焦虑的职业规划上的问题可以暂且被搁置。进入了这个平台，就像刷上了自动化成长的磁卡一样，我只要跟随着这个巨大的引擎一起运转，跟随着团队前辈们发展的轨迹，在完成分内工作之余有针对性地进行自学，我就可以预测自己30岁、35岁、40岁大概会在什么样的职位，甚至可以较为精准地预估我每个年龄阶段的年薪。

我知道很多人的方向都是生活替他们选择的，大家总说顺其自然、随遇而安，走着走着就知道方向在哪里了。但当我在富而德工作一年之后，我那个从高中时期逐渐长出的自我总是时不时地探出脑袋来，我也渐渐开始思考一个很大的项目与小小的我之间的关系，这种挂靠依存关系始终只是鸵鸟式的自我慰藉，我清晰地知道我现阶段得到周围人认可的这个身份只是一个浮于表面的 title，真正内在的我其实一直没有被喂饱，她一直饿着、等着、期待着自己的生活会有重新燃起来的那一刻。

我的前辈律师们非常乐意和我分享和职业规划相关的心得，他们告诉我一份能长期耕耘下去的职业非常重要，这个赛道不像我想象中的那样可以非常灵活地跳槽到任何业务领域，业务领域的选择对于青年律师来说极为关键，纵然这个平台可以作为一个绝对的背书让别的团队认可我的技能以及潜在的学习能力，但是跳槽后面临的很有可能是打碎重来、从零开始。而每次和前辈律师们的讨论，他们也总是以"不做这份工作，在现在这个市场，还能去干吗呢"结尾。确实，如果我要拒绝对方提出的一个想法，那我就要提供至少两个替换方案。如果我要拒绝按部就班的人生，那我就要给自己提供至少两个可实现的规划方式。

大部分年轻人应该都思考过一个问题：要不要追求世俗意义上的成功？詹青云老师说："世俗的成功让我们自由。"的确如此。自从我在上海工作开始，我就不再会收到"澳洲都是水学历""澳洲的文凭是鄙视链的底端""花这么多钱留学真的能找到工作吗"这类的评价。这种自由感让人上瘾，如果我对当下的状态是不是我想要的产生了质疑，我只要负责消除自己内心的质疑就可以，毕竟外界的评价四面八方不知道从哪里下手处理更无法追根溯源，而我内心的火苗却很清晰，似乎可以随时选择掐灭。

那时候我总会和朋友聊，聊我多么纠结，多么受困于社会视角对于成就的衡量标准。但是后来我发现这其实是一种懒惰，对于社会时钟的追随有时候不是像我抱怨时那样无奈，只是我的惰性让我不想去规划人生的另一种可能性。因为只要在现在的轨迹上不去改变,"掉坑里"的可能性是不大的,但如果我要去规划通往另一个目标的路径,我不仅一时半会儿找不到方向,就算找到了,那条道路也会需要我不断自我更新,我所谓的"受困"其实是一种逃避。我宁可在永动机里做齿轮,也不愿意投身于自给自足的 diy 机器,我畏惧改变,害怕不确定性,因为我还不够强大。我知道我没那么在意社会视角,这只是我勇气不足的借口。其实我一直明白我学法律的初衷是什么,我想成为什么样的律师,且那样的律师并非不满足社会视角下对成就的衡量标准,只是通往那儿的路径需要持续保持自驱力。

非常机缘巧合,在一次我和同学一起聊未来方向的时候,他给我推荐了一部香港电影《毒舌大状》,他说觉得很适合我这种内心里一直有点小火焰却又总被自己浇灭的人看看。当晚回去我就看了这部电影,里面有一幕我记得特别深刻,就是主人公坐在看台上,他的朋友问:"你还记得你为什么学法律吗?"这个问题很多人会问,但在那个场景之下说出来的时候,我一下子就呆住了,是啊我为什么学法律呢?或许我并不想走他人眼中认为"不会错"的道路,我内心的倔强让我总是想去试试那条"我认为对"的道路。哪怕走得费劲,抬眼看当时的同僚都已经走在前面,因为是我 diy 的机器,所以其中价值也只有我自己能定义。

我想从这座城中出去。

人生的巧合是会让人泛起鸡皮疙瘩的程度,在我从富而德离开之后，收到了 Offer 6 选角团队的私信，但因为我只学过普通法而没有学过大陆法，且我当时已经想好了要去做普通法诉讼，所以一开始准备拒绝。但当节目组说当天正好是 Offer 6 的主题公布的日期，让我打开社交软件刷一下再答复的时候，毫不夸张，我整个手臂的汗毛都立起来了——竟然是香港大律师季，当时我的第一反应就是，命运的齿轮原来真的会转动。在那之后更巧合的是，节目组的笔试题里有一道题就是关于《毒舌大状》的。原来扑棱着扑棱着真的会有风。

回忆了一下参加面试时的心情，完全是 7 个字："初生牛犊不怕虎。"我其实没有看过任何一季 Offer 的节目，面试的那段时间才专门去看。当时觉得应该会有充足的时间让我们准备每一个课题，每一个课题的内容设置应该也都会提前告知，让我们有一个心理预期，毕竟节目组也希望最后呈现出来的效果能更高质稳妥，竞争的状态能更游刃有余。没想到我又大错特错。这个错误的判断在我去初面的时候就显现了出来，我完全不知道面试会问我什么问题，除了有摄像老师在旁边实时记录以外，这完全就是一场真实的职场面试。就和一般的面试流程一样，有关于简历、个人职业规划方面、行为习惯方面，以及纯法律专业的问题。面试结束后我站在楼下久久不能平复，且我迎来了第三个巧合，这次在香港实习的地点竟然就是我前律所所在大楼的最顶层。如果这是一部电影，肯定会被观众说这一过度艺术性的设置失去了现实感，而现实就是这么地有艺术性。在我甚至睡醒都没习惯自己

节目中最喜欢的一张照片

已经在香港了的时候，我已经正式成为争夺香港大律师学徒名额以及 PCLL 全额奖学金的 8 位实习生之一了。在那之后课题的发布就是一个接着一个，综艺录制和我预想的完全不一样，节目组像是不害怕突发事件一般记录着我们最真实的工作状态。

节目播出后，我第一次从一个第三方的视角去这样完整地观察自己从早到晚的行为和表情，第一次有机会回头看自己当时做的每一个小决定从第三视角看是什么样的感受。镜头会放大很多东西，我自诩是一个非常注重自我思考和剖析的人，但我也从来没有这样去"了解"过我自己。而 Offer 6 的经历也让我们有机会跨越原本生活圈子的局限，认识到很多来自各地、处于各个阶段的互联网朋友，这让我觉得很神奇也很幸运，一些我甚至没有去到过的地方，也有了我的朋友。她们有些通过节目正片了解我，有些通过节目片段了解我,有些通过一些文章笔记了解我。她们善意地用自己接触到的我的一个个切面去拼凑成她们脑海中我的形象。很幸运能有这样奇特的经历,认识到一些自己本来可能没有机会认识到的朋友;甚至因为一切契机,给这些新朋友们带去了一些鼓励和能量。她们说,一些我踏上的桥,也成为了她们的桥。我是一个很感性的人,也是一个很普通的人,每次收到互联网朋友们的私信或者是在线下遇见,都会觉得原来自己的存在是一件比自己以为的更有意义的事,让那个偶尔会关上门在房间里独自泄气的我有不断重新推开门的勇气,因为在某个看不到的角落,可能有朋友正在和我精神共鸣、并肩作战。

互联网赋予的联结让我意识到我不该给自我设限。那些曾以为不可逾越的桎梏——"女性""在上海""法律工作者"的标签,在更广阔的维度里不过是流动的坐标,是模糊的,甚至是虚无的。我们不是被社会角色框定和挤压的孤立个体,而是能主动融入、随时流动绵延的鲜活生命。当我真正投身其中时,感受到的不是身份的挤压,而是破除边界后越发舒展的可能性。我知道很多人都会说做事之前要分析利和弊,毕竟每个人的时间都是有限的,要把时间花在能有所得的事情上。但在那段时间之后,我对于"有所得"的定义开始感到模糊。一些长期来看能有所得的事情,也许在当下连苗头都还未曾显现;一些在客观定义下不算"所得"的,其实在错综复杂的感受系统中扮演了浓墨重彩的一笔,是蝴蝶效应的必要起始项。

当我拿到 Offer 6 和节目组的奖金的时候，有一种时过境迁的感觉，但我心里其实很清楚，这才哪到哪啊，青年律师要走的路总是到了一个站就又续上了一个更远的站。很幸运，遇到了很好的师父。师父不仅和我聊专业，还和我聊了很多人际交往、性格塑成方面的想法。节目播出以后网络上的讨论，让我们所有人都一度把感知的敏感度留给了网络世界的触角，而现实世界的触角暂时变得迟钝。我感受到事件的多面性和复杂性，使我无法完全客观地去定义一件事情的性质，但作为律师，我必须要有这样定义一件事情并且据理力争的能力。我习惯性通过观察去编织我自身世界信奉的观念，但在那段时间，巧合和来自各个视角的评价让我一时间乱了阵脚，失去了对于自己的信任。我会观察，但是因为视角的局限性，我所观察到的就一定是真实的吗？我答不上来。因为哪怕是对于自身，我也时而无法分清"真我"和"假我"之间的界限。就像之前选择职业道路时那样，偶尔喂食养大了那个"假我"，挤压了"真我"的生存空间。也许单纯的定义无法包裹所有，只能片面地为自己的观点所用。

师父说做律师其实是很幸福的，有一套非常明确的规章制度，限制所有律师的行为准则；有法条和先例，供所有的法律人学习和参考，并平等地基于此去发表自己的辩护意见。他和我说，他每次困惑的时候都会和自己说的四个字——"目标为本"。是啊，我只要清晰地记得自己的目标是什么，但凡我的目标没有改变，对于眼下的干扰项，我只需要去辨别他们对于目标的潜在影响程度，就可以剔除掉不该为此消耗的事项。其实就如我从高中开始一直用作个性签名的一句话："Remove the unnecessary and let the necessary speak."呼应了我师父和我说的"目标为本"。只要目标未变，其他的痛苦都是暂时的，都是自己选择的，所以都是可以被掌控和摒弃的，是不该为此发愁的。

在此之后我经常用这四个字提醒自己，它像一个解药，一次次把我从情绪的沼泽中拉出来。一直擅长考试、竞赛的人大多会面临一个问题，在目标不清晰的时候无法去努力，因为尤其不喜欢这种力不知道往哪里使的感觉，从来就不习惯于假模假式磨洋工以暂时逃避眼下困境。但找准这个目标其实也不是一件易事。以我为例，随着我逐渐经历不同的事情，对一些外在因素祛魅，

我和师父

我的目标也难逃实时的变化。

年初师父组织了一场法律人的聚会，来参加的有法官、律政司的前辈、师父所在大律师行的大律师们等。一月的香港，气温不高，我们坐在室外的椅子上聊天，旁边的墙上爬满了爬山虎，山里的空气格外清新。我和一位刑事大律师聊了很久，他和我说起前段时间负责的一起青少年犯罪的案件，由于委托人坐牢出来以后仍旧未满21岁，他很担心他的委托人会再次犯事，所以思考过后他还是没忍住和委托人的爸爸坐下来嘱咐了很久。但他说，作为大律师，其实你处理的只是客人法律方面的问题，其他方面问题的过多带入只会让自己没有办法用理性的方式去处理案件。关于这一点，我真的有太多的疑问了。在节目中我就发现自己其实容易有先入为主的判断，我忍不住把情绪带入案件的处理之中。于是，我问这位大律师，我说我一直都觉得自己是一个共情能力特别强的人，刑事诉讼其实很多时候处理的不仅仅是一起案件，甚至是一个人的人生，如果我想做刑事大律师，我该怎么样让自己能把事情剥离开来看，而不让情绪影响自己作为法律工作者的专业性，毕竟除了法律工作者这个最重要的身份以外，其实我们都是人，是人都很难做到"只在法言法，而非任何其他"。这位大律师说他看过我在节目中的表现，他说他总对年轻律师说，心里要有一团火，让它持续燃烧才能支撑着他们在法律的道路上走下去。而他给我的建议是"be water"。他说我需要灭火，要像水一样，放弃任何情绪上的预判，学会用一张白纸的心态去听当事人说的所有内容。我的火焰已经够旺了，如果再强，会吞噬我原本可以利用起来的长处。人生中会有一些在回忆时反复放映的瞬间，对于我来说，这一刻就是其中之一。身边的人仍在分享自己最近办的案件，一些分享是出于觉得有趣或者震惊，一些分享是出于觉得愤恨或者无奈，但看着这些在行业里深耕多年的大律师，谈话间眼神中仍旧带着丰富灵动的情绪表达，我想他们心中应该依然燃烧着一团恰到好处的火焰。我知道很多人都做着自己并不热爱的职业，也知道很多人因为知道大多数人都这样，所以也并没有觉得委屈，但当我看到仍旧有人做着自己所热爱的事并执着于将它做得更好的时候，我忍不住为自己能成为他们中的一员而感到期待。

我们总问，如何看待社会时钟和自己所定义的时钟，但其实身处于社会中，只要自己的节奏是恰当的，和社会时钟的时差并不会太大，所以或许不用过多地把眼光和注意力放在追赶社会时钟上，毕竟放长远看，这个当下看似明显的时差，可能只是主观视角导致的。毕竟如果在三维空间里，一个视角下有很大的间距的两根指针，换一个视角可能是重叠的。如果一直盯着社会定义下平均的跑步速度，自己的脚步是会乱掉的。选择没有对错，我从来没有觉得自己去富而德的这个选择是错的。相反，我觉得这是我人生中最正确的选择之一。但同样，我也没有觉得自己离开富而德去香港做大律师学徒的选择是错的。一些能激起内心涟漪、刺激大脑皮层反应的都是好的经历。

五、保护自己不做那个"四不像"

描述是我们在人与人的交流中必不可少的，因为只有通过描述，我们才可以和别人介绍一个人或者说明一件事。但是其实有一些特征一开始只是一句描述，而当它被频繁使用之后，就会成为一个模板，硬生生地要把一个人或者是一件事套用进去，于是这个描述渐渐就由于它的不全面性而被指责为以偏概全，甚至成为一个贬义词。

我是一个很丰富的人，我自己也不知道该怎么去简要介绍我自己。MBTI 最近很风靡，大家都喜欢问彼此的 MBTI 是什么，但其实我觉得我的 MBTI 也无法很好地成为我的社交名片。MBTI 的问题里有很多关于工作的选择题，我在工作中是绝对的 J 人，我的规划性和行动力都很强。但我在生活中是一个绝对的 P 人，出去旅游我可以随意地出门走走停停，任何突然闯入我行程中的美好都让我觉得格外珍惜。从小到大我的朋友也都有很多类型，因为我觉得我没有办法被框在任何一个圈子里。节目播出后大家说我自信、大胆、有野心。我知道大家都是出于善意，喜欢我所以夸赞我，身在其中肯定会有被夸奖时的喜悦，因为每一个部分其实都是我，虽然不是完整的我，却也都是真实的我。她们像一双隐形的手，托举着我，给予我力量，让我有更多的底气去信任和尊重自己的感受，让我对于很多生活中的"旧课题"，产生了新想法。

矛盾的是，有时候我也会害怕自己达不到大家的对我的预期，害怕我说出去的话没有做到，害怕我被以为拥有的某个优点其实并不完全是那样。这样一个曾经对自由感到恐惧的我，真的值得这些词吗？大家对我的认知逐渐成为一个新的衡量标准，我潜意识里会认为越靠近这个认知形象就越正确，越容易被大家喜欢；越背离这个认知形象我就越错误，越不能被大家接纳。

那一刻我觉得我的自信、我的乐观、我那不怕丢脸的野心，都因为被标签化，而让我不想靠近它们。人为什么总是这样呢？企图去迎合一个个并不存在的框架，没有人逼迫我，我却自己乖乖地、阶段性地走入自我限制的小匣子。其实没有一个人可以达到所有人的预期，没有一个人可以做到自己说的所有的话，也没有一个人可以将自己拥有的某个优点在她生活中的每个场景下都完美遵循。人是多元的，当一个特质被赋予了过多的指向性的时候，其实是对其余特质的一种歧视和对于自由发展的潜在压迫。我不能眼看着我喜欢的自己一点点流逝。"没有那么多人在盯着我看"，我把自己想得太客体化了，我不是任何别人眼中的谁，也没有任何人在逼着我跳进任何一个模板中。就像那时候在富而德的我一样，我以为我要证明给别人看，我以为我的辞职是一个叛逆了社会时钟的行为，但其实根本没有人在盯着我看，在任何一段人际关系中，我都不该扮演客体，在社会中，我更没有什么客体可扮演，不然主体又是谁呢？

我想起当时全部的实习结束后我们重新回到长沙，一起看了节目的最后一期。节目组问我们对那一整期印象最深刻的片段是什么，其实我印象最深的是镜头从我们实习的那一层办公室一直向外拉远，直到远到港岛东中心的那整座办公楼消失在香港的夜景中。那一刻我突然像被浇醒一般地意识到，原来我们所在的那一整层办公楼那么小，只是港岛东办公楼中那么窄的一小层；原来港岛东办公楼这么小，只是香港夜景中发着光的那么一个小点；原来我们那么小，在航拍的镜头中会完全消失不见。而在此之前，我也为课题中的挫折崩溃过，为自己到底要选择什么样的职业路径迷惑过，为别人口中对成功的定义犹豫过，那其实那么小小的我们，又值得多少人在意呢，这样小小的我们，为什么不能没有顾虑地在自己的节奏中走个自在呢？

很多痛苦源于过度比较，有比较就会有参考，控制不好就会变成憎恨，要么憎恨自己，要么憎恨他人。我遇到很多人因为这种比较而感到非常痛苦，现在我们称此为 peer pressure。大家都听过无数次的老生常谈："每个人都是独立的个体。"可如果每个人都是独立的个体，那又该怎么进行类比？怎么定义哪些人是一类的？是把一个人割裂开来，一部分与 A 进行同类对比，剩下的部分与 B 进行同类对比吗？这样做对自己和对他人显然都不公平。人是一个综合体，是没有办法用客观的评估方式去和他人进行比较的。因为连什么是客观的评估方式，我们都没有想明白定义。但是比较又切实存在，且无法避免。青年法律人从各个学校涌出，涌入社会，带着不一样的简历，去面试同样的岗位资源。我们面对面试官对我们的对比,最直观的就是那些残忍的群面;就算成功入职,我们面对薪水的对比、未来职业规划的对比;即便是同一个律所内的 batchmates,还面临着晋升速率的对比。太多太多的对比。这些对比仿佛把我们封闭在一个个玻璃盒子里,我们透过盒子看别人,别人透过他们的盒子看我们,我们仿佛都悬浮在一个巨大的展示柜里,不断地与和自己擦肩而过的玻璃盒子作比较。但谁又是这个展示柜外的观察者呢?

我有一套自己给自己的说辞,每个人的世界是什么样的其实取决于自己第一视角下的主观描绘。而这些"比较"其实是他人世界的投影,这种投影不一定精准反映别人的第一视角,但能确定的是,会掠夺和占用自身第一视角的描绘空间,压缩自身视角,让它变得渺小,变得动荡,变得脆弱。别人对我的评价,又是另一种投射,他们在无意中企图把他们的思想和对我的评价投射到我的世界里,如果我的第一视角并不强大,就会在这种投射中渐渐失去高地。我们好奇该怎么成为更强大的人,有很多被说烂了的大道理,但其实这种强大的本质我觉得是拥有很强大的第一视角,这个视角强大到不会被任何东西轻易取代,它不极端也不排外,它面对不同的意见和外界的评价统统采取吸收的态度,而不是缴械投降。这种吸收滋养它,让它越来越丰富、越来越强大,甚至可以伺机投射到他人身上,将他人对你的评价取而代之。

所以最可怕的是什么?不是外界的声音,可怕的是自己没有第一视角,即使握着叫作"自由"的笔,也不具有描绘自己世界的能力。那样的话，哪怕是再微弱的声音，在这样常年寂静无声的世界里也仿佛是一声巨吼，而自己是会被吓到不小心在纸上瞎画一笔的程度。

六、"此身天地一虚舟，何处江山不自由"

其实我直到现在都经常会在"我命由我不由天"和"命里有时终须有，命里无时莫强求"之间反复横跳。有一段时间，我的家人朋友经常说我太拼了，让我别总想着加速，有张有弛才会走得更远。我偶尔听得进去，转到"顺其自然"这样的思维模式去一段时间，但是我马上又会觉得不安，类似于"机会总会有的，既然这次有这个机会，下次就还会落到你头上"这样的抚慰总是无法说服我。有没有可能生活中的机会真就没有那么多，有一个溜走了，就会像蝴蝶效应一样，让后面的骨牌全都倒塌。而面对我的人生，真正最在意的人只有我自己，没有人可以比我自己更靠得住。于是我的神经经常紧绷，我脑子里经常默念着"别人都不看好你，偏偏你最争气"这句有点励志、有点俗气、有点散播焦虑的话。确实，我不总是那个被大家最看好的小孩。

大学投递实习的时候，终于有一个大公司愿意选我做实习生，第一天实习，大家都问我是什么学校的学生，读大几，我能感觉到大家眼中暗下去的光芒。也许是我自己心底里的不自信在作祟，因为我质疑我自己，所以我这样解读了别人，现在回想时我也已经无法分辨。可能是觉得我只是想去混一个实习经历，前辈们对我很热情，带我一起参加办公室活动，却很少给我派活。稚嫩的我害怕主动交流的尴尬，害怕给前辈添麻烦，忍不住在这样的状态下内耗。直到那段时间有一个关于家暴的新闻，前辈们在办公室讨论了起来，刚在课上学过家暴相关案件的我小心翼翼地说起了 battered women syndrome（受虐妇女综合征）以及其在辩护上的认定等我的想法时，前辈们说看来我是真的对法律感兴趣。在那之后我的活儿也多了起来，实习结束时前辈们说，他们希望像我这样真的对法律有热情的年轻人可以越走越远，直到我之后在上海入职，我们还都保持着联系。

初入职场找工作的时候，我顶着澳洲法学本科的文凭跌跌撞撞，即使争取到了留用实习的机会，一开始我也并不被大家看好。身边的人都很友好，但不会第一时间把工作交给我去做，同期 7 位实习生，每一位的履历都比我优秀。我努力告诉自己把每一个分给我的工作都做到最好，在自己的步调里发挥自己的所长就好。

我试着换位思考去想前辈收到我交回的工作后，会做什么样的后续工作，从而去反推我该怎么去完善自己负责的这部分初级工作。在我摒弃了竞争意识，不去试探别人做到了什么程度，而是用

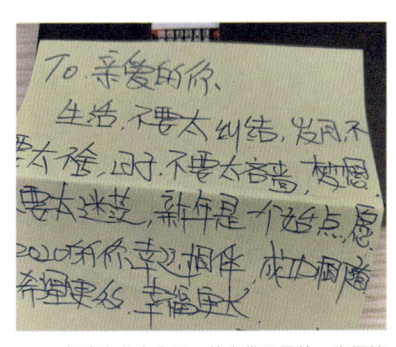

2019 年底在北京实习，外卖袋子里的一张便签

自己的标准去触碰自己的上限时，我感觉到领导一点点开始信任我。有一次午饭休息的时候，领导悄悄和我说她很喜欢我身上这股劲，她希望我能继续葆有这种鲜活的热情，多去独立思考，不要只做一颗螺丝钉。我是幸运的，总能有机会让我展示自己，关键时刻也恰巧都没有掉链子。

之后参加节目，争取 offer，一开始我的表现也并不出色，从面试到前几个课题，大家并没有对我抱有希望，都鼓励我享受当下，尽力就好。是的，"鼓励"，又是这个词。在我敲下这些字，回忆我过去的经历时，我发现我收获的"鼓励"总是多过"贬低"，收获的"支持"多过"打压"。我像一个横冲直撞的小孩，铆着一股劲想给自己争口气，在社会的大厅里，我选择的每一扇门，开门后都收获了比想象中更多的善意。当然我也是一个乐观的人，倾向于忘记不开心的事，不致命的打击都是成长，都是灌溉。

我也经常会有"差不多得了""也不至于太糟"的念头，但每次这样顺坡下了之后，面对最后的"成果"我都会感到有些后悔，后悔自己为什么没能做好眼下事，甚至没能让自己满意。于是当之后再有这样的念头时，我只能逼自己忍住，为了之后每次回味时的满足感，我不能让自己去看一件事情的下限，而是要抬眼看自己成就感的上限在哪儿。我不断和自己说："你不能从你的未来逃走，但你可以为你的未来祭奠。"因此我愿意放弃当下的松懈带来的暂时的愉悦，选择每次回忆时无愧于心的享受，我害怕从现下逃走，会导致亲手把自己困在自己的未来。对于我来讲，后悔自己没有尽力，比尝试了以后有沉没成本更痛苦。所以我往往都会扑进去，哪怕这件事情只是 1/10 的概率，我更不能接受这个概率成为 0 的导致因素是我自己。

但也并不是每次都顺利，我还是会搞砸事情，然后一下子暂时泄了气，觉得再也不想争取了，没有付出就不会失望。我记忆很深刻的是有一次，由于我的原因差点把一件事搞砸，我很惭愧，我朋友安慰我说："你知道，有些时候人在很累的时候，他潜意识会让他做一些就是恶意搞破坏的事情。所以，有可能这次就是你的潜意识在恶意搞破坏。"这句话很有趣，看上去是一种推卸责任，把责任推卸给了我无法左右的潜意识，但其实是我的朋友在提醒我，我该放松自己的神经了。这让我突然意识到，不敢松懈也是不自信的一种。我不相信自己可以在有限的时间里把事情做好，我不相信自己停下来了，事情不会乱套。这样的一个状态，其实让我没有心思停下来，想明白自己的标准是什么，因为我不自信，不信自己停下来了还有再出发的能力。我差点再一次跳入了这个社会的大滚轮里。所以你们看，这个滚轮真的很吸引人，想特立独行，是真的不容易。我们都是磁铁，社会是那个吸铁石，离得太近则注定被吸走，离得太远又会落单。我这种给自己打鸡血的状态，其实会"物极必反"，一件小事，一个情绪，就可以把我彻底从一个极端打到另一个极端。真正的成长，带来的是稳定，不只是铆足了劲冲这么简单。要用自己长时间下的状态来评估自己，而不是这段时间中发生的某一件单一的事，失去了某个机会，或是得到了某个成果，都是漫长生命中一个再小不过的节点。

再次回想高一那个第一次真正拥有自由选择权的我，那个反复去琢磨他人看法，不断在脑中询问着他人的喜好，努力往他人喜欢的样子靠拢的我，其实并不尊重自己所拥有的自由。当时的我甚至会因为担心聪明干练的女性会不讨人喜欢，所以不敢把自己的进取心外宣。当时身边的人也会说，寻找一个人替你遮风挡雨是比自己闯荡更幸福的事。但是一切以为的捷径其实是更远的弯路，在所谓的"风雨"中，随之而来的是"价值"，这种价值无关他人，全归自我。这种声音到我离职时也没有停止，"25岁别折腾了""女孩子工作差不多就得了"，我向往幸福的家庭，我不排斥它，但我不赞同这样的表达。我已经不是高一那个我，我坚定地知道聪明干练能讨我自己喜欢，能协助我让我自己的路走得明朗。不做任何人的影子，我走在自己的选择中。

所以本来我想用我经常对自己说的"愿为出海月，不作归山云"作结尾，但想了想觉得这种非此即彼的设定又何尝不是一种桎梏。风筝飞得最高的秘密，是敢把线交给风。

"此身天地一虚舟，何处江山不自由。"

小小的我们，定要在自己的自由里走个痛快。

（完）

从小镇青年到国际法律师：
我的彷徨与选择

王 骁

我仍想向对岸的绿光奋力划去，
因为追求本身就是意义。

王 晓

Wang Xiao

先后在国际关系学院、北京师范大学和斯坦福大学就读，取得法学本科、国际法学硕士和环境法学硕士学位，在读期间，曾赴澳大利亚新南威尔士大学交换一年，曾在国际海事组织、国际海底管理局法律司实习。毕业后参与《令人心动的offer 2》节目录制，成功获得offer。后就职于君合律师事务所北京办公室、美国Hughes Hubbard Reed律师事务所纽约总部，目前在英国排名第一等的国际公法律所Fietta LLP担任律师，从事国际公法和国际投资仲裁业务。

从小镇青年到国际法律师：我的彷徨与选择[*]

/ 王 骁

一、神秘的"屠龙之术"：揭秘国际法

我的自我介绍

大家好，我是王骁，一名在英国伦敦工作的中国国际法律师。今天我想跟大家分享我与国际法的故事——关于我，也关于我眼中的国际法和我的国际法律师之旅。

既然故事围绕着我展开，那么在故事开篇我想先作个"简单的自我介绍"。

我叫王骁，出生在一个普通家庭，在四川自贡这座充满烟火

---

[*] 本文在撰写、润色、修改和整理过程中得到了付智源先生的大力协助，在此特别感谢他的贡献。

气的小城，度过了人生最初的十八年。那时的我，对"国际法"三个字的认知，仅限于历史课本上晦涩的条约名称，或是新闻中遥远国家的争端。

直到高考后，我挤上北上的班机，到首都北京学习法律，在国际关系学院第一次接触到了国际法。在接下来的八年中，我先后在四所法学院求学：国际关系学院、北京师范大学、新南威尔士大学、斯坦福大学；我去到了世界上很多地方：澳大利亚、美国、英国、牙买加；有幸在各种各样的法律机构工作过：联合国、国家智库、中国律所、英国律所和美国律所，还曾在联合国的国际法团

队中为全球议题提供法律建议……我命运的齿轮，也因为国际法的学习开始悄然转动，我的生活也因此发生了翻天覆地的变化。

当然，人生总需要一些勇敢的尝试，我也不例外。在研究生毕业前，我勇敢地选择了一次跨界，作为法律实习生参加了《令人心动的 offer 2》，这个节目也在一定程度上改变了我的人生走向。节目结束后，我更加坚定地选择在国际法领域探索前行，在中美英的顶尖律所中穿梭忙碌，在伦敦金融城、纽约华尔街、北京的建国门二环都留下过加班的身影。

回顾这些经历，或许在旁人眼中，我身上贴着各种标签：小镇青年、《令人心动的 offer》嘉宾、斯坦福……也许有人会觉得这听起来有些"凡尔赛"，但这些看似光鲜的标签背后，都有国际法这条主线贯穿始终，是我对国际法坚定不移的热爱与执着追求。罗列出这些成绩，并不是出于炫耀，而是为了更好地引出我想讲述的——关于我的成长背景和求学之路，以及如何一步步选择走进国际法这个看似遥不可及、虚无缥缈的法律领域的心路历程。

在毫无前人经验可借鉴、全然要靠自己摸索的艰难处境下，我在成为国际法律师的道路上，经历过无数次的彷徨与迷茫，也作过许多或正确或错误的决定。我希望通过分享我的亲身经历，能给那些对国际法充满兴趣的中国法学生一些启发和鼓励，让国际法律师这个长期被西方律师主导的圈子，能够有越来越多中国人的身影，我相信未来的国际法领域一定会有我们中国法律人的一席之地，让世界听到我们的声音。

国际法

"什么是国际法？""国际法是法律吗？"这两个问题，我被问过无数次，提问的人形形色色，从家乡隔壁的亲切阿姨，到藤校读书的高才生们，大家对国际法的认知都很陌生。所以，在开始我的故事之前，我觉得有必要用一种通俗易懂的方式，来解释一下什么是国际法，毕竟曾经的我，在学习法律之前，脑海里也不存在国际法这个概念，就像大多数人一样，以为国际社会还是像近代史那样，枪炮和军舰才是话语权的象征，经济和军事实力决定一切，法律规则似乎无足轻重。

在大众的普遍认知里，法律是由国家颁布的，比如西方的议会或者我们的人民代表大会，法律具有很强的属地属性，只在特定的国家领土范围内有效。而国际法似乎与这个概念相矛盾，其适用范围超出了一个国家的范围，更是为理解这个概念创造了难度。

其实，国际法就是处理国家与国家之间关系的法律体系，决定着一个国家在国际关系中所承担的义务和享有的权利。听起来有些抽象，但国际法的形式其实是通过两种方式来展现的：国际条约和国际习惯法。

国际条约可以对比民商法中的合同，两个或者更多的国家自愿通过签订条约的方式对一些事项进行规定，两个国家签订的条约称为双边条约，比如《中国和新加坡自由贸易协定》，这份协定详细规范了中国和新加坡在贸易、投资等领域的权利和义务，促进了两国之间的经济合作与交流；多个国家签订的条约称为多边条约，比如有168个缔约方的《联合国海洋法公约》，它在全球海洋事务的管理、海洋资源的开发与利用、海洋环境保护等方面发挥着至关重要的作用，是维护全球海洋秩序的重要法律依据。就如合同一样，国际条约仅仅对缔约国产生法律效力，不约束没有签署条约的其他国家。

除了国际条约，国际法还通过国际习惯法的方式存在。它不像国际条约那样有具体的文本形式，国际习惯法是国家在相互交往的过程中逐渐形成的通用规则。换句话说，如果很多国家对于某个事项都有一样的行事方法，并且都认为自己有义务这样去做时，便形成了国际习惯法。举个例子，古代有"两军交战，不斩来使"的说法，后来随着国家之间相互设置使馆和派遣外交代表的增多，在实践中演变成了外交代表的特权和豁免，其中一项便是对于外国的外交代表提供人身保护，同时不得对其进行逮捕或者拘禁。

看到这里，有人会觉得国际法似乎与我们的生活相去甚远，好像只有外交官才会接触到国际法，然而事实并非如此，国际法与我们每个人的生活都息息相关，在不经意间影响着我们的生活。比如，世界贸易组织便是建立在多边条约的基础之上，我们在超市里买到的进口商品，便很可能是国际贸易规则的产物，背后涉及众多国家之间的贸易协定和法律规范；对于生活在战乱地区的人民来说，国际人权法则会要求交战双方不得攻击平民以及民用设施，这在一定程度上为他们的基本生存权利提供了重要保障，并为他们提供必要的生活物资，让他们在残酷的战争环境中也能感受到一丝法律的温暖和保护；对于渔民而言，哪些海域能够捕捞，能够捕捞多少，这与国际海洋法息息相关。

现在，我们已经了解了国际法是什么，第二个经常被问到的问题就是：国际法是法律吗？

对于国内法，我们不仅有专门的立法机构负责制定和颁布法律，还有一系列监督法律执行的机构，如警察、检察院、法院等，它们相互协作、相互制约。但是国际社会中并不存在国际警察，所以有人会认为国际法难以得到强制执行，从而对它是否算得上真正的法律产生质疑，这种说法看着似乎有些道理。

回顾近代史，西方在进行殖民扩张时期，国际法确实沦为了武力征服与扩张的代名词，战败国往往需要签订屈辱的国际条约，在不平等的条约下，实力较弱的国家难以得到国际法的有效保护，他们的主权和利益只能被迫受到严重的侵犯和践踏。然而，时代在变化，国际法也在发展，如今，战争只有在自卫的时候具有合法性，和平解决国际争端已成为国际社会的主流趋势和新常态。

在当今世界，没有任何一个国家会公开地否定国际法或者直接声明将违反国际法。几乎每一个国家的外交部都会配备专业的国际法律师团队，他们的主要职责就是为国家行为提供坚实可靠的国际法依据，确保国家在国际事务中的行动合法合规。若一国难以为自己的主张提供合理的国际法依据，也很难得到其他国家的支持，反而会陷入被动的局面。即便是弱国，在如今的国际环境下，也不再惧怕将强国拖入国际争端解决程序。比如，尼加拉瓜就曾在国际法院起诉美国,东帝汶则巧妙地利用《联合国海洋法公约》中的强制调解程序解决与澳大利亚的海洋划界争端,展现了国际法在解决国际争端中的重要作用和实际价值。

对于正在和平崛起的中国来说,国际法的重要性更是不言而喻。一方面,我们需要借助国际法来妥善处理与邻国悬而未决的领土和海洋划界争端,确保国家的核心利益不受侵犯;另一方面,作为一个负责任的大国,我们在国际秩序的构建和维护中,肩负着重要的使命和责任,当然离不开对国际法规则的灵活运用和积极推动。只有深入理解和熟练运用国际法,我们才能在国际舞台上更好地发挥作用,为世界的和平与发展贡献中国智慧和中国力量,推动构建更加公平、公正、合理的国际秩序。

国际法律师

在了解了什么是国际法之后,大家可能会对国际法律师充满好奇,想知道他们究竟是哪些人,日常又从事哪些具体的法律业务。在深入探讨国际法律师之前,有必要先明确区分一下涉外律师和国际法律师的区别。

"涉外律师"这个词近年来在法律界十分火热。涉外律师是中国司法部积极联合顶尖的法学院和律所,大力开展涉外法律人才的培养项目,旨在培养出更多优秀的中国涉外律师,以满足日益增长的中国企业出海需求。同时,中国顶尖律所也在不断拓展海外业务,培养出了一批非常出色的涉外律师,他们在跨境贸易、投资、知识产权保护等领域都发挥着重要作用。

其实，涉外律师和国际法律师还是有很大区别的。涉外律师处理的诉讼或者非诉案件，虽然涉及多个国家的当事人，但适用的法律还是国内法。比如跨境并购律师，如果处理的是英国公司和中国公司的并购，大概率会运用到中国法和英国法，涉外律师们要依据两国的公司法、证券法等相关国内法律规定，为客户提供专业的法律服务；又如境外资本市场律师，如果帮助中国的科技公司赴美上市，则会使用中国法和美国法，涉外律师们要熟悉两国的证券法规、上市规则等，确保上市过程的顺利进行。正如之前所提到的，国际法律师运用的是国际条约和国际习惯法，不是国内法。

在服务的对象上，涉外律师一般为跨国企业和金融机构提供法律服务；而国际法律师打交道的一般是一国政府，处理的是国家主权、国家利益相关的法律业务，如国际条约的谈判、国家间争端的解决等。看到这里，我们能够理解为什么涉外律师的人数相对较多，因为国际贸易和投资等领域的业务量大，对涉外律师的需求也相应较大；而全世界的国际法律师的人数则比较少，毕竟国家与国家之间的官司本身就比较少。

国际法律师在日常工作中，主要处理三类法律业务：国际法咨询、国家间争端解决、国际投资仲裁。

第一类业务是国际法咨询，是指律师针对国际法相关问题，提供精准、专业的法律意见。一国在参加国际条约谈判的过程中，往往需要律师对条约的文本进行深入细致的分析,并从国家利益的角度出发,提供有建设性的专业意见,以便在条约中更好地体现和维护国家的利益。因此,在一些双边或者多边条约的制定过程中,都能看到国际法律师忙碌的身影。此外,对于一些重大且可能有争议的事项,一国政府在作出行动之前,也会谨慎地向国际法律师咨询,寻求专业的法律支持和风险评估。比如,英国政府在脱欧的过程中,就曾咨询过律师的意见,从国际法的角度分析脱欧可能面临的法律问题和风险,以确保其决策在国际法框架内具有合法性和合理性,避免陷入不必要的法律纠纷。同样,当一国与其他国家存在争议事项,比如领土和海洋划界的争端时,也会让国际法律师提供全面深入的法律分析,以及如何处理这些事项更能够维护国家利益。鉴于这些咨询事项很多涉及国家机密,要高度保密,通常不会对外披露处理这些业务的律师们的相关信息,所以在公开途径很难查询到具体哪些律师参与了这些工作,这也让国际法咨询业务显得更加神秘。

第二类业务是国家间争端解决,通俗来说,就是国家与国家之间打官司。在通过谈判或者磋商无法解决分歧的时候,一国也有可能将另一国家告上国际法院或者国际仲裁庭。联合国就专门设置了司法机构——国际法院(International Court of Justice),它是联合国六大主要机构之一,也是联合国的主要司法机关,负责对国家之间的争端作出具有法律约束力的判决。缔约国也通过《联合国海洋法公约》建立了国际海洋法法庭(International Tribunal for the Law of the Sea），主要处理涉及海洋法相关的争端。有不少的案件涉及领土和海洋划界争议，这些争端往往关系到国家的主权和核心利益，十分敏感和复杂，国家选择将这些与国家利益密切相关的案件提交给国际司法机构，充分体现了对于国际法以及和平解决争端的信心。一旦进入国际司法程序，不仅需要精心撰写逻辑严谨、论证充分的书面诉讼材料，还涉及复杂的庭审环节，这对证据的收集和整理、法律分析的准确性和深度都提出了极高的要求。因此，在这些案件中，国际法律师的参与度通常很高。以国际法院为例，案件信息、诉讼文书、判决都会公布在官网上，在这些材料中，通过观察，我们会发现一些知名大律师的名字会反复出现，这也从侧面证明了国际法律师这个圈子真的很小。

第三类国际法的实质业务是国际投资仲裁。之前在国际经济一体化的进程中，为了促进国际投资的发展，国家之间签署了超过千份的双边或者多边投资协定。这些协定旨在保护投资者的合法权益，同时也规定了投资所在国的义务和责任，如果投资所在国违反了协定中的义务，投资者可以直接将其告上国际仲裁庭，这类案件我们称为国际投资仲裁，它实际上是一国政府与外国投资者的法律较量。目前国际投资仲裁的案件数量已经超过了一千，构成了国际法业务中非常重要的部分。在国际投资仲裁中，投资者作为原告，通常会聘请顶尖律所作为法律团队，涉及的金额可能达到数十亿甚至数百亿美元。国际投资仲裁涉及的行业往往是政府监管比较集中的行业，比如能源、矿产、金融等。

国际法律师一般可以分为三类：政府律师、外部律师、国际法学者。

政府律师是指国家政府内部处理国际法事项的内部律师，也就是公务员，通常是在外交部，比如中国外交部有专门的条法司。外部律师则是在律所一线打拼，专注于国际法业务的执业律师。与服务单一国家的政府律师不同，外部律师通常面向不同国家客户提供法律服务，国家聘请外部律师并支付律师费。因为国际法的理论性很高，一些知名的国际法学者，尤其是牛津剑桥的国际法教授，常常会兼职担任国际法律师，代表国家参与复杂的国际诉讼和仲裁，也就是替国家打官司。值得一提的是，西方国家存在一种特殊的"旋转门"制度，使得政府律师、外部律师、国际法学者在这三种身份之间身份转换。比如著名的 James Crawford 教授，曾经作为悉尼大学法学院的院长，之后又在剑桥大学执教，执教期间还以执业律师的身份代表不同国家处理复杂的国际诉讼和仲裁案件，后来成功当选国际法院的法官，在国际法领域留下了浓墨重彩的一笔。

在政府律师之外，从事国际法业务的外部律师和国际法学者主要集中于英国伦敦、法国巴黎、美国华盛顿这几大国际法律中心。圈子很小，拥有实质国际法业务的律所，即使加上国际投资仲裁，可能也就十几家，如果只筛选有在国际法院打官司经验的律所，可能就不到十家律所了，虽规模不大，却在国际法律舞台上扮演着关键角色。

二、我与国际法的"意外"相遇

从百科全书到环球日报：我的国际法启蒙物语

每当被问及职业选择动因，这个看似简单的问题却总让我陷入沉思，我多次问过自己，究竟是什么促使我一直坚持国际法律师的职业选择？

想要清晰地说出我如何钟情于国际法，以及毅然踏上国际法律师这条布满荆棘、常人难以理解之路的缘由，也许很难用一句话去说明。若想要探寻答案的根源，在回答这个问题前，我想先和你聊聊我小时候的故事，关于国际法的萌芽，也许早在四川那个总被晨雾笼罩的川南小城里，这颗种子就已经悄然被种下。

高中就读于泸县二中

想出去看看外面的世界，是我从小的梦想。

我出生并成长于一座小城市——自贡，作为一个小镇少年，十八岁前，我对世界的认知，始终停留在地理坐标系以自贡为圆心，半径不超过一百公里的范围。在上大学之前，我是几乎没出过远门的，最远的路程是每隔半月从老家到泸县读书的距离。那时候，我眼里的世界是山的外面还是山，四川之外的世界没有是办法亲身去体会的。因为阅历的匮乏，让我很难构建出地理课本里提及的平原、海洋、冰川的想象；正是这种物理空间的局限性，催生出了我对世界强烈的好奇心，在那个社交媒体尚未兴起的年代，书、报纸、影视作品成了我窥探世界的窗口。

我自己总结这种好奇心的来源是：因为没有见过世界，所以很想去见世界。

在我成长的过程中，我最喜欢去的就是新华书店，最爱看的是一个叫百科全书系列的书籍，印象中有五六本，每一本针对不同的主题，比如地理、历史、艺术等诸多领域。每本书都体量巨大、内容厚重，对于年幼的我来说，想捧起其中一本阅读都是稍感吃力的。也正因它页数繁多、内容丰富，所以这套书的价格并不便宜，囊中羞涩的我，又对书中内容十分好奇，只好常常往书店跑，不花一分钱，一整个下午都能在书中构建的世界里尽情畅游。

我记得，其中有一本是专门介绍世界各国的风土人情的，书里详细阐述了各国的首都所在、支柱产业，以及独特的文化习俗。我至今仍清晰记得，书中提及委内瑞拉当时医美产业蓬勃发展，委内瑞拉选手在各类世界性选美比赛中屡获佳绩、名列前茅。这本书对于当时的我来说，就像是一个看世界的万花筒，虽然在物理空间上我还是在自贡这座小城，但书上的文字和图片，将地球仪上的色块转化为具象的文化拼图，伴随着文字的引领和我的想象，我似乎已经亲历了世界很多地方，体会到了"在书中行万里路"的充实。

除了百科全书外，我了解世界的方式，还有父母从工作单位带回家的报纸。其中就有《环球日报》，如果说百科全书叙述的是过往的世界，那么报纸上呈现的则是瞬息万变的当下。透过它，我得以知晓伦敦、纽约、巴黎，或者在遥远的非洲或拉美，每天发生的新鲜事，这种跨时空的认知体验，犹如一扇旋转的棱镜，将异域的光影，折射进川南小城的日常。

这些精彩的阅读瞬间，让我第一次真切地萌生出，想要参与到这个世界的强烈冲动，而这种对世界的想象，在高中时期转化为切实的奋斗动力。

那时我就读于泸县二中，学校实行严格的军事化管理，时间切割成精确的模块。从高一开始，我的生活便被教室、食堂、宿舍三点一线所贯穿。早上六点的吹号亮灯起，我和身边的同学们开启了争分夺秒的学习日常，还记得中午一下课，浩浩荡荡的几千人从教学楼蜂拥而出，一个比一个跑得快，向着食堂全力冲刺；晚上少不了晚自习，夏天，天气闷热难耐，六七十人的教室里，更是酷热难当，却格外安静，静得能听见笔尖在纸上摩挲的沙沙声。

晚自习结束，回到宿舍洗漱完毕，已将近十点，但这并非一天的终结。在熄灯后，我会打开台灯，翻开练习题继续做题，常常学习到后半夜才爬上床休息。

这样周而复始的生活，难免会让我感到疲惫，有时也会陷入短暂的迷茫，失去前进的动力。每当这时，我总会在心底默默告诉自己，读书是我能够去看世界的唯一途径，再苦再累都要坚持下去，所以累了的时候，我会走到楼道里，眺望远方层叠的丘陵轮廓，尽管学校周边的山峦风景秀丽，但我的心早就飞到了山的外面。

那些被夕阳镀上金边的山峦，在十六岁少年的眼中既是地理屏障，也是亟待跨越的精神疆界。

那个时候，我一心想的是，我的人生不应被局限在四川的这座小城，我渴望体验更多，或许是穿梭在伦敦金融城的忙碌街头，或许是漫步于纽约曼哈顿的繁华大道，又或许是置身于北京国贸和上海陆家嘴的高楼大厦之间。我深知，唯有通过高考这座独木桥，走出去，我才能探索更广阔的天地。

努力学习，成为我少年时代始终不变的主旋律。

高考结束后，填报志愿成为摆在我面前的一道难题。

在城市的选择上，我一心向往北上广这样的一线城市，成都和重庆则因为方言、饮食、文化都与我成长的环境太过相似，于我而言，缺少了探索未知世界的新鲜感，所以被我早早排除出去。

在专业上，我记得我当时和我父亲深入探讨。我明确表示，只考虑那些能够接触到涉外业务的专业，国际贸易、国际政治、小语种、法律都在我的考虑范围之内。当时的志愿填报，除了分本一批次、本二批次之外，还有提前批。在那本厚厚的志愿填报书上，我一眼看到了国际关系学院的名字。在互联网上仔细检索一番后，得知国关曾为新中国培养了第一批"将军大使"，而且有众多毕业生，依旧活跃在外交外事的一线岗位，更巧的是，学校地处北京。基于这些因素，我毫不犹豫地将国际关系学院填在了提前批的首位，在专业选择上，法语和法律被我排在了前两位。

之后的故事，便是我顺利拿到了国际关系学院的录取通知书，正式告别我的中学时代，和大多数同龄人一样，我开始尽情享受人生最轻松的三个月，在完全没有高中时的紧张与压力下，我和同学一同前往云南，开启了毕业旅行，也真正意义上的第一次去到家乡之外的地方。

再之后，便是怀揣着对未来的憧憬，打包行李去北京上学了。去北京，这无疑是我自十八岁以来，迈出的离家最远的步伐。而那时的我，站在人生的新起点，满心期待，却未曾料到此后的人生轨迹，会引领我一路远行，离家愈远，奔赴一个又一个未知却充满挑战与机遇的远方。

我的大学时代

2012年8月底，夏末，我到达北京的时候，已经是傍晚了。当时天色已晚，车快速行驶在北京的五环外，四周的环境与我想象的北京高楼大厦、故宫等古迹那种历史与古朴交织的景象大相径庭，不免有些割裂感。那种割裂感，一直萦绕在我的大一生活中，既有我对北京的想象和现实之间的冲突，也有我从小镇到大都市的"水土不服"。

那天，车子在北京的公路上行驶了许久，才终于到达国际关系学院。当时天色已晚，四周一片漆黑，我甚至都来不及看清学校的模样。晚上躺在床上，我畅想着未来充实的大学生活，畅想着未来一定要有一番作为，那一夜我兴奋到很晚才睡着。

然而，第二天清晨，当我走出宿舍门，才惊讶地发现，原来在这所学校，只需悠闲地溜达十分钟，便能从学校的前门走到后门。整个校园的规模竟比我的高中还要小很多，这与我憧憬的大学生活截然不同。尽管校园的大小与预期有偏差，但北京的生活还是给我带来了不少新奇的感受。

第一次乘坐地铁，感受着列车在地下飞速穿梭；第一次见到教科书上赫赫有名的名胜古迹，故宫、颐和园、长城、北海……一一呈现在眼前，那些曾经只能在图片和文字中想象的场景，如今真实地矗立在我面前；第一次感受到国贸、三里屯的繁华喧嚣，霓虹灯闪烁，人潮涌动，这些过去只在电视里见过。这个新世界与我认知里的旧环境，有着巨大的落差，对我这个刚从小镇走出来的小孩来说，一切显得那么不真实，却又那么触手可及。

但初入大学的我，并没有因为大城市繁华景象而迷失，反而内心始终处于一种慌张的状态，不知道接下来应该做什么，很长一段时间，迷茫成了我的生活常态。

这种感受，我猜大部分刚步入大学的学生们或多或少都有过。不同于高中，大家都目标一致，只为高考而战，所有努力皆围绕此展开；而到了大学，一切都变得不同了。这里没有一个固定的模式来定义大学生活，每个人都可能有着各自不同的目标。但我的目标究竟是什么？又该如何去实现它？这些都成为我需要独自思考和解答的问题。

于是，我开始尝试去做很多事。我加入学生会，为了学校的各类活动，积极与品牌和商家沟通，争取赞助；也参与了不少科研项目，从选题构思、研究方案的制定，到论文的撰写完成，在师兄和老师的悉心指导下，完成了人生中第一阶段的学术锻炼；同时，我还加入了学校的网球队，周末的网球场常常能看到我挥洒汗水。我试图通过让自己忙碌起来，来填补内心的慌张，但内心的恐慌却并未得到实质性的缓解。

直到大学二年级，我才迎来大学时期的第一个转折点——国际商事仲裁模拟法庭。

这场比赛在国际商事仲裁领域堪称全国最负盛名的模拟法庭赛事，中国国家经济贸易仲裁委员会（以下简称贸仲）更是国内首屈一指的仲裁机构。每年，全国有30家左右的顶尖法学院参与其中。整个比赛的书状撰写和庭审环节均采用英语进行，而且每场比赛的评审大多是各个顶尖律所的合伙人。模拟法庭对法学生而言，不仅仅是一场比赛，更是一场意义非凡的历练。

进入大学前，我的英语学习更多侧重怎么做选择题，怎么写作文，所以英语阅读和写作都是我的强项，但口语训练却被严重忽视。加之 2008 年汶川地震影响，四川高考在随后许多年里取消了英语听力部分，听和说无疑成了我英语能力的短板。

尽管如此，大二那年，我还是毅然决然地报名参加了贸仲举办的国际商事仲裁模拟法庭比赛，我很清楚自己并没有太大获胜的把握，但人生不就是需要有敢于迈出第一步的勇气吗？对于我这个法学新生来说，参与这场比赛的吸引力，远远超过了担心口语露怯、出丑、被嘲笑的顾虑。

直到上场之前，我都是非常忐忑的，可一想到不逼自己一把，又如何知晓我与其他人之间的差距呢？我暗暗发誓硬着头皮也要完成所有比赛。也不知道是我运气太好，还是太坏，参加的两场比赛，遇到的对手都太厉害。第一场对手是英语专业本科、法律硕士研究生的同学，他的英文表达能力非常出色，或许因身为硕士生，比赛中他表现得沉稳又自信。第二场的评审之一，是中国大陆国际商事仲裁领域最厉害的律师之一，同时也在全球著名的仲裁机构担任仲裁员，面对的对手则是去年的亚军。

两场比赛中，评审和对手的高水平让我有种"鸡立鹤群"的感觉，尽管没能成功晋级，但这两场"降维打击"式的较量，我却觉得自己收获颇多，更直观地感受到了我和别人之间的差距，最大的收获是这两场模拟法庭比赛让我深刻意识到，国际仲裁或许是我未来可以努力的方向之一。

比赛结束后，我还是沮丧和失落了一段时间。但仅仅一周之后，我内心深处那股不服输的劲儿被重新点燃，我决定主动出击，想要更加深入地了解国际仲裁的理论和实践知识。我开始去图书馆、上网检索，和专业老师探讨一切关于国际仲裁的信息。经过一番努力，我对国际仲裁有了一个系统性的认知。

国际仲裁一般来说，原告（申请人）与被告（被申请人）来自不同的国家，仲裁的地点遍布全球，伦敦、巴黎、新加坡、我国香港都是热门的仲裁地，又由于仲裁程序和仲裁裁决不公开，具有保密程度高，同时一裁终局的特点，避免了上诉导致的时间拖延，更有效率。所以在跨国的贸易和投资中，当事人会更倾向于使用国际仲裁解决法律纠纷，而不是通过法院的诉讼方式解决。

当清晰地认识到这些后，我内心涌起一股难以言喻的激动。我心想，这个领域简直就是为我量身定制的！不仅能让我有机会前往世界不同的地方开庭，穿梭于各个国际都市，感受书本里提及的多元文化的碰撞；还可以让我凭借自己的所学，以极大的专业性协助客户解决跨国项目中遇到的错综复杂的法律难题。如此一来，我仿佛看到了一条光明大道在脚下延展，似乎大有可为，这与我中学时代的梦想不谋而合。

明确了目标，也清楚认识到自己的短板——英语表达能力。这让我接下来的大学生活，有了更具针对性的学习目标和前进方向。我开始大量阅读国际仲裁的相关资料，也重新开始学习音标，努力纠正每个单词发音；在网上广泛搜索英语学习方法，找来英语新闻进行听写练习。一开始，短短两分钟的材料，我可能就要花费两三个小时才能完成。

在这个过程中，我能真切感受到自己在逐渐进步，虽然跑得慢，但只要每天都在前进，对我来说就是一种胜利。

大学时期，还有一件事情也对我影响非常深，那便是南海仲裁案。

2013 年，菲律宾依据《联合国海洋法公约》启动了针对中国的争端解决程序，这也是中国首次在国家间的仲裁程序中作为被申请人。南海仲裁案因为复杂的背景，获得了极大的关注，不仅在法律界引起激烈讨论，整个案件的每一个步骤也被报道在主流媒体之中。

中国与东南亚国家，包括菲律宾和越南，在南海存在领土和海洋划界的争议。通俗来说，对于南海的岛屿和相关的海域的归属问题，中国与这些国家存在不同的主张。菲律宾企图通过重新包装手段，将这些主权争议提交国际仲裁庭裁决。这个案件在管辖权和实体程序方面都有非常多值得讨论的地方，即便用一整本书来剖析，也不为过。

这个案件让我深刻认识到，国际仲裁不仅在商事领域发挥重要作用，在国家间的争端解决程序中同样不可或缺。国际法也并非仅仅停留在书本上的理论知识，面对棘手的国际问题，国际法不仅是国家在谈判桌上的有力依据，更是在国际仲裁程序中，双方用以支撑自身观点的坚实基石。

对于中国人来说，南海的每一座岛屿、每一片海域，都与我们国家的核心利益紧密相连。作为一名中国的法学生，南海仲裁案让我意识到，所学知识终有用武之地，在未来涉及中国的国际公法案件中，我或许也能贡献自己的一份力量。

正因如此，在大三下学期确定保研专业方向时，我毫不犹豫地选择了国际法。

那个夏天，整个暑假我都待在学校，我每天泡在图书馆，研读国际公法、国际私法和国际经济法，全身心投入保研考试的准备中。功夫不负有心人，在大四上学期刚开学，我顺利拿到了北京师范大学国际法项目的预录取通知书。

至此，我真正意义上地开启了自己的国际法之旅。

北京 & 澳大利亚

在踏入北京师范大学前，我脑海里已经对研究生三年的规划有了清晰的构想：保持不错的 GPA，考出高分的托福成绩；再参加一次英文模拟法庭；争取去联合国机构实习；前往国外的法学院交换学习，拓宽国际视野。每个学期都被我赋予了明确且重要的任务，研究生三年的时间，被安排得满满当当，我也因此过得无比充实。

北师大的国际法项目给学生的自由度很高，让我们有充足的时间去探索自己感兴趣的学术或者实践领域。研一期间，我就计划把所有的必修课修完，为之后的留学交换预留更多时间。

北师大法学院国际法硕士一年也就招收四个人，因此所有课程都采用超小班教学模式。这意味着每个人需承担较大的课业压力，pre 的次数多得数不胜数。与本科阶段不同，研究生阶段的绝大多数课程都聚焦于国际法的细分领域，需要进行大量专题研究，当时我缺少对于国际法相关知识的储备，只能每天强迫自己研读很多著名案例，包括国际法院和仲裁庭的判决，经常学习到凌晨。这段宝贵的经历，确实让我在国际法的学习和理解上有了一些进步。

北师大校园里，研一报到当天

在研一下学期，我报名参加了全国海洋法模拟法庭。由于平时课程繁忙，模拟法庭的准备时间极为紧张，再加上当时的赛题涉及海洋划界方法等难度颇高的问题，在准备过程中我倍感压力。

当时比赛在武汉大学举行。因为海洋法的特点，模拟法庭比赛的评委主要是各大著名法学院的教授，而非律所的合伙人，其中有一位特别知名的评委，是国际海洋法法庭的高之国法官。实际上，这次比赛是在高之国法官和武汉大学法学院的大力推动下创立的。在此之前，已有商事仲裁、投资仲裁、国际刑法、一般国际法（Jessup）、国际人道法等国际模拟法庭比赛，然而却缺乏专门针对海洋法的赛事。考虑到我国对海洋法专业人才的迫切需求，为吸引更多法学生关注，设立了这项比赛，所以对于每个选手来说，比赛的设置是完全未知的。

这次比赛促成了我心态上的重大转变。本科时代的模拟法庭比赛的经历，确实给我留下一些创伤，一度让我对这类比赛心生恐惧。这些年我的英文水平和国际法知识的储备都有所提高，特别是我对于南海仲裁案比较感兴趣，也在平时的学习中研究了一些海洋法的判例和论文，所以这次准备全国海洋模拟法庭相对上次的国际商事仲裁模拟法庭，少了一些紧张，多了一些底气。

尤其是在庭审环节，作为反方时，我能够敏锐地抓住对方在法律层面的漏洞，在模拟法庭上，口若悬河、唇枪舌战时，我真切地感受到了模拟法庭的魅力。当走上法庭陈述观点时，所有人的目光都会聚焦于你，专注倾听你的见解，仲裁员和法官虽会打断陈述进行提问，但如果能给出令人满意的回答，那种强烈的成

全国海洋模拟法庭比赛现场

就感便会油然而生。这次比赛，我最大的收获便是重拾信心，让我觉得自己能够在国际法这个赛道走下去。

模拟法庭结束后，我又开始奔赴下一项计划，全身心投入海外交换的准备工作中。

北师大除了法学院层面设有交换项目以外，还有丰富多样的校级交换项目，我在筛选合适项目时费了一番心思，做了很多功课，也为此准备了很多。海外交换项目的机会，对当时的我来说意义重大，一方面，我从未有过在国外生活的经历，很想出去看世界；另一方面，国际法作为舶来品，部分西方的大学在这个领域的研究历史更为悠久和专业，我期望能够通过海外交换项目，接触到最前沿的国际法知识。

在交换的大学选择上，我更倾向选择去以英语教学为主的大学，因为我知道英语口语是我的短板，所以我希望在以英语作为母语的语言环境中得到锻炼。再加上考虑到日后可能想继续出国深造，我还希望能去一所综合排名以及法学院的排名较为靠前的大学进行交换，拿到教授的推荐信。综合考量后，澳大利亚的新南威尔士大学（UNSW）成了我的目标申请院校。

UNSW是澳大利亚八校联盟（最顶尖的八所研究型大学）成员之一，学校的综合排名和法学院的排名都位于世界前五十，学校位于澳洲的第一大城市悉尼。研一考试结束后，我怀着期待的心情，坐上了飞往悉尼的飞机，那是我第一次走出国门，开始了人生的第一次留学。

很快，我感受到悉尼是一座国际化的城市。在市中心，能听到各种肤色的人说着不同的语言，不同的文化在这里碰撞。我听过柬埔寨朋友讲述他们作为难民，与母亲乘坐越洋轮船抵达悉尼的艰辛历程；也听过委内瑞拉朋友在悉尼创作小说并被改编成电影的传奇故事；还见证过意大利和日本朋友在悉尼打工度假时相遇，进而坠入爱河并决定定居悉尼的浪漫故事。世界各地的人们在此汇聚、往来，每个人的独特经历都为这座城市增添魅力。这是小时候我看书时曾畅想过的场景，我走在悉尼大街上，看着一切，那一刻我很庆幸自己的努力有所回报，对于二十出头的我来说，有机会去看外面的世界是何其幸运呢！

这种多元性也延伸到了课堂上。国际法课上的学生来自世界各地，课堂上我们因为在不同的文化教育下生长，而产生不同的观点相互交锋、碰撞。我曾因南海问题与越南同学在课堂上展开激烈辩论。课后，许多外国同学也会向我询问关于中国的问题，由于他们未曾去过中国，所获取的关于中国的信息大多源自媒体的报道，而这些报道未必准确，这使他们对我课堂上的发言有更多的疑问，我们便会在课间进行深入探讨。这段经历让我意识到，对于一些重要的国际法问题，由于所接收信息的差异，每个人的立场也会截然不同，唯有通过充分沟通，才能寻求到共识。

澳大利亚是一个非常愿意运用国际争端机制的国家，多次参与联合国国际法院的诉讼程序，也有很多国际上知名的国际法律师和学者。不少 UNSW 的教授有着参与国际诉讼 / 仲裁的第一手

在澳留学时

经验，他们在讲授国际法理论的同时，还会融入一些案件知识，让课堂变得生动有趣。

我的留学生活并没有那么容易，与国内相比，澳大利亚的大学，几乎每堂课都有太多需要阅读的材料，而且基本上每本材料都有几百页，如果不提前阅读，会难以理解教授在课堂上讲授的大量内容，在教室如坐针毡如同听天书一般。为了听懂每节课，也为了有机会在课堂上与教授沟通专业问题，我每天都要花费大量时间在阅读材料上，往往需要两到三天才能读完一堂课的阅读材料。

我除了上课，还同时协助澳洲教授开展科研项目，导致期末时特别忙。为了能全身心投入期末复习，每天图书馆一开门我就进去了，直至闭馆才离开，午餐和晚餐都在学校餐馆解决，当时特别钟情于学校越南阿姨煮的河粉和蒸的包子。为避免分心，我会把手机留在家里，不带到图书馆，朋友们也知道只有早晚才能联系到我。

　　一年的交换生活，让我在国际法研究能力方面，有了显著提升。当时每两周我都会与教授开会，汇报论文写作进度，毕业于耶鲁大学的教授在法律写作方面给予我悉心指导，从遣词造句到文献引用，都提出了诸多宝贵建议，因此我在论文写作等各方面受益匪浅。在 UNSW 的一年时光转瞬即逝，首次留学的经历给了我很多积极的反馈。我的成绩保持优异，第一学期获得了"Distinction"，第二学期更是取得了"High Distinction"的好成绩，为留学生活画上了圆满的句号。

　　在悉尼这座城市，我结识了许多挚友，至今仍保持着密切联系。现在回想起来，当时在图书馆赶期末论文时光，与朋友们一起点麻辣香锅外卖的时光，依然觉得无比快乐。我也十分怀念这座城市的美丽风光，怀念那些在市中心漫步，穿梭于植物园，远眺海

澳州留学时期在蓝山旅游

港大桥和歌剧院，感受海风拂面，惬意至极的日子。

国际法实务初探：在牙买加—国际海底管理局实习

提到国际法，会天然地想到联合国等国际组织。

作为国际法学生，我其实一直很想去体验一下在国际组织的工作，尤其是涉及国际公约等规则的谈判，想近距离感受一下国际规则是如何被制定的。所以，在悉尼交换的时候，我就有意识地准备联合国等国际组织实习项目的申请。第一份国际组织的实习，我将目标锁定在牙买加的国际海底管理局。

可能很多人会有疑问，为什么会去牙买加实习？国际海底管理局又是什么？

这些问题的答案其实与深海采矿相关。深海采矿听起来像是科幻电影，却是实际在发生的事情。几百米深到几千米深的海底，我们曾经以为的黑暗荒芜之地，其实蕴藏着丰富的稀有金属矿产资源，包括铜、镍、钴、锌和稀土，而这些矿产资源对于新能源转型至关重要，是电动汽车电池、风力发电设备等的重要原材料，这些资源在深海中储量超过了陆地中的储量，具有巨大的经济价值。

然而，诸多问题亟待解决。首先，根据《联合国海洋法公约》，深海矿产资源，特别是国际海底区域的资源，被视为"人类共同继承的财富"（common heritage of mankind），任何国家不得对其提出主权要求。为此根据《联合国海洋法公约》专门设立了相关的管理机构——国际海底管理局（International Seabed Authority），其中包括采矿活动的管理以及采矿收益的分配等，都将严格受到国际法律的约束，由国际海底管理局（进行监督。

其次，深海采矿还涉及深海环境保护，目前科学家对深海环境和生物的了解程度以及保护措施依然有限，每次科学勘探都能发现新的生物，而且许多生物能够在极端缺氧、低温的环境中生存下来，这对于制药行业有极高的研究价值。如何在不破坏海洋环境和生态多样性的前提下开展深海采矿，是值得我们思考的问题，更是法律需要提前介入保护的重要领域，否则许多生物可能在人类尚未充分了解之前就会"被迫"走向灭绝。

而我刚才提到的国际海底管理局，就是由《联合国海洋法公约》在牙买加设立的国际组织，负责管理国际海底区域的矿产资源开发，管理局的作用包括但不限于制定勘探和采矿的国际规章。

当时规章依然在制定之中，所以对于当时的我来说，这是一个绝佳的实习机会，既能了解国际规则谈判，又能亲自参与到国际规则的制定中，我果断进行了实习项目的申请，最后也如愿地拿到了 offer。

国际海底管理局总部位于牙买加的首都——金斯顿。然而金斯顿治安堪忧，恶性犯罪和凶杀率位居全球

国际海底管理局实习证

前列，前往牙买加参加这个实习项目，需要极大的勇气。不知道是梦想的力量，还是自己真的无所畏惧，我毅然登上了去金斯顿的航班，如期至国际海底管理局报到，参加这个实习项目，这或许是我人生中第一次感到人身安全不在自己的掌控范围内，但那一刻理想战胜了恐惧。

去往牙买加金斯顿的飞行，绝对是我当时人生经历中耗时最久的一段旅行。从悉尼出发，第一次中转在夏威夷的檀香山，接着飞往纽约，在纽约进行第二次中转；经过近三十个小时的飞行后，我终于到达了牙买加——这个神秘又似乎危险的加勒比海岛国。

在牙买加的那段时间，我居住的小区配备 24 小时持枪保安，平时小区大门紧闭，公寓所有窗户都有安装防盗网。在出行方面，同事也给我推荐了靠谱的司机师傅，每天准时接送，基本上每天都是两点一线的生活。工作日外出午餐时，我也会与同事结伴而行，因为金斯顿的飞车抢劫非常猖獗，所以我们外出都会格外注意街道上车辆，我的同事就曾有过类似遭遇，万幸的是人没受伤，总之作为外国人，在牙买加的生活时刻需要保持警惕。最安全的时候，肯定还是在国际海底管理局法律办公室工作时，作为政府间国际组织又是东道国的牙买加，在安保方面提供了有力协助，整个实习过程中我很幸运，没经历过那些危险时刻。

可能有人会好奇，在牙买加的国际海底管理局工作每天在做什么。我当时的工作都围绕着 7 月的会议展开。2018 年 7 月，有 160 多个成员国的代表受邀来到国际海底管理局，一同讨论深海采矿及各项工作的推进，其中最重要的便是采矿规章的制定。采矿规章的草案会首先由法律和技术委员会进行讨论，随后再将草案提交给理事会和大会审议。坐在会议现场，看着身边一百多位来自世界各地的外交官和技术专家，我觉得有种不真实感，曾经我只是在书本上学习国际法规则，如今却站在了国际法规则制定的第一线。

会议期间，各国代表逐条讨论规章草案，由于不同国家的经济、政治、环境立场和利益的差异，国家代表与国家代表间对某一条款很容易产生分歧。这种时候就需要考验各国代表对国际法的理解程度，以及他们提出的主张能够获得多少其他国家的支持。在任何场合，任何国家要提出新主张，都必须遵循以理服人的原则，对草案的主张必须基于国际法，只有提出合法合理的主张，才能赢得更多国家的支持。当然，国际规则的制定并非简单的法律条文的提出和制定的问题，更多涉及政治、经济、外交博弈。

这次实习也为我提供了许多与外交官接触的机会。会议之余，有许多活动，比如英国大使馆举办的招待会、国际海底管理局秘书长在官邸举办的招待会等。在工作场合之外，外交官们也是一改往日严肃形象，在音乐的伴奏下翩翩起舞。作为一个法律新生，这种难得的社交场合，当然要珍惜能与外交官们交流的机会，这个过程中我也收获了很多中肯的职业建议。一位经验丰富、多次在国际会议中担任主席的外交官告诉我，不必将自己局限于国际海洋法领域，国际法的各个领域都值得我去尝试。她本人就曾先在欧洲从事国际人权法工作,很多年之后又回归海洋法领域,这次谈话对于我之后的职业选择影响颇深,我渴望了解并参与更多国际法在不同领域的影响。

实习结束后,我心想既然历经艰辛来到牙买加,一定要借此机会去游览这个国家。于是,我开启了为期两周的环岛之旅。离开金斯顿之后,其他城市都显得安全了很多。牙买加景色格外迷人,我品尝了闻名世界的蓝山咖啡,领略了七英里海滩的澄澈海水,攀登了神秘山,欣赏到壮丽的海岸线,还前往地理书中记载的邓斯河瀑布,感受它从山上奔腾流入海滩的磅礴气势。

牙买加是我国际法之旅的第一站,他构成了我国际法之旅的冒险部分,让我体验到与中国截然不同的生活。在这里,我与国际法相遇,我从国际法的旁观者转变为参与者,这段经历也将永远铭刻在我的心中。

在牙买加实习结束后的短暂旅行

国际法实务再探：在伦敦—国际海事组织实习

离开牙买加后，我短暂返回北师大一个月，随后便再次收拾行囊，开启了第二次国际组织的实习之旅。这次，我从加勒比海来到了英国伦敦，实习的国际组织也从国际海底管理局换成了国际海事组织（International Maritime Organization）。相较于尚处于发展阶段的国际海底管理局，国际海事组织规模更为庞大，组织架构也更为完善。国际海事组织是联合国负责全球航运安全、安保及海洋环境保护的专门机构，也是制定航运国际规则的政府间国际组织，通过其制定的国际公约涵盖了国际航运的各个方面，

在国际海事组织伦敦总部实习，与秘书长合影

包括船舶制造标准、航行安全、船舶污染、海上救援等。

我实习的部门是国际海事组织的法律司,法律司一部分的职能相当于整个国际海事组织的法律顾问,其他部门遇到任何的法律问题都会向法律司咨询;另一部分职能是协助制定和更新航运方面的国际公约。

当时,国际社会正热烈讨论国家管辖范围以外区域海洋生物多样性(BBNJ)的保护问题,有望缔结新的国际公约。

在这里,我先简要介绍一下BBNJ的背景知识。BBNJ指的是公海(the high seas)和国际海底区域(the international seabed areas)内的海洋生态系统和生物资源的保护与可持续利用问题。这里有个需要厘清一个概念,就是整个海洋除了各国管辖的海域外,绝大部分区域属于公海,而公海不属于任何国家,一国无法通过国内法对其进行管理。因此,保护公海的责任只能通过国际公约和国际组织来进行。但之前相关管理多是按类别或行业进行的,比如区域渔业管理组织[1]来管理公海渔业捕捞问题;国际海事组织负责处理航运问题;国际海底管理局负责国际海底区域的矿产资源开发管理;还有很多其他公约用于处理海洋污染和气候变化等问题。这些不同的国际公约,虽在一定程度上保护了公海的海洋环境和生物多样性,但无法全面应对所有海洋活动对公海的整体性影响。所以,需要制定一个新的国际公约,用来评估所有

---

[1] 区域渔业管理组织(Reginal Fisheries Management Organizations, RFMOs)是由沿海国和渔业国通过国际条约成立的政府间组织,旨在对特定公海区域的渔业资源进行科学监测和可持续管理。

海洋活动对公海的综合影响，并采取相应保护措施。

由于我对BBNJ的立法过程很感兴趣，所以在入职的时候便向法律司司长表示，如果有关于BBNJ的工作，我非常愿意参与协助。但没想到，实习刚开始，我就接到了一项极为重要的任务，即站在国际海事组织的立场，对BBNJ公约草案的每一个条款进行分析，并提出相应应对措施。这与平时在法学院进行的案例分析有所不同，除了国际法层面的分析外，更多要考虑新的国际公约会对国际海事组织产生何种影响？这种影响是积极的还是消极的？所以是法律与政策的结合。

为了完成好这份工作，也因我对BBNJ颇有研究兴趣，我做了很多功课。我查阅了BBNJ过往条约的草案以及谈判历史，想深入了解每个条款背后的意图；同时翻阅大量国际海事组织的公约和文件，想更明确国际海事组织在国际海洋法下扮演的角色。经过两周的努力，我撰写了一份报告，呈递给了法律司司长。没想到的是，法律司司长对这份报告非常满意，不仅将报告呈递给秘书长，将报告作为基础文件与主要成员国进行讨论，并在相关会议中主动带我参与其中，还让我起草国际海事组织在BBNJ谈判会议上的发言稿。自己的工作成果能得到认可，并且能以实习生的身份参与国际谈判策略的制定，这对于我来说是相当有成就感的，无疑让我更有信心地、坚定地把国际法作为我人生职业的奋斗目标。

这次实习又一次让我深刻地认识到英文的重要性。中文作为联合国的官方语言，在大型国际会议上虽有同声传译服务，但许多提交给会议审议的重要文件，包括国际公约草案，都是由工作组提前准备的，通常没有翻译在场，各国代表都用英语进行发言。即使对于某个条款有很不错的提议，但是如果受限于语言的问题，而无法得到充分的阐释，往往也无法得到其他国家的支持。

除此之外，中国作为正在崛起的大国，理应在国际组织雇员中占据一定比例。然而，实际情况是中国雇员占比依然较低。我当时实习的楼层，除了我之外，没有其他中国人。耳边经常听到的语言，除了英语，就是法语和西班牙语。我衷心希望越来越多的中国年轻人能够进入国际组织工作，提升中国在国际组织中的话语权。

三、从斯坦福到君合，人生中的意外与蜕变

在结束国际海事组织的实习之后，研三的我又一次来到了人生岔路口，面临职业发展的关键抉择。与众多即将踏入社会的同龄人一样，我的内心交织着期待与迷茫——尽管研究生期间积累了国际组织实习、学术研究等多维度的实践经历，但当真正要为自己的未来作出抉择时，仍不免感到忐忑。夜深人静时，我偶尔也会幻想能有一位长辈出现，作为人生导师为我指明前行的方向，但对于小镇出身的我来说，这种幻想几乎是奢望，我深知自己的人生道路，只能靠自己一步步探索和丈量。这种成长中的困惑与觉醒，或许正是每个青年走向成熟的必经之路。

为了作出更审慎的职业抉择，我开始系统性地开展国际法学生的就业调研，想让自己站在更全面的角度去判断未来的择业选择。一方面，结合之前我在实习中认识的前辈分享的职业经历，我又约聊了几位毕业不久在不同领域发展的学长学姐，记录他们职业选择的关键节点与思考；另一方面，我通过在网上搜索行业报告，分析 LinkedIn 的校友职业轨迹，看专业论坛的讨论帖等，研究国际法学生的择业情况。我像整理法律条文一样，将这些碎片化信息分门别类地归档、比对，一点点梳理出国际法学生的发展路径。在整理这些资料时，我发现国际法学生的职业发展主要可归纳为四大方向。

第一类是去政府涉外部门，以外交部、商务部的条约法律司为代表。这些部门作为国家参与国际规则制定的前线，为国际法人才提供很多参与重大国际谈判、处理国际法案件的宝贵机会，确实能做很多关于国际法的实际业务。我有幸在实习中接触过几位在这些部门工作的前辈，他们处理的每一个案件都可能影响国家利益，这种使命感确实让我们国际法专业的学生心生向往。

第二类是进入国际组织工作，比如：联合国总部、世界银行、世界卫生组织等机构。这类岗位不仅要求扎实的国际法功底，还需要有跨文化沟通能力和多语言优势，实际工作主要围绕着国际法的制定和执行展开，加上国际公务员的光环加持，是很多国际法学生的 dream offer。

第三类是学术科研机构。随着中国对国际法与涉外法治领域的日渐重视，顶尖法学院对国际法师资的需求持续增长，进入高校和智库工作，也成为不少国际法学生的选择，但随着时代的发展，难度也水涨船高，要想在中国顶尖法学院获得教职，至少需要具备海外顶尖大学的博士学位，并有过顶级期刊的论文发表经历。

第四类是顶级律所的国际法业务团队。但全球有能力承接国家间争端解决等高端业务的律所不超过10所，这些律所主要集中在伦敦、巴黎、华盛顿，团队里往往云集了全世界最优秀的法律人才，求职需要和全球的毕业生一起竞争，可谓僧多粥少，难度相当大。

面对这四个截然不同的职业方向，当时的我确实陷入了深度的思考与权衡。回首在北师大的求学时光，攻读国际法硕士学位让我构建了系统的专业知识体系；参加海洋法模拟法庭和去澳洲交换的经历，则培养了我的国际视野；而在联合国的实习，更是让我亲身参与了国际法的实践运作。这些丰富的积累，反而让站在毕业十字路口的我更加审慎——每一条道路都充满可能性，但也意味着不同的职业轨迹和人生方向。

后来我清醒地意识到，无论选择哪个方向，在全球化竞争环境下，顶尖平台的门槛都在不断提高。外交部国际司的遴选、国际组织的竞聘、顶尖律所的招聘，无不要求候选人具备国际化的教育背景和复合型的专业能力。这种认知促使我萌生了继续深造的想法——一方面可以拥有海外名校的加持，另一方面我也想拿到普通法系地区的律师执业资格，这是在国际律所执业的必要条件之一。

继续深造于我而言，不仅能拓宽职业选择面，更是进入国际法律实务领域的"敲门砖"。

所以在研三的时候，我开始有意识规划海外名校的申请计划。通过精心准备申请材料、反复打磨研究计划，我申请了英美的法学硕士项目，最终也有幸拿到了斯坦福、牛津、NYU、Duke 等多所顶尖法学院 LLM 项目的录取通知。

收到斯坦福的录取，确实是我意料之外的事情。作为全球最难录取的法学硕士项目之一，斯坦福 LLM 项目以"法律界 MBA"的定位而闻名，招生偏好以有 5~8 年顶尖律所或大企业法务工作经验的资深法律人为主。翻阅历年录取数据，中国申请者中不乏红圈所权益合伙人、跨国企业的法律总监等。项目官网明确标注："仅会在特殊情况下，考虑工作经验不足两年的申请者。"据我所知，当时我可能是这个项目历史上第三位没有全职工作经验，就被录取的中国学生。

之后我复盘过这次录取经历，我认为这次"破格录取"主要得益于以下几个关键因素：

在专业背景方面，我在研究生期间不仅专业学习上围绕着国际公法，还有参加海洋法模拟法庭、在国际海事组织、国际海底管理局实习等实践经历，在"理论＋实践"双轨并行的基础上，我提交的申请材料，呈现了一个高度聚焦于国际海洋法的学术背景，让我看起来对国际海洋法这个细分领域已经有一定的积累。

另外，国际海洋法作为国际公法中的小众领域，全球专门从事这个领域的研究的学者并不多，确实存在"供给缺口"效应。而且斯坦福法学院近年正着力发展海洋法与气候变化的交叉研究，我的专业背景恰好契合了这一发展方向，招生委员会在审阅材料时，可能更看重专业独特性而非单纯的工作年限。

除此之外，我申请时递交的推荐信，可能也是被录取的关键。当时我的推荐信有两封出自国外著名学者，还有一封则来自联合国的高级官员。高质量的推荐信组合，不仅增加了申请材料的整体可信度，更重要的是向招生委员会传递了一个明确信号：尽管我的工作经验年限不足，但已经获得了国际法实务界和学术界顶尖人士的认可。在精英法学院的录取考量中，这种来自业内的专业背书，往往比单纯的工作年限更具说服力，我因此有幸被斯坦福录取。

当时，我在选择去牛津或是去斯坦福之间，还是有一些纠结的。牛津作为普通法系发源地英国的传统名校，在国际法和国际仲裁领域的声誉如雷贯耳，杰出校友层出不穷，但缺点是牛津的法学硕士项目，在当时不具备直接考取英国律师执照的资格（现在可以通过SQE[1]考试的方式成为英国律师），并且在选课上也较为局限。相比之下，斯坦福法学院作为美国排名前三的法学院，注重跨学科的学习，同时法学硕士项目也具备直接参加纽约州和加州律师

---

[1] SQE（Solicitors Qualifying Examination）是英格兰和威尔士自2021年起实施的新型律师资格考试制度，取代传统的法律实践课程（LPC）和培训模式。考试分为SQE1（法律知识测试）和SQE2（实务技能评估）两个阶段，考生需通过全部考试并完成两年合格工作经验方可取得执业律师资格。

考试的资格。

思来想去，经过一番激烈的思想斗争，我最终下定决心，欣然接受了斯坦福抛来的橄榄枝。

意外之喜，拿到斯坦福录取

在 2019 年的夏天，我怀揣着憧憬与期待，踏上了飞往加州的航班，开启在斯坦福大学的求学之旅。

初抵硅谷，这里的一切都颠覆了我的想象。迎接我的除了加州的阳光，还有全新（甚至有些不适应）的西海岸生活方式。我曾经以为作为全世界的科技中心，云集了众多跨国企业的硅谷，应该是高楼林立；结果发现，与想象中的科技之都不同，整个湾区难觅摩天大楼的身影，即便是 Google、Apple 这样的科技巨头，其总部也多是散布在各处的低层建筑（普遍不超过 5 层）；在空间布局上，与纽约曼哈顿或伦敦金融城那种 CBD 集中在一块儿截然不同，硅谷的企业、律所和金融机构是零散分布在整个湾区。另外我感觉公共交通这个概念，几乎不存在于加州。在这里，轻轨仅覆盖有限区域，公交班次稀疏，在加州如果没有自己的车，将会寸步难行，哪怕是去一趟超市，可能也需要驾车二十分钟的时间。

斯坦福大学完美继承了加州的特质，校园非常大，占地约 33 平方公里（大约相当于 5 个浙江大学、7.5 个清华大学的面积），是美国占地面积最大的大学之一。在校园中穿行，也需要借助学

斯坦福校园

校大巴和自行车。斯坦福可能是我见过的校园最美和最具特色的大学，整个学校的建筑由弗雷德里克·奥姆斯特德设计，校园融合了西班牙殖民复兴风格与现代元素，标志性的沙黄色外墙与红瓦屋顶，红色和黄色的经典配色，再加上高大的棕榈树，总让人有一种恍若置身在热带海岛度假村的感觉。

在斯坦福期间，我的同窗们都是在涉外法律领域的佼佼者，有在国际律所执业多年的资深律师，有被评为中国十佳知识产权律师的律所合伙人，也有已经在德国法学院开始执教的青年教师。作为班上唯一没有全职工作经验的"新生代"，我自然而然地成了斯坦福 LLM 项目中最年轻的学生，这个特殊的身份让我获得了一个独特的观察视角。

课堂上，这些同学就像一本本鲜活的实务宝典。他们结合自身丰富的执业阅历，生动地分享同一类型法律，在不同国家的实际操作细节，为我打开了比较法学的全新视野。我仿佛跟随他们的讲述，穿梭于世界各地的法律实务场景，直观感受不同法律体系的差异与共性。课后，我也常常向他们虚心请教，从律所求职的门道、不同执业领域的利弊权衡，到职业发展路径的规划，每一次交流都让我收获颇丰。

与资深律师同窗的经历让我意识到，法律作为一门实践性的学科，实务经验的价值不仅在于深化对法律条文的理解，更重要的是培养"法律嗅觉"——知道客户真正关切的核心点是什么。即使是从事科研工作，也会更了解什么样的研究项目能够解决现实中的问题，而不是陷入脱离实际、虚无缥缈的空想之中。

回想获得方达奖学金接受采访时，我说想在法学硕士项目之后，直接攻读国际法的博士学位，但斯坦福的见闻让我改变了轨迹。

在斯坦福 LLM 毕业

我意识到，在连续完成两个法学学位后，是时候走出"理论的温室"，或许我也需要更多的实务经验，到法律实践的一线去检验所学。完成法学博士是我的目标之一，但可以稍微推迟几年。

在斯坦福读书期间，我在选课策略上，也作出了一个战略性选择——转向环境法方向，没有选择国际法方向。一方面，我在北师大和UNSW已经选修了几乎所有方向的国际法课程，另一方面，在国际海事组织和国际海底管理局的实习时，我深切洞察到，在众多国际法问题里，尤其是国际海洋法领域，国际法与环境法之间存在着千丝万缕、不可分割的联系，二者相互交织、相互影响。涉足学习一个新的法律领域可以让我更好地掌握深海采矿等前沿法律问题。所以我在斯坦福选了环境法学方向，环境法是受到政府行政部门强监管的法律领域，涉及很多公法的内容，包括宪法、行政法。

在斯坦福的行政法课程让我至今难忘，我当时是班上唯一的国际学生，其他都是美国学生。在学习这门课程之前，我一直以为美国是严格三权分立的国家：国会行使立法权，制定法案；行政部门负责执行法律；司法部门进行司法裁判和对法律的解释。但实际上，美国是一个行政部门极为强大的国家，行政机构不仅拥有执法权，在一定程度上也享有立法权和司法权。国会将很多事项的立法权委托给了行政机关，比如，美国联邦航空管理局可以颁布关于民用航空器安全性的行政规章；美国环境保护署可以制定关于污染物的排放标准；行政机构制定的规章数量可能超过国会通过的法案数量。对于司法权，比如，美国证监会可以进行庭审以决定相关公司或者个人是否违反证券法；美国食品和药品管理局可以处理涉及药品批准和食品安全争议的案件。

美国行政法的另一大特色，那便是民众既能对具体行政行为发起诉讼，也能向抽象行政行为"开刀"。通俗来说，要是民众觉得行政机关执行行政规章的决定不合理，完全可以以该决定与行政规章相悖为由，将其告上法庭。举个例子，如果一个造纸厂，因排放污水未达标，被环境保护署处以罚款，这家造纸厂若觉得委屈，认为处罚不当，就有权起诉这一罚款决定。而抽象行政行为，指的是行政机关制定行政规章的行为。举个例子，美国环境保护署出台关于温室气体排放标准的行政规章，要是民众认为这一规章存在问题，便可通过诉讼途径，请求法院对其合法性进行判定。不合法的理由可以有多种，可能是环境保护署在制定的过程中没有回应环保组织对于规章草案的意见，或者是超出了国会的授权，再或者是与既有的联邦法律相冲突。

正因为美国行政机关手握如此强大的权力，美国行政法体系便充分赋予了公众监督行政机关的权利，包括通过法院诉讼的方式，形成了纷繁复杂的美国行政法体系。这其实对于我研究的国际海洋法来说也是有借鉴意义。比如，之前提到的深海采矿，公海海底的矿产资源属于全人类共有，但有足够资金和技术支持能够进行深海采矿的国家，仅是少数的发达国家，而深海采矿对于海洋环境和生物多样性却有可能造成毁灭性影响。国际海底管理局作为管理深海采矿的国际组织，在制定采矿规章，以及与企业签订采矿合同和执行合同的过程中，也应该给予公众或者所有国家进行监管的权利，包括但不限于对采矿规章和合同草案提出建议，以及在国际法院或者仲裁庭进行诉讼的权利，从而让深海采矿在严密监督下有序推进，守护好全人类共同的海洋资源。

另外斯坦福法学院学生群体的多样性，也让我印象深刻。在美国，大型顶尖律所美国本土办公室的薪资非常高，进入律所第一年的薪资就能达到20万美元以上。在一些顶尖法学院，毕业生进入大型律所的比例会接近80%。耶鲁和斯坦福作为美国东西海岸最好的法学院，情况却有所不同，毕业生进入这类大型律所的比例可能只有50%，其余的学生，会选择去联邦法院做书记员，或者进入政府部门、NGO或者专注于环境与人权诉讼的精品律所，一心致力于社会公益与公平正义。许多学生怀揣着用法律改变世界的宏伟志向，踏入法学院，毕业后也切实将这份理想付诸实践，并非只把薪资待遇当作择业的唯一标准。也正因大家就业目标各不相同，在一定程度上巧妙化解了求职内卷困境，毕竟大家也不在一个赛道上竞争，各自都能朝着契合自身追求的方向稳步前行。

斯坦福校园里，创新创业的精神洒遍每一处角落。斯坦福和硅谷互相成就，造就了世界上顶尖的科技中心和研究型大学，在这里无数的科技创新实现了商业上的成功。走在斯坦福的校园中，创业的热情仿若一阵强劲的春风，扑面而来，肆意吹拂。如果你在校园里随机拦下一位斯坦福学子，询问他毕业后的规划，大概率会得到这样的答案：创业。学校邮箱里，更是常常收到同学们分享创业项目的邮件，在斯坦福，只要你脑海中灵光一闪，有了绝妙的点子，一封邮件，一场轻松惬意的 coffee chat，便能迅速吸引来志同道合之人，一同踏上创业的征程。

临近毕业时，我参加了哥伦比亚大学法学院的招聘会，幸运地拿到了七家律所的面试邀请，其中三家是国际律所的亚洲办公室。先是现场面试，而后经历多轮线上面试，整个过程颇为顺利，我一路过关斩将，成功闯入最终面试环节。虽说这些面试岗位均与国际法无关，而是聚焦于非诉中的资本市场、公司并购、反垄断领域，但开出的薪资条件，对于小镇出生的我来说还是非常诱人。入职第一年，年薪可达 60 万元人民币，到了第三年，还有望拿到美国本土的 Global Pay，年薪将超过 140 万元人民币，这般优渥待遇，着实令人心动。

然而，谁也未曾料到，新冠疫情如一场突如其来的风暴，毫无征兆地席卷全球，也瞬间打乱了我的节奏。一时间，几乎所有律所都暂时停止了招聘计划，即便我已身处面试终轮，等来的结果却是"一个人都不招了"，希望瞬间化为泡影。

疫情之下，往日热闹非凡、熙熙攘攘的校园，也变得冷冷清清，没了往昔的活力。每日美国新闻里，新冠感染人数疯狂激增，与之形成鲜明对比的是，国际航班数量锐减。生活仿佛被笼罩在一层厚重的迷雾中，未来充满了未知与变数，我如同浮萍，只能被迫接受人生的突转。在充满不确定性的艰难时刻，我最终下定决心，登上了回国的航班，暂别这片曾怀揣无数梦想的土地。

"脱轨"的人生新体验——《令人心动的 offer 2》

新冠疫情席卷全球，世界仿佛被一双无形的手按下了暂停键，我和大部分人一样，被迫置身于这场不知道期限的人生"停滞期"，每日在新闻里那不断攀升的数据播报声中，在对明天不确定性的惶恐情绪中等待转机。

回望过去，十八岁以后我的人生仿佛开启了加速键——大学、研究生、留学交换、联合国实习、拿奖学金、被牛津和斯坦福录取……一切都按部就班地根据我的目标向前推进，顺利得近乎理所当然。我习惯了计划，习惯了目标明确地奔跑，却从未认真思考过：人生若脱离既定轨道将会怎样？但我也明白人生的起伏是必然的，是无法避免的常态，我绝不能就此沉沦、停滞不前。

"先向前走，再慢慢调整吧。"是我当下最真实的想法，我开始在思考未来应该向何方迈进。

就在我满心徘徊、犹豫不决之际，我刷到了一则招募信息——是《令人心动的 offer 2》正在招募选手，而且招募对象恰恰就是法学生。对于这类综艺节目，我最早看过韩国版的《Good People》，当时让我印象很深刻，我从没想过法学生、律所这些平日里严肃的元素，竟能和综艺节目巧妙融合。我还记得节目里，每一位实习生都有属于自己独一无二的故事，有初入职场时满溢的紧张感，还有形形色色、复杂棘手的案件任务，很多细节刻画得非常生动，让我身临其境、感同身受。当初还在学生时期的我，看到节目时心里确实也想象过，要是我去参加实习，我会有怎样的表现和感受呢？

身为一名仅在国际组织有过实习经历的法学生，没有本土律所的实习经验，国内又缺乏专门处理国际法案件的平台，刚毕业还有应届生身份的我，究竟是该依据现实考量选择进入律所谋求发展，还是另辟蹊径，探寻人生其他可能性的选择呢？对我而言，律所一直是个陌生的领域。有关律所工作的情况，都是从身边同学那儿听来的，他们口中，律所工作时间长、压力大。我在斯坦福的同学，之前在一家国际律所的香港办公室从事资本市场业务，她就跟我说过曾经为了赶项目的进度一周三天都在通宵。这样的状况下，我难免担忧，要是直接投身律所工作，会不会"水土不服"？可旁人说的终究是二手信息，隔着层纱，不太真切。我就想着，不如借着这次节目机会，亲身去体验一把律所的工作状态，也好判断这职业道路到底适不适合自己。

《令人心动的 offer 2》面试流程和之前我经历过的律所面试如出一辙，很多轮次，先是线上面试，接着是线下与节目组的面试，最后是在君合上海办公室的面试，也就是节目先导片里呈现的那一幕。当时进到一个很宽敞的会议室，我坐在会议室这头，合伙人坐在另一头，相隔甚远，以至于没戴眼镜的我，望向合伙人时，他们的面容都有些模糊不清。后来节目播出时，有观众调侃说"王骁的自我介绍熟练得像在背稿"。但其实因为在求职季里，我已经历经了无数次面试，自我介绍都已经变成了一种下意识的身体反应。大量的重复性训练，已经让我克服了面试时原本会有的紧张情绪，所以才会表现得那样流畅自然。

对于参加节目，我的目的可能和其他选手不一样，我更注重的是体验感。作为一名法学生，能参与到一档综艺节目中，无疑是一次难得的人生体验。我当时想的是，既然暂时无法按照我的人生计划向前迈进，那不如就随遇而安，好好感受另一种截然不同的生活。未来会怎样，谁都说不准，过于执着结果反倒会错过沿途的风景，所以，在最开始的时候，我并没有特别去关注节目中的输赢。

心态上是放松的，但实际真的要进入律所实习，我还是内心有些"怯场"。自从踏入北师大起，我的法律学习与实践重心始终围绕着国际法展开。可中国律所日常处理的多是中国法下的民商事和公司业务，这和我的研究方向几乎没有交集。仔细回想，我上一次系统学习中国法，大概还是三年前参加中国司法考试的时候。所以在节目里，我坦言自己对中国法不太熟悉，这绝非在炫耀什么，而是实实在在心里没底，对即将面临的相关业务感到陌生与不安，也担心表现不如面试，让人失望，那种不自信仿佛回到大学第一次参加的英语模拟法庭一样，以至于我有时经常失眠到深夜才能勉强睡着。

在进入律所实习之后，心态上其实受到了赛制蛮大的影响。在实习第一天，我们从合伙人口中了解到存在淘汰机制，会有实习生在中途离开。参加实习的选手都很优秀，很难有人会接受自己被淘汰，当然我也是。气氛变得很紧张，原本该轻松愉悦的实习氛围，却一下显得格外残酷。

这种高压环境带来的"变形效应"在前3期表现得尤为明显。我像被绷得太紧的弦，每一个动作都带着过度用力的痕迹，成果却始终不尽如人意。直到与君合人力总监曹主任的那次单独谈话，我才意识到自己心态上出现"问题"了，那次谈话也成为我整个实习期间的一个转折点。当意识到自己正徘徊在淘汰线时，反而迎来了一次意外的心理卸载——既然结果已无法掌控，何不放手一搏？

这种心态转变带来奇妙的轻盈感。一方面，我坦然接受可能被淘汰的结局，因为整个实习的节奏非常快，经常前一天颁布课题，第二天就需要有成果，让人非常疲惫，况且又是我非常陌生的领域，如果输了也能接受；另一方面，当意识到时间无多，反而激发出一种背水一战的专注。我告诉自己：与其在焦虑中消耗，不如集中精力做好每一个课题，输与赢不是那么重要，更重要的是要展现出自己的能力，而不是计较太多得失。

正是这种"清空得失心""置之死地而后生"的心态，让我在决定淘汰与否的第五期打了一个翻身仗，实现了逆风翻盘，用全场第一的成绩证明了自己。从那以后，我像挣脱了无形枷锁，重新找回了参与节目的初衷——探索而非较劲，成长而非竞争。当不再执着于与他人比较排名，而是将注意力聚焦在课题本身，更多的是专注自身，尽力去完成好每个任务。这样的好处是，工作效率竟以肉眼可见的速度提升，让我能够早早收工。

这段从紧绷到松弛的蜕变，成为我职业生涯中最重要的心理基石，正是心态的转变，让我最终拿到了实习转正的 offer，红圈律所的"入场券"。录制结束到播出有很长等待期，为了保留节目悬念，我和其他的选手一样在播出前拥有一段空闲时间。

节目中的心态转变

节目播出之后，公众舆论对我前期表现的争议犹如汹涌潮水，实在是让我始料未及。那些铺天盖地的负面评价像巨浪般涌来，说不被影响那肯定是假的。毕竟我只是个普普通通的素人，哪能一下子就拥有强大到足以抗衡公众舆论的心理承受力呢？看到那些负面评价，心里别提多难受了，满心委屈，就因为节目里的寥寥几个片段，自己就被全盘否定，这实在太不公平了，但我也明白人生没有那么多的公平可言，我作为普通人很难去改变什么，既然无法改变，我只好暂时不去看，我当时的处理方法是转移自己的注意力。

在入职君合前的空档期，我进到一家英国律所开始实习，好在有时差的缘故，节目播出的时候，我正全身心地埋头工作，就这样误打误撞，巧妙地躲过了第一波舆论的猛烈攻击。除此之外，我还拼命克制自己，尽量少去触碰社交媒体，不让那些负面评价有机会再次扰乱我的心绪。那段时间，我将生活的重心拉回到自己身上，按时去健身，规律地吃饭，努力让自己的生活回归平静与正常。记得腾讯的制片人关切地询问我近况时，我故作轻松地

《令人心动的 offer 2》全体合影

回应：能吃能睡能蹦跶，一副没心没肺、啥事都没有的样子。

如今再回头看那段节目经历，恍惚间感觉已经是很遥远的过去了，当初那些因舆论而起的心理波动也早已消散不见。但毋庸置疑，节目带给我的影响是深远的，它帮我练就了乐观的心态和强大的心理承受力，更让我在初入职场时就领悟到——在这个信息爆炸的时代，保持内心的定力比赢得掌声更为重要，这也算是我在职场大学里，修得的第一门必修课。

进入君合

拿到 offer 后，我正式加入了君合北京办公室的公司并购四组。这个团队以涉外业务为核心，业务版图横跨多个领域，主要服务的客户分为两类：一类是跨国企业在中国的子分公司，为它们提供中国法律意见，以协助在中国地区的商业运营；另一类是中国企业，主要是帮助中国企业进行海外扩张，这里会同时涉及诉讼和非诉业务，尤其在海外扩张过程中，从新设实体、并购事宜，到之后的应对合规调查，以及一旦发生争议时的诉讼与仲裁环节，全程深度参与。

服务这两类客户，对我们的跨语言、跨法域能力提出了极高要求。就拿服务跨国企业来说，大中华区所涉及的法律问题，常常得提交到其总部进行审核把关。这就要求我们出具的中国法律意见不仅要精准，还需被翻译成英文，这不是单纯的语言转换，更是思维的切换，需要对普通法系和大陆法系的规则、逻辑有着深刻理解。因为法律体系的不同，要让总部的法务总监准确理解中国的法律问题，就要对普通法系和大陆法系的知识都有所涉猎，有时需要把中国法下的概念类比普通法系中的概念，帮助他们理解。这就要求我们对中国法律问题的理解必须透彻入微，如果只是"半壶水"，翻译很不准确，外国法务总监肯定会看得一头雾水，难以领会其中要义。

与服务跨国企业不同，服务中国客户出海则更加复杂。中国企业进军的国际市场，既有发展成熟的西方市场，也有亚非拉地区那些充满潜力的新兴市场。面对这些国家，我们对其法律制度的熟悉程度远不及国内，这无疑给工作增添了难度。一般来说，我们会帮客户挑选合适的当地律师，但这绝不意味着中国律师就可以置身事外了。我们根据项目经验，结合对当地法律的初步研究，梳理出项目中的关键法律问题，再交由当地律师解答。这样一来，不仅让当地律师的建议更具针对性，直击问题核心；也有效控制了法律服务的成本。而且，当地律师由于不了解中国的外汇管制、国资监管等规定，对中国企业而言，他们提供的解决方案可能在实际操作中难以落地。这就需要中国律师发挥指导作用，将中国的监管要求融入当地的法律方案中，确保法律方案的可执行性。

中国企业国际化的进程，也是中国律师国际化的进程。英美律所之所以能先行一步，很大程度上得益于英美企业更早的全球投资布局，英美律所紧随企业步伐，在世界各地设立办公室，以服务他们企业在当地的投资项目。如今，中国企业海外扩张已成大势所趋，截至 2023 年末，中国对外直接投资存量高达 2.96 万亿美元，位居世界前三。中国企业在境外投资的各个方面都需要中国律师的参与，从前期项目的投资架构和风险识别，到项目执行阶段发生的纠纷，再到项目退出，都需要中国律师给出切实可行的解决方案，降低风险，全力保障中国企业在海外的利益。

在君合的两年，我也有幸参与了中国企业在英国、越南、澳大利亚、泰国等多个国家的境外投资项目，从实践中学到了很多书本上没有的知识，也感受到了境外投资项目的复杂性，以及中国律师的价值所在。随着中国企业海外投资的规模不断扩大，对涉外律师的需求也水涨船高，目前，中国的涉外律师主要集中在红圈所和其他几家顶尖中国律所，但人才缺口依然很大。在这个充满机遇的时代，中国企业的全球化步伐的背后，是中国律师的国际化已不再是一道选择题，而是必答题，并且这个领域需要更多优秀的中国法学生投身其中，未来大有可为。

君合是一家公司制的律所，相比于其他团队制的律所，君合有律师池制度，在律师池中的律师不只是服务一名合伙人，而是可以同时与多名合伙人进行合作。值得一提的是，并购四组的业务领域本身也非常广，在君合的这两年，我参与过各种各样不同领域的项目，增长了许多律所实战经验，这都得益于律师池制度。

在境外投资项目之外，我还参与了世界知名车企自动驾驶地图相关的数据合规项目，这类项目紧跟科技前沿，涉及大量新兴的法律问题，让我能不断学习新的法律知识和技术理念。除此之外，我参与过的项目还有：中国企业赴香港上市的资本市场业务；应对世界银行调查和制裁的合规项目；跨国企业在中国进行的反垄断和国家安全审查项目和中国企业在境外进行的商事仲裁案件；等等，领域跨度如此之大，让我始终处在不断学习的状态，每一个项目都是一次全新的挑战，也是一次宝贵的成长机会。

在英国，律师行业普遍实行培训合同（training contract）制度，初出茅庐的新人律师，会在两年的时间里，先后在四个不同的执业领域轮岗实践，历经不同业务场景的磨砺后，才最终确定自己深耕的执业方向，有点类似于大厂的管培生制度。我在英国的时候，会跟同事开玩笑说，我在君合是完成了一个super training contract，为何这么说呢？因为我尝试涉足的执业领域，细数下来，至少包括：境外投资、公司并购、数据合规、争议解决、反垄断、国家安全审查……领域之多，远远超过四个。这种多元的实践，让我对律所的各个业务板块有了全景式的了解，更重要的是，我能清晰地分辨出，哪些领域与我的专业技能适配，哪些又能真正点燃我的兴趣之火，成为我长期发展的方向。基于自身经验，我真心建议还在法学院求学的同学们，尽可能多去尝试不同执业领域的实习，趁早就开启对未来执业方向的探索之旅，这对个人的职业规划和成长意义非凡。

在君合，我真正学会了"像律师一样思考"。律师的核心价值，从来不是法律知识的堆砌，而是用专业解决实际问题，而解决问题的第一步，是读懂客户的需求。就拿公司并购这一业务来说，同样是收购一家企业，客户背后的商业考量却可能千差万别。有的客户，是相中了被并购企业的知识产权，看重其技术专利、品牌价值等无形资产，试图通过并购实现技术升级或品牌拓展；有的客户，则是看中对方庞大的客户资源，期望借此打通新的市场渠道，扩大市场份额。客户的诉求不同，律师的侧重点也会不一样，如果客户的核心诉求是获取对方企业的知识产权，那么律师在开展尽职调查时，便会着重审查目标企业知识产权的权属状况、有效性、潜在风险等关键信息，在起草并购协议时，也会围绕知识产权的转让、保护、后续使用等条款精心雕琢，确保客户能顺利获得并有效运用心仪的知识产权，达成既定商业目标。

站在客户的立场考量，意味着在出具法律意见时，绝不能像在法学院撰写论文那般长篇大论，客户寻求法律帮助，往往是为

了高效解决实际问题,他们需要的是
清晰、精准且实用的指南。因此,法
律意见必须简明扼要,直击要害。通
常情况下,我们会将结论或者总结置
于开篇显著位置,让客户一眼就能抓
住关键信息,迅速知晓核心要点,让
客户对法律问题的走向和解决方案有
清晰认知,大大提高沟通与决策效率。

在君合工作期间照片

在君合的这两年,于我而言是飞速蜕变、茁壮成长的两年。从初出茅庐的法学院毕业菜鸟,到能够参与重量级项目的律师,君合为我提供了非常好的学习平台。从跨国企业的并购重组,到复杂商业纠纷的解决,在这些项目历练中,我学会了如何将书本知识与实际案例紧密结合,如何在纷繁复杂的法律关系中抽丝剥茧、找到破局之法。更为重要的是,我逐渐养成了像律师一样思考的习惯——从客户需求出发,用法律工具为客户目标服务。这段经历不仅奠定了我律师执业的坚实基础,更让我明白,律师的价值在于用专业为客户创造实际利益,而非炫技一般单纯展示法律知识的深度。

如今,每当我在复杂的法律文件中穿梭,或在谈判桌上为客户争取最大利益时,都会想起在君合的日子。那是我从法律知识的"搬运工"成长为商业问题"解决者"的关键阶段,这种思维的转变,是君合赠予我最珍贵的职业礼物,有时也会庆幸参与 Offer 2 的经历。

在毕业后的这两年里，我还学会的一件事就是要有"塞翁失马，焉知非福"的心态，去面对每一次人生的起伏。

四、离开北京，国际法律师的新篇章

尽管已经适应了红圈律所的生活，但国际法的梦想从未真正沉寂，总在不经意间叩击我的心门。律师职业的光鲜外表下，是无数个与细节搏斗的日夜。一次成功的并购交易或上市项目，往往意味着你要埋首于堆积如山的公司文件，在数百小时的尽职调查中抽丝剥茧，甄别出公司目前经营潜藏的法律风险。一个看似简单的客户咨询，可能需要翻遍法条，在电话间与监管机构打几个小时的咨询电话，才能给出一个经得起推敲的法律意见。从事法律工作，要面对高强度与高精度的双重考验，这也意味着，如果对所从事的法律领域，没有十足的热爱，很有可能在工作三四年之后，离开律师领域。

从 2021 年 3 月至 2023 年 3 月，时光如白驹过隙，转瞬即逝，我在君合度过了快速成长的两年。随着国际旅行限制的解除，我的国际法律师的职业理想迎来了"转机"。在这个重要节点，我想遵循内心的指引，在沉没成本没有那么高的时候，再次为自己热爱的领域奋力一搏。

这让我想起之前读过的一本书《了不起的盖茨比》。小说里，盖茨比始终注视着对岸那盏遥远的绿灯，那个象征着梦想、希望、

以及某种近乎执念的追求。第一次阅读时，我并不能完全理解盖茨比追逐绿灯的意义，直到如今我才后知后觉明白，或许正是这种若即若离的光芒，驱使盖茨比不断向前。于我而言，国际法就如同那座对盖茨比意义非凡的绿灯塔，它并非只是一个职业方向，而是一种本能的吸引。当然，现实中的国际法律师之路，可能比小说里的浪漫幻想更为艰辛，尽管盖茨比的绿灯最终被证明只是虚幻的寄托，但国际法的挑战却是实实在在的——语言壁垒、文化差异、瞬息万变的全球地缘政治，每一步都需要付出成倍的努力，即便如此，我仍然愿意像盖茨比那样，向对岸的光亮奋力划去，因为追求本身就是意义。

所以，选择离开君合，不是一时的冲动行为，而是我反复斟酌后的决定。

大西洋彼岸的国际法重镇——纽约和华盛顿

离开君合律所后，我的国际法律师生涯开启了一段跨洋之旅，经历了两次变化，先奔赴伦敦，随后转向纽约，最终重回伦敦。

在两段伦敦执业经历的间隙，基于想拥有更多元的视角，我想去实践中了解不同法系的差异，也想丰富自己的国际法律师的经历，我有幸加入美国律所 Hughes Hubbard & Reed（HHR）纽约办公室工作了一段时间。这段经历，让我对美国的法律市场和其国际法业务也有了一定的了解。联合国总部坐落于纽约，世界银行、国际投资争端解决中心位于华盛顿特区，这些举足轻重的国际组

旷野同行——法科生的心路与抉择

织，对美国律所的国际法业务发展产生了极为关键的影响。

我当时所在的HHR在多边开发银行的调查和制裁业务领域成绩斐然，处于行业领先地位。其中，多边开发银行指的是世界银行、亚洲开发银行、非洲开发银行、欧洲复兴开发银行等诸多国际金融机构，它们致力于为相对欠发达地区的基础设施建设项目提供融资支持。在这些多边开发银行融资的项目中，项目的业主方、施工方、供应商所有参与主体，都必须严格遵循银行制定的合规标准，这些标准涵盖反腐败、反欺诈、反串通等多个关键领域。如果银行接到举报，或者在审计的过程中发现可能存在违反合规标准的不当行为，便会启动调查程序。如果调查证实存在不当行为，银行将果断采取制裁措施，其中包括在禁止参加之后银行提供融资的项目，如果是严重的不当行为，可能会无限期禁止，同时触发交叉制裁机制，这意味着涉事方将被禁止参与其他多边开发银行的项目。

世界银行是诚信合规的先行者，颁布了《诚信合规指南》，建立了公平、独立、透明的调查和制裁制度，以保障项目的公平公正，以及目标地区的可持续稳健发展，随后，其他多边开发银行纷纷借鉴世界银行的成功经验，以此为蓝本建立了各自相应的制度。值得一提的是，HHR的合伙人曾担任世界银行的首任廉政合规官，参与整个合规制度的起草，所以之后HHR在这个领域也保持着领先的地位。

我在纽约工作的期间，就曾参与了多个多边开发银行的调查和制裁项目，也因为这些项目的关系，我去了世界上一些之前没有想过会涉足的地方出差。这段经历让我敏锐地察觉到，这项业务与中国的境外投资以及"一带一路"倡议紧密相连，环环相扣。在"一带一路"倡议的大背景下，中国的境外投资主要聚焦于能源与交通等基础设施项目，其中相当一部分的项目依靠世界银行等多边开发银行提供融资支持，这也意味着，中国企业必须严格遵循这些多边开发银行所制定的合规制度。

然而，在过去相当长的一段时间里，许多中国企业对于合规制度的要求不了解，尤其是对招投标阶段的合规要求认知不足，导致部分企业出现违反合规制度的不当行为。也因为不熟悉多边开发银行的调查和制裁制度，没有及时应对调查，最终遭受了比较严厉的处罚，丧失了之后参与银行融资项目的机会。一旦被列入这些国际金融机构的制裁名单，中国公司的声誉也会随之受到负面影响。即使在非多边开发银行的项目中，合作方也可能会因为企业存在制裁记录而放弃合作。曾经就有中国企业因受到世界银行的制裁，当地项目在反对党的强烈质疑下被迫停工，损失惨重。

面对这样的现状，中国律师的参与显得尤为必要。对中国企业而言，避免遭受制裁的最佳途径，是在企业内部建立一套高水平、全方位的合规制度，从源头上杜绝不合规行为在各个业务环节的发生，而要实现这一目标，离不开中国律师的专业智慧。这要求律师将国际性金融机构复杂的合规政策，巧妙转化为契合中国企业实际情况、能够真正落地实施的内部合规制度。这绝对不是机械地照搬，因为中国有自己独特的监管制度，中国企业也有着与之相适应的业务模式。这需要中国律师既能够读懂国际规则，又能深刻洞察中国国情，在两者之间找到完美的平衡点。

此外，在应对多边开发银行调查时，中国律师也需要扮演既合作又对抗的角色。一方面，按照与多边开发银行签订的融资合同，作为项目参与方，中国企业需要配合调查。这就要求中国律师积极主动地与银行进行沟通，展现出良好的合作态度。另一方面，也因为调查先天性的存在对抗性属性，中国律师也需要充分了解银行的合规制度及调查和制裁程序，拒绝银行可能会提出的一些过分要求，比如银行的调查人员无理由地过分扩大调查的范围，甚至涉及非银行融资项目。这对中国律师提出极高的要求，在与银行的对抗过程中，这种对抗需要有理有据，以避免被认定为阻碍调查，既要坚定维护企业合法权益，又要避免被银行认定为存在阻碍调查的行为，切实保障企业在调查过程中的合法权益。

除了多边开发银行的业务之外，美国律所也经常出现在国际仲裁中，包括投资仲裁和商事仲裁，但这些仲裁有非常明显的地域色彩。无论是投资仲裁，还是商事仲裁，美国律所参与的案件至少有一方是来自拉丁美洲。这一方面是因为如果当事方均为美国公司，他们还是会更偏向在美国法院进行诉讼；另一方面美国与拉美的地理更近，进行投资的历史也很长，如果出现投资争议，选择美国律所也是情理之中的事情。因此，美国律所的国际仲裁团队在招聘时，会优先考虑具备西班牙语能力或拉美背景的候选人，以更好地服务这一核心客户群体。国际投资争端解决中心（ICSID）[1] 位于华盛顿特区，这使得美国律所的国际投资仲裁团队高度集中于此，而商事仲裁团队则更多地活跃在纽约。这种地理分布反映了不同仲裁类型的实践需求：投资仲裁通常涉及国家与投资者之间的复杂争议，需要靠近政策和国际机构的中心；而商事仲裁则更依赖于纽约作为全球金融枢纽的资源和网络。

但与伦敦相比，美国的国际法律师团队在多元性和案件广度上仍显不足。伦敦作为国际法法律服务的枢纽，汇聚了来自世界各地的法律精英，案件类型覆盖从非洲边界争端到亚洲能源项目的广泛领域。而美国律所的国际法业务更多地局限于拉美市场，这种局限性让我逐渐意识到，如果希望在国际法领域获得更全面的成长，伦敦无疑是更好的选择。

因为对职业理想的追求和对多元实践的渴望，我在深入比较两大法律市场的特点后，最终决定还是从纽约回到伦敦，这座更具国际视野的法律之都。

国际法律师的梦想之城——伦敦

来到伦敦，便感受到了伦敦法律市场的开放程度之高。和很多国家不同，作为普通法系的发源地，在英格兰，成为律师并不

1　ICSID（International Centre for Settlement of Investment Disputes，国际投资争端解决中心）是世界银行集团下属的独立仲裁机构，专门处理投资者与东道国政府之间的投资争端。机构依据《ICSID 公约》（《华盛顿公约》）提供仲裁与调解服务，主要解决征收、违约、歧视性政策等投资争议，其裁决对缔约国具有约束力并可强制执行。ICSID 以独立性、专业性和广泛认可性（160 多个缔约国）著称，旨在通过公正的争端解决机制增强投资者信心并促进国际投资流动，是全球投资争端解决的核心平台之一。

强制要求法律专业大学学位，对法律从业者的包容度极高，除法学生外，其他非法律专业的学生也有可能进入律所工作，二者进入律所工作的比例可能各占一半。对于非法律专业的学生，律所会资助其攻读一年的法律文凭课程，课程涵盖公司法、合同法、侵权法等基础学科。完成课程后，就可以和法律专业的学生一起开始为期两年的培训合同（training contract），至少轮岗四个不同的执业领域，在丰富的实践历练后，才最终确定未来的执业领域，充分体现了法律是一门实践学科的特点。不只英国学生，全世界的学生或者已经进入职场的人，都有资格申请培训合同，也因此造就了英国拥有最开放，也最具竞争性的法律市场。

而到国际法和国际仲裁这一细分领域，这种开放性和竞争性更是达到了新的高度。英国的顶尖律所允许外国律师跳过培训合同，直接投身于国际法或国际仲裁团队，成为其中一员，也不强制要求其具有英国本地的执业资格。同时，因为英国拥有全世界最顶尖的国际法团队，吸引着无数对国际法和国际仲裁满怀热忱的学生，纷纷奔赴英伦，渴望在此一展身手。在伦敦，你可能会目睹来自欧洲大陆或已在本土律所积累了多年，有着丰富经验的资深律师，甘愿放下身段，从实习生的基础岗位重新做起；也能遇见很多横跨大陆法系与英美法系求学经历，且精通四五门语言的法学生们。一方面，国际法和国际仲裁岗位的数量却极为有限，不同于资本市场或者公司并购等非诉业务，市场需求旺盛；国际仲裁和国际法相关的案件，一年下来数量并不多，这直接导致相关团队规模普遍较小,岗位少。另一方面,由于国际法和国际仲裁领域开放性极高,意味着全球人才都能参与竞争这些有限的岗位;如此一来,国际法和国际仲裁的入门门槛自然而然被推至极高水准。

作为一名来自中国的法律人,我的内心自然是既紧张又兴奋;兴奋源于对国际法事业的热爱和对未知挑战

在英国律所官网的照片

的期待,压力则来自陌生的环境和未来的不确定性。在伦敦的国际法团队中,亚洲面孔依然是少数,亚洲律师多来自我国香港、新加坡或者马来西亚,中国内地背景的律师屈指可数。打个比方,就像一个白人面孔的外国人,要在北京或者上海寻求一个争议解决律师的岗位,面对的挑战,可能远不止法律知识与语言层面,还有不同的文化差异。在日常场景中,白人男律师在电梯里遇到合伙人的时候,能找到各种话题与他们侃侃而谈;在团队会议上不管参与程度如何,也总能刷足存在感。反观我的处境,在这样一个相对陌生的环境里,若是选择沉默寡言,很有可能被别人当作无足轻重的背景板;可如果表达的时机把握不当、贸然发声,又难免会给人留下突兀的感觉,可谓是左右为难。

在高度竞争的国际法律领域,不确定性有时会让我质疑自己,是不是选择了一条难度过高的职业道路。来自欧洲大陆的律师,

在国际法和国际仲裁领域占尽先天优势,他们大多精通多门语言,除了流利的英语,法语、西班牙语、德语、意大利语、俄语等都在他们的技能范围之内。多语种的优势可以帮助他们接触到更多的案件,以西班牙语为例,众多拉丁美洲的国家都以西班牙语为官方语言,同时也因为丰富的矿产资源吸收了大量的外国投资,随之而来的是投资争端频繁爆发,催生出众多国际投资仲裁案件。因此,能熟练运用西班牙语的律师,在国际投资仲裁领域优势尽显。而且,这里的每一位候选人都有着非常耀眼的履历,美国的哈佛、耶鲁,英国的牛津、剑桥,法国的索邦大学、巴黎政治大学等世界一流名校的学历,在这个圈子里屡见不鲜。曾听闻某家"魔术圈"[1]律所发布的国际仲裁岗位,仅一天时间,就收到了超过100份申请。有时候会感慨,在伦敦找工作,需要的不仅是实力,还有一些运气。

但作为来自中国的法律人,我们并不是毫无优势。一方面,在中国越发强大的今天,中国作为崛起的大国,在国际事务中扮演着越来越重要的角色,尤其是在维护国际秩序和和平解决国际争端方面发挥了建设性作用。同时,我们自身也面临一系列领土和海域主权争端,逐步尝试通过国际法基础上的平等对话解决这些问题,这为国际法律师提供了广阔的发展空间。另一方面,中

---

1 "魔术圈"(Magic Circle)是特指五家总部位于伦敦的顶级国际律师事务所,包括年利达(Linklaters)、安理(Allen & Overy)、富而德(Freshfields Bruckhaus Deringer)、司力达(Slaughter and May)和高伟绅(Clifford Chance)。这些律所以其卓越的公司与金融法律服务著称,长期主导欧洲及全球高端商事业务,尤其在并购、资本市场、跨境交易等领域具有显著影响力。"魔术圈"律所凭借悠久历史、精英化团队及全球化布局,被视为英国法律行业的标杆,并与美国"白鞋律所"(White Shoe Firms)齐名,代表全球法律服务的顶尖水平。

国的企业也在出海，在"一带一路"倡议的背景下，中国企业正在众多新兴市场进行大规模投资，能源、矿产、道路、高铁、港口等基础设施项目遍布亚非拉国家。这些项目规模庞大、周期漫长，难免出现争议，而这些争议的解决也需要中国的国际仲裁律师保驾护航。在这样的客观需求下，英国顶尖国际法团队也需要既懂中文，又熟悉国际法和仲裁规则的中国律师，以便更好地去争取、去服务更多的中国客户。这或许正是历史赋予我们这代法律人的特殊机遇——在百年未有之大变局中，中国法律人必须进步，未来一起肩负起从"规则遵循者"到"秩序塑造者"的历史转型。

在我眼中，伦敦算是国际法律师的梦想之城，这座城市的独特魅力不仅在于它汇聚了全球最多元的法律精英，更在于它能接触到最多、最广泛的国际法案件。

伦敦的国际法律师可以分为三类。

第一类是英国的大律师(barristers)，作为独立执业的出庭律师，几乎任何一个联合国国际法院的案件都能看到他们的身影。

第二类是律所中的国际法律师（solicitor & solicitor advocate），他们大多来自顶尖的美国律所、英国"魔术圈"律所，以及那些专注于国际法领域的精品律所。我目前所在的律所就属于精品律所，专注于国际公法和国际投资仲裁领域，为客户提供最为专业、精准的法律服务，凭借在细分领域的深耕细作，在国际法律市场占据了独特的一席之地。

第三类是大学的国际法教授，英国拥有闻名遐迩的牛津和剑桥,还有在法学研究领域同样成绩斐然的伦敦政治经济学院(LSE)、伦敦大学学院（UCL）、伦敦国王学院（KCL）等高等学府。这些院校汇聚了众多在国际法学界具有深远影响力的学者，他们不仅在学术研究上成果丰硕，还会频繁以律师、仲裁员或专家证人的身份参与国际案件中。

在伦敦，每周都会举办各式各样与国际法/国际仲裁相关的讲座、学术会议以及论坛。在这里，国际法不是抽象的"屠龙之术"，而是作为一个极具实践性的法律领域，被法律界人士、学者以及从业者们热烈探讨。漫步在伦敦的街头巷尾，你极有可能在不经意间邂逅你正在研读的某本国际法教科书的作者，或是参与过某个重大国际法判决的律师、法官，甚至是仲裁员。唯有在伦敦这座城市，国际法领域的"大咖"们才会如此高频、密集地出现在大众视野之中，他们的思想在这里碰撞，各种国际仲裁案件在这里诞生。

更令人着迷的是，英国的国际法律师参与的案件，并不局限于地理意义上的"英国"。荷兰海牙的联合国国际法院、德国汉堡的国际海洋法法庭，以及分布在全球各地的投资仲裁庭所受理的案件，都在他们的业务范畴之内。这里存在着一个很有意思的现象：两位同在伦敦金融城工作的律师，即便办公地点相距不超过1公里，然而他们所代表的客户，却可能一个身处遥远的非洲西海岸，另一个则位于中东波斯湾，这充分展现了伦敦作为国际法律业务枢纽，所承载的业务辐射范围之广、跨度之大。

正是这种对职业理想的执着追求和对多元实践的无尽渴望，让我最终选择从纽约回到伦敦。伦敦的独特魅力在于，它不仅是国际法的实践中心，更是一个让法律跨越文化、语言和制度边界的地方。回到伦敦，对我而言，意味着开启一段全新的、充满无限可能的职业旅程。

作为中国法律人，我们既面临着文化差异与激烈竞争的现实挑战，更肩负着时代赋予的特殊使命：随着中国在国际法治舞台的角色日益重要，我们正站在东西方法律文明对话的前沿，成为连接中国实践与国际规则的关键纽带。在此我也想呼吁每个国际法律人能清晰听见历史车轮的轰鸣，在百年变局中找准自己的方向。相信在不远的未来，中国和中国的国际法律师们不再是规则的被动接受者，而是全球法治秩序的共同塑造者。

(完)

崎岖地成长，漫长地告别

李浩源

一肚子的不合时宜，
借完笔而"焚"尽。

李浩源

Li Haoyuan

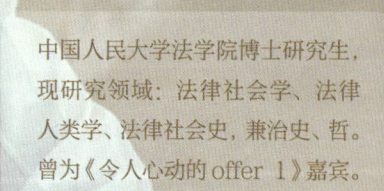

中国人民大学法学院博士研究生,现研究领域:法律社会学、法律人类学、法律社会史,兼治史、哲。曾为《令人心动的offer 1》嘉宾。

崎岖地成长，漫长地告别

李浩源

引子

处在人生以及行业的变革时点，我作为一个还没有进入"真正战场"的晚辈，很难就编辑提出的命题给什么令我自己满意的答复。经过家人和朋友的从旁提醒，我发现了一个稍带有点"拧巴"的情况：过去那些艰难抉择的时刻，回头看其实既算不得艰难，也算不得抉择。这个说法倒不是在虚假地谦虚，而是过去实在沾了太多"运气"的因素，那些所谓的"选择"不是有"兜底"，就是存在某种程度上的"仙人指路"。就我个人经验判断，真正能够为人在实践中起到指导作用的"选择之谈"，应当是从一次充满非凡意义的特定抉择中生发出来的。像我自己经历过的那些"事儿"，都谈不上是人生之舟的搏风闯浪。我也不能在此后，像皮肤黢黑、手上磨满老茧的老师傅那样被各位读者环簇在其中，与大家如数家珍地谈论。我很惭愧，许多时候我只是那个听众，那个也和各位一样在一派迷茫中、欲摩拳擦掌寻找通向"有意义生活"的航道。停车借问，暂无回音。此时却已有"产生误会"的同道行人前来"请教"，实在令我感到惭愧不已。一路行来，确实能与您坐谈两句，为奔波中的旅人权作消遣。且让我这真诚地明示，能够使您伸伸脚吧。

事情其实想从今天说起，因为如果顺着讲，其实是一种似诚恳实巧伪的做法（当然，也可能是凑字数在写流水账）。我这么说，原因在于我作为当事人，之前和之后的情况都已经很清楚了。在顺着写的过程中，我总会有意无意地将"前情"与"后果"联系起来，但这中间是不乏"后见之明"的——也就是说，我所收获的结果真的有赖于我如此行动了吗？会不会是冥冥之中，自有世界的随机率"垂青"？抑或是在我看不到的地方，有别的力量推了我一把而不自知？这都有可能。像通常放电影一样为读者顺叙，可以让你看一部"爽文"，我似乎是选错了什么，又似乎扭转乾坤选对了什么，最后我由何处而走向了成功。而后，读者可能像更早之前的我那样，以为能比照着某人传记去按图索骥，以为人生充满了由"A"推导，可以得"B"的验算。前些年我在回答（那个时候还有）来自外界提问的时候，我甚至是刻意地去营造这种感受。但现而今，我认为这种感受不仅不重要，反而还充满误导性。从外部看，正如前面说的，这会隐藏很多对我本人的经历有着深远影响的其他力量；从内部看，我可能会扭曲和模糊掉很多对你真正有启发的内容。因为这些内容会让我感到尴尬，会使得力图营造的人设不再完满，会冲击"编织"出来的、昂扬的命定论。我本就为自己的浅薄与侥幸深感惭愧了，我决不能再伪装出一副成熟的样子和您坐而论道。但是放弃一种常见的写作方式是冒险的，我明白，这会带来理解上的困难。请你原谅后文中的词不达意与逻辑错误。

一

方执笔时，脑海里浮起一句话："参加节目对你有什么影响吗？"过去我总是很坦然地说："没有。"但我现在要承认，是一种假坦然。这种回复既敷衍，又想不清楚。我这么回复无非是想给人一种"进退自如"而"置身事外"的感受。但就像吃过火锅，身上有味那样，除非洗澡，那股味道是不会消散的。而人没有什么为自己的历史洗澡的机会。参加节目对我真正的影响在这些年从暗地里悄然生发，长成了一棵附在我脊背上的树，走到哪里跟到哪里。我这些年所做的，试图抽身的种种努力，其实取得了一定的成功。但当人再次提起这件事情时，仍能令我感受到背上的树影——偶尔还要落下两片叶子，划过我的脸。

当然有影响，影响还很大。

事到如今，我多少有些悔意。起初，埋藏在心里面的想法是"如果不去就好了"。我以为如果不去我会有更多的自由。接着，我想到的是，"怎么变成了这个样子"。引用朋友的调侃来说，就是硬来吃苦。而当前途无望、自暴自弃的感受在我心里面涌出时，转身却看到了旁人灯红酒绿的快意人生。蓬头垢面的我多少有些"无能狂怒"，一股酸意汩汩流出。人总是望着没有作出的选择眼红，又暂时放下了当时"不选择"的初衷。然后等挫折翻篇，自己的努力又有些眉目时，又往自己的目标近了一点，也就不执着于哭诉"两头不到岸"了。就是在这样一点点的磨砺之中，我内心对过去五六年的行踪又有了新的想法：参加是我当时认真思量作出的选择，离开也是我认真权衡作出的选择。有选择就有代价，而付出代价过程中的心理煎熬，也是成长的一部分。请允许我揣测一下，拿到书的你和我的年纪相仿，甚至可能比我还要小一些。那么原谅我，贫乏的人生（实务方面）真的不能给到你太多给养。但我可以给你讲讲"一路走来"的事。而有来就"过往"，我也想借这个机会和过往话别。

比起前面所说的"简单懊丧"和"无能狂怒"，我现在的主张是"我希望面向之后的每一天都能活得更'厚'一点"。这种信念使得我认真地体察自己心灵和身体的感受，使得我更希望把握正在体验的每一寸时间和空间，使得我用心去记录所见之物及人。我自负有一个小特长，就是凝视某物而将其隽入记忆。这并不是说，我要不礼貌地凝视或俯瞰什么，而是某个图像、轮廓和面容会在我的记忆模块中画为有细节的速写。然后，当我脑海里一激灵地闪过这存在时，它就像一滴水滴入了思维的海洋，在涟漪里幻出一副行动着的、有前情与发展的图景来。恰似邓布利多的冥想盆。

如果说有什么不太满意的地方的话，我觉得我面对大众的形象还不大老实。那个面貌，多少沾点虚伪和荒诞。我不是个内心特别"强大"的人，要我非腆着脸上场，那很容易露出马脚的。所以我不愿意搞这个，再有天大的利润我也不肯干。因为对于我来说，我绷不住，绷不住就一定笑场。在被他人取笑之前，我这出头鸟还是想找个机会躲起来，不要把自己活成脱口秀里的段子。我虚荣又脸皮薄，虽然线下的人生经常是"段子型"的，但我不想在大庭广众之下变成一个段子。然而接受过观众席的掌声，是不太好离场的——"由奢入俭难嘛"！我爱做红花，做绿叶还是有些许难受！

今天的有些窘境，多半与没有认清读博之路的艰险有关。早先，我觉得对科研过程中的种种"内外耗"已经有比较清醒的认识。但认知归认知，体验归体验，行动归行动。我必须向读者朋友承认，读博士的痛苦太漫长了。在目前的情况下，确实没有太多从容不迫去思考的时间，但有许多要成果、要履历、要见识的产出压力。但创新和产出可不是写出来、说出来就能算的。它必须以一种严谨而完备的形式呈现出来，通过学术界内部的同行评审，然后争取在某个出彩的平台（顶尖杂志）亮相。

理想的（指的是学术有成的）博士生，和一个偶像练习生是类似的。他们需要长期磨炼，然后在选秀里惊艳亮相，拔得头筹。然后就结束了吗？当然不是，然后要投入更高层级的选秀与比赛，走上更大的舞台。不少练习生受到公司压榨，在没有成为一个在某一方面持久立住了的艺人之前，他们挣到的只是公司夺去的一粒儿"小米"。博士生也差不多，只不过现在拿"小米儿"，以后还是拿"小米儿"。

　　但即便说了这些困难处还在坚持，痛到内心深处，也真的是喜欢了。我说三个原因吧：第一，喜欢"终有所获"的感觉。如果经过我的努力钻研，在扩充自己知识面的同时，还有可能为总体的社科知识提供增量。人生有限，但观点和言说恐无消减之时。第二，喜欢获取知识的感觉。有限且容易无知的生命，使人感到压抑和痛苦。第三，有的关于社会现象的科研能够为解决社会问题、增进社会福祉提供支持。如果我的事业能够给人们带来更多的利好、喜悦，那将是一件美好的事。而且我也蛮喜欢写东西，尽管写得"四六不靠"，但我抓周时，可是抓了一支毛笔哩！

　　"等待戈多"——我忽然在这里想到了这部名剧。等待中最折磨人发疯的，是"年龄焦虑"。我不为数字痛苦，为自然的体力与创造力衰减而痛苦。伍子胥说的"天长路远，倒行逆施"大概就是这个道理。

　　请允许我解释一下这种感觉：当你已经花了很长时间来练习一个游戏角色（或者钻研某一款游戏），与你有类似经历的人已经走向职业赛,并且他们都有所成就时,你还在人机赛或者简单排位赛里等待。即使会有人提醒说你们并不在一个赛道(将来并不在一个环境打拼),但你会想到如果从更高处俯瞰,同样的时间点上,他人早已开始了波澜壮阔的探险之旅,而你还在这里徘徊。时候已经不早了,第一批、第二批、第三批……出港的船逐渐耗尽了晨光与旭日,似乎留给你的只有黄昏。也许体内凝结的真气和手上所掌握的海图可以帮助你的船赶在天亮之前抵达。但我也会感觉可惜:我错过了许多白昼奇景,我消磨了许多充沛的创造力与表达力。坐想春风,不如推门走走,也许我天生躁动,不成熟的道心还舍不得一路看不尽的风月吧!即使如此纠结,我依然打算继续沉思——偶尔撇过头去,看看窗前花容鸟语就好。

说过去几年没有成长,也是假话。第一,节目的成功推动了我个人曝光度的增加,这使我有受邀参与其他节目的机会。像"跳岛战术"那样,借助一件事的光芒,延伸到了一个、又一个的新节点。而在这些节点上/机会中,我既可以向外表达我的新想法、新观点,也可以与外界的新行业、新环境、新朋友相处。同时,这些机会要求我进行"表现"与"展演",为了不丢脸考虑,我还要尽可能地巩固已有的知识、吸收新的见解和技能。继往又开来,开阔了眼界、拓展了知识、磨炼了意志。在某些情况下,包容度变得更强,游刃度也更高了。

第二,节目的成功为我提供了一张比较可靠的社交名片。(尽管如果随时被打上节目的标签会令我感到非常沮丧,并不乐意将自己与这个有些魔幻的粗浅作品等量齐观。）有了加持，我个人独立地到社会面行动获得了一些同年龄段比较难获得的尊重与信任。似乎是得到了某种，"此人已经在社会上少年成名，他获得了一些资源，并且可以动用一些资源，我们应该对他有所尊重"。因此，在结交朋友的方面，相较于他人而言我可以以更低的难度切入，也因此收获了一些来自其他行业的友情。

第三，我获得了物质上的回报，在没出校门的阶段拥有了除投资之外比较可观的收益。相比在这个领域全面铺开业务的各位朋友，我的收入并不多，但已经足够我缓解一些坐冷板凳时带来的焦虑了。现在参与这个行业（包括看起来已经赶不上趟的新媒体）是否还有那么多的回报，我不太清楚。但我仍然从"身边统计学"判断，如果真的有运气做成一个有内容的账号，收获垂直稳定的追随者团体（显然比起前些年来说，没那么容易）的话，赚多赚少，都不会亏本。而且，那些更加个性化、更有主见的内容，正受到越来越多的关注。我想这对于在这些方面拥有特长的人而言，是一个利好。

如果说我那个时候是素人参加与专业能力相关的综艺，并一夜造梦、腾飞起势的前场，那么在今天，它大概来到了下半场，乃至是末班车。现在综艺本身是不重要的，那些被"断章取义"抽出来，用以实现"病毒式"传播的片段才是重要的。过去，在小红书爆款博文和全平台的同款短视频分散式传播之前，抽象的微博热搜（通常多条热搜词构成一个事件的传播矩阵）承担了这个作用。但词条终究是抽象的，观众还是需要连接到具体的语境里去了解事件与人物。现在则更进一步，不仅人和事浓缩成了词，还浓缩成了可视化的短视频。但凡内容能够抓住眼球，就能同时吸引成百上千万人的吸引力。而又因为目前的注意力资源和注意力习惯大多数时候都集中在"短"的物什上，所以对于一个新人来说，要想造梦，仍然要在这划来划去的一瞬间赌上一把。过去综艺的官方比较忌讳剪出片段来做宣传，就算是提前宣发，也多是将无关痛痒的预告片段拿出来，吊一吊观众的胃口。

今天不行了，一个剧组的所有投资，成败可能全部系于一条精华片段的投放能否在互联网上实现流量的最大化。可谓是包一盘饺子，就为了这么碟醋。但是悖论在于，如果就是为了竖屏播放时这一分钟不到的"胜利果实"，那剧组燃烧制片方这么多的人力物力，耗费投资方这么多的财力做什么呢？我想，短剧已经兴起了，短综艺也不会远了。其实现在很多"老铁"耗尽心血，倾力打造的"直播间"，不也是一种更直观、更动人的"综艺"吗？所以今天要想展现自己（特别是从事法律内容输出的朋友们），关键又回到了经营好自己的"一方小天地"上。短平快的时代，长、远、深才是"王道"。这是怎么讲呢？其实就是，我们经营的是一片"小地方"，却不是一块贫瘠薄弱的"土地"，也不是三天打鱼两天晒网，更不能闭门造车。它是一个小作坊，每天都有属于自己的活计。

但这里面存在一个张力：我们总是忍不住，会眼红已经做成的人，怀疑自己选错了路、或走不通；我们也会在有一点小成就的时候被各种因素冲昏了头脑，浅尝辄止，捡了芝麻而丢了西瓜。或许，我们可能真的看走了眼，选了条并不通天但很难走的绝路；或许我们真的没有挺住，动摇了初心，调转了船头。那这可怎么办呢？考虑到成功álo来得像一阵大风，哗地一声就把当事人吹上了风口。我就常告诫自己，既然成功需要运气，那么就且先不求运气地做事吧。至少亲历当下，是一件有缓缓而满满幸福感的、安稳的事情。当我接受一点运气——或者说贝叶斯定理中更复杂的分母时——我也同时在调低自己的预期，放低对鲜花和掌声的期待。然后我就这么去坚持，这么去做。需要傻功夫，才有真长进。

不过，若当真要走向公域、做公众人物，我有几句话想说：

首先是自律。大众对于曝光在其面前的人物，既怀抱"才"的崇敬，也蕴含对"德"的期许。如果想要长期地面向大众，汲取资源，那么"争议缠身"甚至以"争议"为"立身之道"，在我看来都是不可取的。我相信，在市面上有一些账号和一些个人，以"做自己"和"真诚无畏地展示所有人生细节"为运营账号的密码。然而，这些内容有可能是假的。特别当一个人在努力地推销自己的人格、行迹与情感，而不是在展示自己在做什么实事时（尤其要小心纯粹以写点文案为生的人），他的这些"随意""不羁""豪放潇洒"，很有可能只是为了消费读者而打的"旗号"。要想持续地对外分享个人内核，必备的品质是有力、从容、自律、坚毅、积极。我认为应该好好地考虑脚踏实地、知行合一地管理自己、塑造自己。

在互联网领域,更重要的成功是"破圈"的成功,到那时,好奇的眼光还会越过你呈现的内容,打量你身上的每一个角落。每个人都经不起打量,但要吃这碗饭,就要经得起打量。决定事业下限的,是你的有趣程度和技能水平,但影响上限的,一定是你的路人缘和好感度。有点"活在别人的评价"中的意思,可别忘了,以"流量"为代表的注意力资源,除了不可持续地弄虚作假,本质不仍然是别人说了算吗?这也许不够"危言耸听""引人瞩目",但可以在互联网和社会的激流险滩中保护你的周全,减少对你身心健康的伤害。谨言慎行,爱惜羽毛,在等待与沉寂中把握机会。这比随时抛头露面、人前争食要体面和安全得多。

其次,打铁还要自身硬,不要指望着粉丝数量、阅读数量的指数级增长能够产生溢出效应,保你平安无事。人类有许多种情感,特别是对你——一个等待着糖果奖赏的演出者——那点点偏爱,又能持续多久呢?怜消爱灭,恩尽义绝,只留下还在原地打转的你拿着过去的技能"摇尾乞怜"。注意力是宝贵的,不会在昨天上演过的戏码处多停留几分。抱残守缺,自以为是,不把握自己发展的机遇和时代前进的浪潮,不珍惜自己的基本功并努力前进,最后只会被人群淹没。不要说有"躺平博主",即便那些真正躺平的博主,又有多少人没在认真地更新图文,高频率地讨论"躺平"。一朝到人前,十年不落台啊!

最后,要能有幸与"良人"同行。在这个行业里,许多人都会说自己是"独立"的,是靠自己全能全知,起势上分。但他们忘了一点，走向媒体的人，从来没有真正的单打独斗一说。特别是当你还有别的职业，新媒体对你而言是一份兼职时，有引导者、推广者和辅助者是非常必要的。在个人业务的规模比较小的时候，这三个角色可能集于一人；而当业务不断拓展，就需要化整为零，由不同的人来为你助力。首先，引导者非常重要，如果没有一个可靠的人在前方为你探听信息、指明方向，那么接下来你的行动就难以精准有效。人工智能时代，潮流瞬息万变，当你想要从新世代媒体业务中持续地分得一杯羹时，把握流向的嗅觉是非常重要的。撞大运只有一时，而生存下去的能力在于一世。这个"引导者"未必时时刻刻都在你的身边，也通常不会是一个人，但 ta 一定会在某些关键时候成为"指点迷津"的航路之灯。其次则需要"推广者"。我相信对大部分人来讲，在新媒体和互联网上的成功最终都要指向某种程度的收益变现。而变现的过程，和此后的扩张影响力的过程，都需要推广者在明里、暗里为你"推波助澜"。之所以使用这种说法，是因为变现与扩张影响力彼此互为表里、相互呼应；二者不是线性的由此到彼的过程，而是一波堆叠一波的涟漪状运动。但是，涟漪不能失去"后劲"，也就是有赖于你的个人素质能够吃得下向外推的"借力"。因为每向外推一步，你试着（或正在）彰显的个人品牌会变得更鲜明，围观者的期待也就更充分。观众总期待着看到新的亮点，如果只有推动的力量，而没有消化力量的本事，你这个个体就会夹在其中，丧失掉自己的主体性。最后，你需要一个能协助你制定和管理项目的辅助者。

换句话说，你现在有了"产品经理"，有了"市场营销员"，你现在需要一个项目经理或者"小组长"。在有限时间里，ta 能为你的业务排出轻重缓急，能把握住什么样的项目有优先接洽的价值。同时，ta 能够把握你行动和发言的风险点，让你争取利益最大化地行事——因为你的利益也就是 ta 的利益（请注意，这是在理想状态下）。我说的这些内容，并不意味着你需要一名"经纪人"。事实上，我所谈到这些角色不再是传统意义上的"经纪人"能包裹住的，他们更像是你的"事业伙伴"（伙伴群），他们将与你一起进行这场人生中的重要远征。

二

聊完这个话题，你们可能会对我参与《令人心动的 offer 1》的经历很感兴趣。我想好好地讲一讲：

按照我妈的叙事，我人生的重要时刻无不天降大雨。生日大雨倾盆，中考大雨倾盆，高考大雨倾盆……大雨倾盆间，天地都为之一新了。我抵达上海那天，一样的浓云弥漫，大雨满城，都市都要在银丝铁线中倾倒。我拖着行李，带着在 5% 电量边缘挣扎的手机，笨拙地登上了前往长宁区某地的出租车，从车窗望去，夏末的上海竟有些模糊。

然后我晾好了鞋，换好了衣服，与凌晨五点才加上微信的 Follow PD（跟拍导演）马老师会晤。我那时候并不知道，马老师会和我成为亲密的朋友，但我隐隐约约感觉到，她似乎通过那天的一连串提问，又对我有了新的认识。我们靠着同一张写字桌，相对而坐。她敏锐地捕捉着我说的每一个字，我也在把自己放得很低，放得与地气相通——本来就是这么一个人嘛！

大约17时，马老师突然拿出一份合同：

"你签一下这个。"

我都没看，就准备动笔。

"你学法的人，都不细看一下吗？"

"这份节目合约，看了也有改的余地吗？"

我苦笑道。作为一份格式合同，我认为目前的这些白纸黑字，还算称职。事已至此，我明白自己与另一段荧屏生活，又算是结缘了。

那天稍晚些时候，台湾来的老师为我整了一个锡纸烫。没错，我之前都是泡面烫。那个锡纸烫是用卷发棒一点点卷出来的，并不够持久。马老师略一沉思，和制片导演一番沟通，于次日带着我自延安西路高架（记住这个高架）狂奔，一路直到上海新天地——烫头——老马留下了一张表情包，我收获了 old school 发型。

头不是白烫的，不久之后，老马便在我"公费吃喝"时通知我，赶紧打印简历，准备第二天的面试。"面试？！"我有点不敢相信自己的耳朵，眼看就是临门一脚，居然告诉我还没有得到点球机会，这让我有些惶恐了。那天我在住处附近绕了很多圈，终于在一家打印店歇业之前，将十份简历和论文制作完成。走出店门，店家刚好熄灯，我的前途又虚无缥缈起来。

这是我第一份用于工作的简历，大家不要看电视上我说得天花乱坠，实际上面试快结束的时候，柴晓峰律师（柴par）告诉我，他之后会教我做一份"真正的简历"。后来才明白，我这样的写法不被刷掉，已是万幸。

我的面试安排大概是中间偏后一些，我假装从容，和老马一起走进那座有些历史感的黄埔大厦，对，2020年的夏天，我又在南京路的某处和它会面了。等上了楼，才发现这里早已架起机位，各部门老师严阵以待，我有些紧张，很久没有见过这个阵势了。由于有人（可能是昆廷，也可能是小薛）在一边面试，我便在一边候场。我多次跑到厕所，对着镜子给自己加油打气；也多次返回沙发，开始喃喃自语，"背诵"自己的关键信息——终于，一个场记老师给马老师传信号：

"轮到他了。"

轮到我了，我推开玻璃门进去，扫视一圈，有四个人正坐在中央，刚把简历、论文呈上，回头一望，竟是乌泱泱的工作人员。此时，什么提前准备，什么胸有成竹，早就一扫而空了——自我介绍短得可怜，多亏柴par现场"朗诵"了我写的那些"胡言乱语"，才稍微接得上话。

那天其实聊得很开心，也聊了很久。很多问题和对话没有在节目里呈现，但可以说，大家已经建立了某种沟通和默契。我第一次在工作中接触律师，有可能是戴着滤镜，我看着四位导师，觉得他们既精英飒爽，又亲切可爱。我忘了徐律问过我什么，但她给我留下了尤为深刻的印象，当我感到不安的时候，总能看到她的目光，其中含着严肃，也带着鼓励。敬爱的金律（勋博士），那时候小小的眼睛里，还带着大大的疑惑。但一番交流之后，似乎这场会面也逐渐打开了，虽然勋博士还是对我的立法论态度提出了批评，当然，我也接受这样的批评。柴律的作风，一如今后那样稳健而从容。倒是王律给我两种不同的印象——一开始，他真的很严肃，超严肃。后来才知道，这是一个大小孩儿。

回答结束王律问我的问题，推开玻璃门，我离开面试场。老马问我："怎么样？对谁印象最深？"

我在前排摆摆手："收拾东西回云南吧。"

那天阴晴未定，我们坐着出租往太古汇赶，其实是去拍证件照的。但从那一刻起，一个童话的序幕，也缓缓拉开了。

你们可能不信，我们每一个人都是拖着行李去的律所，那天我在淮海中路的中转站，穿好了一身"衰气"西装，本来是个小孩，却带着一副搞笑的大人模样，煞是不搭。那时的上海很热很热，我仍然要穿着毛呢的外套，昂首挺胸走入太古汇Ａ座的大门。那个动作的动线，摄影老师早已规划好，但似乎仍是走了两三遍——要用最好的姿态，掩藏一些小小的情绪：好奇、不安，抑或期许满满。

我走进了大堂，穿着白上衣的小邓已经在那里了。我不知道她是谁，但我大概知道，我们是一伙儿的。因为她也有摄像跟着，而我们同时在慌张地寻路。没错，是一伙儿的，我们随即在电梯里交换了身份。然后发生的事，大家已经在第一集中看到了。

由于我们并不是第一批进入的，一开始三十八楼的人来人往和导师们在做什么，我们并未留意。我只知道，小何进来之后就一直在给我们发"念慈菴枇杷糖"，我便一颗又一颗地吃。后来每次开会，我都会抓上几颗，在那间东西走向的会议室里，试着提神醒脑。很快，我们一行人雄赳赳地走出太古汇，然后煞有介事地转了个弯，绕回太古汇，去顶楼吃大餐。我们十二个人，围着长桌吃中式菜肴，竟吃出了"最后的晚餐"的样子，有点搞笑，还有点尴尬。我坐在勋博士旁边，那时候，二人相邻无话。我不敢大嚼，勋博士也没怎么吃。众人一片"礼貌交流"中，这顿饭生生吃到了三点半——我几乎是在一阵困意中接到的任务，也几乎是打了鸡血一样，完成那一份法律意见书的。

遗憾的是，我根本不懂怎么样写作一份法律意见书。我唯一能做的，就是照搬王泽鉴老师的请求权基础式案例分析法。第二天我赶紧去请教小何，小何当时给了我一份标准格式，我多次揣摩，后来也确实用上了。那个时候觉得，小何这个人，还挺聪明的嘛。但据他说，他那个时候觉得，这个弟弟，还蛮臭屁的。

其实那个时候，每个人都在忘我地工作，除了那些早饭、中饭、午休的间隙，就只剩下夜里回家和早晨出门，大家还能多聊聊天。白天出门的时候，也很有意思，最后正片里没有，但最早几天，一直是有摄像老师跟着我、小何、小薛我们一起上下班的。那个时候天很热，又穿着西装，稍走几步就会出汗。但我今天坐在人大品园写这篇文章，我居然有点想念那些略显湿热的晨曦。蒙自路树影斑驳，地铁站人来人往，我和我的工作伙伴，一起穿越上海的烟火气。

第二次课题后的火锅，实际上是我们小组沾沾自喜的庆功宴。本来该拉上小何和梅桢，但他们正被拉去当苦力使，李晨好像有事，最后也没成行。于是我们五个人就浩浩荡荡地开向火锅店，打着领带，吃着火锅，着实不容易。等吃完火锅，各自离场，我的另一位PD老师居然狂笑起来。原来他们正盛传我的一则糗事：我房中的监视器原本被我蒙上布，哪知他左右晃动之时，将布甩落，留下正在换衣服的我，和监视器面面相觑。大眼瞪小眼，想想还挺可爱的。

很快我就和小何配合开工了——对，就是会见当事人那次。我现在想想，自己真的是幼稚还可爱，怎么去和小何大谈"资治通鉴是怎么写成的"，其实我们的工作，并没有那么的琐碎和复杂。但我知道，小何是一个精益求精的人，和他共事，不可以粗枝大叶。他是实打实接待过当事人的，从这个角度上说，他是我的老大哥。我合作的时候，比较喜欢和别人一起狂聊不止，但是小何似乎有自己的小天地，我就只好跑到我自己的座位上自我发挥，脑海里记着他的叮嘱："不要多说，按照我们约定好的来。"我那个时候认为，这是我们的共识。可当我们真的开始发挥的时候，我的莽撞打破了局面。最后挨骂的却是小何，嘻！

其实我并不知道，为什么刑事辩护的课题，我要在那里打响指。

我现在把这个归结为我的中二之魂在燃烧。但那天有点过于中二，中二得我在自己的理论里忘乎所以，早就和徐律的要求离题万里。到最后我尴尬得有些脸红，勋博士还来安慰我，要我放轻松。我恨不得找个地缝钻进去。老马那天来和我说，让我注意节奏，不要太松懈。我那个时候有点生气，心想都快累得和狗一样，怎么叫松懈呢？现在回看，的确是有些心不在焉了。

中间大家去了歙县，我暂时北上，去处理保研的事宜。后来小何和我说，歙县的天气非常热，太阳极烈，咨询桌那里并没有伞，老乡们对自己的法律问题非常关切。一两个小时过去，人已经是头晕目眩，汗流浃背了。听说王律遭不住，悄咪咪躲到阴凉的地方，自己缓缓。后来他们夜里打电话给我，问我该选择哪一个案例。我们义无反顾选了给老父母同儿子调解的事。但后来发现，事情的复杂程度远远超过我们的想象，在"法"字之前，还有一个家庭数十年的故事延亘着。别看我们过生日过得开开心心，实际上，我刚刚下车不久，就和他们一样接到了第二天展示的通知。怎么办？熬呗！当我们敬爱的导师呼呼大睡的时候，四个实习生焦虑地轮流熬夜，你睡一会儿，我睡一会儿，到了后半程，基本是靠肌肉记忆打字。第二天迷迷糊糊睁眼，组内的工作人员早已"恭候多时"。

进程过半，大家也开始逐渐热络起来。旭旭和小邓会出门觅食、按摩；小何会拉上李晨、昆廷出去吃点儿好的。我刚从北京回去，有些疲惫，没参加第一次的相聚。但老实说，可能那个时候还是有些局促。不过到了第二天，我们吃了一顿划时代的椰子鸡火锅，从那顿椰子鸡开始，一群人的友谊就进入了新的格局。椰子鸡聊不够，就星巴克聊。硬生生聊到星巴克关门。星巴克聊不够，就找了个淮海路的KTV，到KTV里夜话。那天我发现，昆廷真的是对一切事物充满好奇，他居然和我在车站聊起了渔村的局势。我也跟着指点江山一番。那天小何多半是听，轮到重点话题时，小何才"语出惊人"。那一晚应该是打消了昆廷的不少顾虑，毕竟我们都一样，希望大家能看到自己最好的一面，但又希望保持自己，不要让自己不开心。

话题结束，我们悄悄地回到住处。我特意往淮海中路某酒店门口张望了一下，哦对了！来的时候，也是避开那个"堡垒"的。因为节目组住在那里，可不能让他们发现啊。

那天回到住处，我把小何拉到一边，我对他说：

"我觉得录制过程中的情况，我们还是要主动掌控的。"

我能主动掌控的，只有工作，辛勤地工作。我甚至连每天的早餐麦满分，都未必选得到心爱的照烧鸡腿。不知不觉中，大家纷纷消瘦，PD也跟着一道形销骨立。早些时候，我的另一位PD同学是妆容齐整的，等行程过半，能看到的只有帽子和口罩了。后期的大部分课题，通常是十点多一些发布，这样吃午饭的时间也会紧张起来。紧张得PD跟着我们一起往楼下冲，一起选最快的餐点，一起紧张地玩手机。那段时间，把太古汇地下一层商家的牌子都翻了一遍。最后居然忙到吃起了面包——我想阻止小何，但可惜没有成功。对了,在没有公开的素材里,第一天是在超市吃的自选午餐,依旧是"拍摄计划"的一部分。那天拘拘束束,大家吃得依旧彬彬有礼,可惜我没吃饱。

岁月不居,光阴代序,一个月的拍摄渐进尾声。昆廷的胡茬肉眼可见地增多,小何的眼睛逐渐耷拉,我的头发逐渐爆炸。旭旭和小邓,也常贪睡一两分钟,哪管他多少妆发。后半场,熬夜几乎成了主流。既然要熬,就要体体面面地奉陪到底。我们买上了水果、夜宵,边吃边熬。调查米店的那一次,小何早早休息,已经趴在桌上不省人事。而等我躺倒醒来,他正精神抖擞,做着PPT。苦中作乐,大抵如此。这个课题是李晨为队长的,白天在超市里,他突然灵机一动,和超市员工说自己要在旁边开个卖米的卖场,以期让工作人员放下警惕。

我在旁边一拍脑袋,心想——"啊这!"我只能赶紧说,他是我老板,我是员工。手忙脚乱中,售货员阿姨的表情,几乎就是在憋笑看戏。

不一会儿,昆廷和小何赶到,打断了李晨声情并茂的演讲。我尴尬地把脸扭到一边,脚在地上几乎抠出了一栋别墅。

那家超市非常偏远,到时已是日暮,离开月上中天。那个超市的环境,我至今记忆犹新。特别的嘈杂,特别的魔幻。超市背后是一家近于废弃的会所,已经改造成了网吧,领班坐在柜台后心不在焉地玩着手机。两边的棚屋明显住着人,可当离开上车前,我回头一望,一群红粉女郎正趴在围栏上,看我们调查取证。上海这座都市，大概还有不少野蛮生长的森林吧。

  课题结束，男生去吃火锅，女生去吃餐点。火锅好吃啊，我光顾着涮腰花了。一天忙碌之后，并没有接到新的课题，我们要么躺在人体工学椅上看看书，要么抱着蓝色抱枕补补觉。等到流云飘过，暮色四合，我才意识到三十八楼窗外的风景何等壮美。我走到窗边，小邓也在那里看日落。远眺浦江，紫霞万丈，正是行坐两思君的时节。

  那天难得在七点多下班回家，大家打了一辆车，向韩国街飞驰。在烤肉店，众人的友谊又到了一个台阶。"把酒言欢"四个字，都不为过了。从那天我开始知道，小何不是很能喝，但他遇到酒又不怎么撒手。寥寥数巡，小何本人已经变成了"小可"，不能解醒。

  非诉的案例交了两个 PPT，第一个 PPT 其实差强人意，不痛不痒。可能那天我们大部分的精力集中在丝袜奶茶和干炒牛河外卖上。但当哆啦 A 梦的大电影被史律师的电话打断，人却仿佛充了电似的，赶紧换好衣服，甩着伞出发。那天大家都疯了，我和小何在一个白板前完成记忆最深刻的一次配合，两人对处，仿佛是山鸣谷应，唱和回响。不久，家住最远的梅桢拎着一箱（没错，是一箱）零食赶到，当然，还有枕头之类的熬夜装备。可熬到中宵，零食也不能解困眼倒悬，小邓早已占据了门口沙发的有利地形，梅桢干脆席地而卧，我趴在桌上，小何继续苦战。昏迷之前，我问了问一边的摄像大哥，早已面目全非的他，依旧坚强地站在那里，强撑微笑摆摆手，让我们继续工作。其实，我们早就像熬鹰那样，熬倒了好几个摄像。

勋博士和王律师非常重视非诉的会面，因为鲍律师和史律师也要列席陪同；王律甚至有一丢丢的焦虑，他站了起来，反复到我们旁边确认最后的收尾工作有没有结束，PPT有没有完成。我信誓旦旦地说"没有问题！"结果一进门，就把edition说成了education。真是大无语事件。别看梅桢和我对着外方客户一通操作，但那位久经沙场的老将基本没有什么表情，他只是点头、翻看、沉思。

老哥，啥也不说，你是要怎样？

还好，还好最后未出大的纰漏。大家继续进入补觉模式，我转过头，对坐在对面的小何说："只剩下一个课题了，加油啊老弟。"

小何笑一笑，把眼镜一摘，继续趴下补觉。

那天大家收摊都比较早，几位律师先走了，老马让我去和徐律聊聊。一进去，两个人先是礼貌客气，然后我就开始问徐律，为什么选择改变职业，诸如此类的问题。似乎又一次把场面打开了，两个人说着说着，情绪就蹿上头顶，开始沸腾。徐律问我将来的规划，我却大谈过去的遭遇，言及未来，我却只好说"那个……那个""这样……这样"，可徐律却看着我真挚地点点头说："我懂我懂。"然后她抽出纸巾，两个人居然有抱头痛哭的架势。在那里快聊了一个小时，我到现在也觉得，那个时候，我们的对话是心情相通的。我看看摆在她桌上的花，百合的白色花瓣已经泛黄了，我和她说：

"快到尾声咯。"

她点点头,眼角其实有一抹微红。她告诉我,不要限制自己,多试试各种可能。

这番话,让人感觉拾起了骄傲,能继续在江湖上闯荡。

等打完气出门,另外七位正在大快朵颐,那一盆麻辣香锅,除了几只虾,就是一些不知名的配料。我其实也吃不下去,刚才的情绪,太让我上头了。

那天柴par也没有走,等天光西斜,我们聚到他的办公室里喝咖啡。柴par反复说,小何很像自己。二人也别有默契地点点头。众人持咖啡言欢,一通瞎聊,似乎越到尾声,越是恋恋不舍。我们一起在夕阳下合影,一起看三十八楼外炫目的阳光。这场夏日的盛会,居然也平凡得有散场之时。

最后一个课题还是来了。情绪、疲惫、斗志,至此都已达临界点。我和小何、冰莹和梅桢,双方面对着同样有限的材料,只能开始琢磨能用上的所有策略。

"干脆写一篇模棱两可,若有若无的起诉书吧,虽然不够君子,但这也是法庭上许可的。"

一篇长达一个半的起诉书,很快出炉。之后在法庭呈现时,为打好感情牌,讲好一个故事,我们进行了新的改编。

最后的课题,时间其实比较充裕,私下里我们也演练过。但我们也明白,行百者半九十,要想打好这个案子,非全神贯注不可。数日里,除了把精力集中在案件上,还要完成相应的拍摄任务——商务、特写，以及与带教律师的访谈。我是最后一个去谈的，和金律边喝边谈。一开始以为喝那里调好的饮料就行，后来发现，饮料不如白葡萄酒来劲。金律和我说，他一开始有怀疑，怀疑我是否名副其实，是否真的有这个本事，最后，他认为"是服气的"。但我和他说，我非常矛盾和纠结，总在自信和怀疑，骄傲和胆战之间打转。坦率地说，之前是人生的低谷，到此算是一个转折。

可人不活一点，活一个起伏啊。

金律那天聊得很高兴，几度像在家里一样，盘腿而坐。后来反应过来，还在录像，只好作罢。

几天来的全神贯注让小何有些吃不消，出庭的那个下午，他发烧了。华政礼堂的等候室又热又闷，入场仍是一件遥遥无期的事。我劝他出来走走转转，但他一定是非常难受，所以坚持在椅子上坐会儿。

我和他说："我略懂岐黄，可以替你治疗。"

"你治完我人就没了。"

等到开庭，已是傍晚，凉风习习，温度宜人，小何也恢复了一些。我攥着出庭用的文件，紧张得沁进了汗滴。礼堂大门打开，整理好律师袍，"两军对垒"，正式"开打"。等到鸣金收兵，才发觉发胶和汗水在热乎的灯光下交流。

课题结束了，我们一起走出礼堂。深夜的华政笙箫寂寂，只有八个人影漫无目的地游走。我录了一点 vlog，然后往前去追他们。他们让我给每个人用一句诗评价，我仿佛是醉了，摇头晃脑地吟诵，只记得八人参差错落，笑语如珠。哈，这就是一个月的辛苦啊。

长安城的太阳很漂亮，不过那其实是崇明岛的太阳。第一遍对着朝阳欢呼时，我说，我要做唯一的法律人。吓得制片人和导演不知所措。那天三点钟就被从住处"架"走了，为了追日，五点钟摸黑上岛，我还以为是要把我们卖掉。等稍微清醒，就看到，道道金光铺在如绸皱起的江面上，安然地向海流去。潮涌拍击着防浪堤，八个人深一脚浅一脚地走上礁石，日光已经洒在每一个人的脸上。阵阵风来，头发舞动，远处是无人机腾空的嗡鸣。

我们站在那里聊了好久，既是拍摄需要，也是有一搭没一搭地乱聊。

对十年后的期许，我们都是认真的。太阳作了见证，那声音卷入长江，也逐着波浪滚滚向前。

日悬东天，我们被"塞"上了大别克，除了司机，所有人都陷入一场酣梦。等我再次清醒，已经是老马把我叫起，要送我去参加最后的面试了。2019年的国庆，上海游人如织，我一路沿着外滩北行，还在嬉皮笑脸，似乎不是什么大事——说离别，离别真的在眼前；说再见，再见也不可能是永远嘛。我这样想着。

依旧是一个月前那栋有些老旧的大厦，依旧是请在一边等候。但工作人员的举动告诉我，一切已经朝着"结束"而准备就绪了。我推开玻璃门，气氛早已和初见时完全不同。

"你来啦。"

"我来啦。"

别看我是一个很情绪化的人，但我还想努力控制我所有情绪的表达。但这些情绪早已挥发出我的内心，写在了我的脸上，我的眼睛里。这是在认真地告别，认真告别过的人，是肯定会重逢的。但我那时候也不想想，我一辈子不会跨入同一条河流，我再也不会在2019年9月和10月，坐到这个面试场里，用着同样瓦数的灯光，复刻着同样的眼神和喉结的翕动。到底是离别，是离别，情绪就敲击着防浪堤，比任何江海都要满溢。

我在避开他们的泪水，试着把眼神转向背后的风景。可就连那外滩的景色都是模糊的、蓝紫色的。过去一个月的流逝，也是同样的悄无声息、模糊不清。我抗拒这种模糊不清，我想把所有的故事都记下来，甚至如果有机会，我要回到9月5日的太古汇楼下，顶着暑热，再走一遭。

离开的时候，金律不知道第二天还有一些录制。他很认真地来和我们告别，这一场相聚，值得郑重地结束。

第二天是国庆，大家一早就来到三十八楼，进行扫尾的拍摄工作。我们横七竖八地在东西向会议室里或坐或躺，听着阅兵的新闻，打着王者荣耀。那天的战绩一点也不荣耀，我还退了好几颗星。当天补的镜头之一，是初见时的画面。蛮搞笑的，这种蒙太奇式的手法，可以说是现实生活中最抽离的技术之一。我们要从现在抽出来，回到那个时候，又要从那个时候，拔除现在所有的情绪和记忆。唯一不变的，只有桌上的枇杷糖了。补拍持续到凌晨，我们和各种人员已经合影、留念、聊天，反复进行了三四轮。

有几个平日常见的工作人员泪下如泉，我和他们说，"不要哭，没什么好哭的"。

然后自己转过身，在一块小白板上留言：

"杀青啦！"

"再见！"

大部分人是杀青了，我和小何还有一些内容要补充。第二天九点，我们又按时来到太古汇三十八楼。不过不是上班，而是一遍一遍吃着汉堡。不久之前，这里的机房人来人往，工作人员穿梭流动。而那天早上，进进出出的是工人师傅，那些玻璃幕墙、高低书架、桌椅板凳，已经被拆运得差不多。我坐在转椅上，对着空空荡荡的三十八楼左顾右盼，我刚刚把文件架放在桌边呀！

那天的夕阳很好看，穿过树影，斑斓地投在身上。跟拍摄像张老师想补个镜头，我就在一群爷叔阿姨的注视下，于黄昏的丽园来回踱步。我在想念这一个月来的细节，那些人事，纷纷浮到了眼前：是老王在给金律介绍自己办公桌旁的电视；是柴par的邪魅一笑；是徐律的若有所思；是金律聊到兴起时的开怀瞬间……推开房门，龙哥也不会拿着妆发工具等在沙发上玩手机了；晨颖老师不喜欢玩命式的制片工作，想选择自己想要的生活；摄影老师回到了台里，继续鼓捣机器；我回到了建国门大街，开始接待往来的群众……我们仍然奔波在生活与理想的这条线上，或初心未改，或寻寻觅觅。

我曾做过个梦，梦见我靠着白书柜，站在三十八楼，外面暮光炽热,层云涌流,万物散发着夏日的浓情,转头一看,大家坐在工位上,专注如旧。

"晓看天色暮看云,行也思君,坐也思君。"

三

来讲讲在人大求学的经历吧:

坦率而言,步入这所学校之前我不了解人大、也不了解法学,我只能错误地复读什么"大陆""海洋"法系谬说,然后津津有味地闲扯点人大的轶事和诨号,最后在和将来同学交流的过程中掰扯点高级的律政剧。相比于今天要学习"道德与法治"的学生们,我那时真可谓"法盲"。就是在这样一派没有什么准备,乃至于调适自己的期许的过程中,在一个艳阳高照的晴天走进人大法学院,开始法律训练与研究之旅。

我来自西南一隅,不是什么"怀瑜握瑾"之辈,但自恃考了一个听得过去的分数,那么就非要在之后的学习和生活里证明自己不可了。现在仔细回想,那个时候的许多表现,更近乎于"作秀",其中混杂了多少对于学问和技能的追求,当然存疑。学法理学,不过是把德沃金的基本书请进书架,又原封不动地放在那里,以为盯着封面就是学过。学民法总论,"自嫌"教材比较浅薄,又常用"瞌睡虫"将三个小时的授课混去大半,因此就买来几位中德名师的《民法总论》等书,力求潜心研读。但我迄今仍感到惭愧的是,

从 LSE 毕业当天（因吝啬而没有买高清大图）

许多时候求快、求多，在细节和原理上不求甚解。因此那个时候虽然秉持着对于民法（后来也是）的很大兴趣，与一些优秀的、于今在这一片领域耕耘的同辈相比，实在是基础不牢、不求甚解。到了考试日，只能是临时抱佛脚，疯狂记背，力求交差了事。

我想老师们一直都晓得学生中会有这样的情形，但老师宽容，只是挥洒自己的知识，不做更多的苛责。尽管过去，乃至现在，私下里会大不恭地讲讲老师的玩笑，但坦率地说，人大法学院老师的博学多识、有趣敦厚，那时起即已印在心头。每次拾起那些轶事，或谈到这些老师的近况，其实浮现的都约莫是七八年前他们在课堂上或侃侃而谈、或拈纸沉吟、或意气轩昂的场面。我也许是个迷信"感受"的人，尽管今天有自媒体的全方位记载，有 AIGC 搜检知识存量，但有什么还会比参与法律修纂历程，在法律的本体讨论上立说之人一手执粉笔，一手指划，引章据例，娓娓道来还有感染力的场面呢？深厚的功底，就从讲课的展演中颇具穿透力地袭来。往往在这个时候，我的瞌睡虫也没了，我总能聚精会神地记下一些专有名词。有时不止记下术语，还记下了看待民法规范问题、纾解疑难案件的不同视角。也许是人各有所好，我忽然觉得我如今还记得的这些瞬间，其实大部分可能都不是讲民法基本制度的，相反是那些历史的、社会的、经济的要素在招徕思考的时刻。所以能丝滑地投身于法律与社会科学的怀抱，源流或许在此。

其实基本民法课的成绩没能有我想象的理想，那个时候要兼顾两个学位，又只是学得东一榔头，西一棒槌。但是学习法律的态度，也就逐渐在这个过程中端正了起来。早些年我有些感到沮丧，因为商学院的数学课，超出了我所能搞定，或者说所乐意接触的范围。俗话说，强扭的歪瓜根本不可能甜，结局就是这门课越学越差，人越学越崩溃。唯有学法学可以重建自信心。那时学宪法和行政法，老师讲得风趣，我一边听，一边看一些前辈学长推荐的相关书目，颇有点"课内课外两开花"的意思。多年以后到伦敦政经求学，也选了一系列宪法课，我在课堂上常有知识闪回之感。约莫就是此时用心听、认真想打下的基础。当时上课的师长里，有人荣休，有人已成大拿。他们在专业之路上先得潜心积累，而后得以旁征博引，谙熟体系，一则助力他们的个人职业发展，二则更让我暗自较劲，自许"大学生当如是也"。

后来研习刑法，已没有了过去学民法总论时的仓皇失措。当时其实没有接触精髓的德日刑法或罪罚理论，然而传授的老师作为《刑法一本通》的桂冠作者，富有一种启发、纠问的激情。光有课堂上的阅读远远不够，我又只好去请教别的刑法班，有什么好的课外读物。我清楚记得，周二的课程安排非常满，刑法要上两个多小时，但一旦遇到课堂讨论或展示，铆足了劲儿我也要参加。那时有一场关于体育赛事中意外事件刑责讨论的展示课，我花了两三天时间做了PPT，二十分钟的演讲谈不上全面和深刻，但也属流畅。有时比起简单地做"商业战略"梳理展示，刑法课上的探索更让我咂摸了一点怎么做"研究"的滋味——当然，如今我也不敢说自己已"食髓知味"。

"千古苍凉天水碧，一生缱绻夕阳红。"著作权课的许多细节已经湮灭，但老师讲到"剽窃"与"用典"的艰难判处时，这句引诗仍在我的脑海里徘徊。如果要重新去谈著作权，可能这句话的余音会在我每一次讨论时回响于大脑中。到底是法律知识本身深刻而融入我的意识世界，还是法律最终所立足的这个世界如此丰满，无处不能发生与法律的联系，触目即是而感怀于心？我猜是后者。而从结果来看，这种较为常见的授课风格让人大法学院有鲜明的"人文"烙印。这种感受，并非我的"专享"。许多年前，另一个班级的刑法是在《长恨歌》的吟咏中结课的。

人大是一所人文社科层面的综合性大学，来时总关注"综合性"，但身处其中，"人文综合性"才是核心。当时以历史、文学、哲学、国学等领衔组成的"人文五院"是非常开放的。他们的讲座、课堂欢迎来自全校各个院系的师生，中外经典和思想在这些地方激荡传扬。这样的风气没有丝毫地减弱，甚至是越来越鲜明了。但不知道在当下的学业与社会压力下，同学们是否还乐意走出自己的学院，去认真地听一听，而不是坐在那儿玩玩手机，应付了事。事实上，今天能对各个门类的法学理论感兴趣，和大三的时候听西方哲学思想史讲座关系密切。碧阴摩挲的夏日，掩映着正在讲演巴门尼德、谢林的课堂，人不算多，声音高旷，我一面入神地听，一面又"分"一点心思，原来过去对法律的理论有这么多基本上的误解。在这种仿佛浪子回头的感触中，经由"通识"而重修"专业课"。这比枯坐书斋，独啃部头有效多了。而也是从这个阶段起，许多专著就不是积灰之物、炫耀之宝，我又能坐下来，安静地处理这些大部头对我提出的问题。尽管笨拙，但我相信，在这样的熏陶之中，多少摸到了一些门径。而也正是在这个当口，在通识性地学习佛教原典（《四阿含经》）和《资治通鉴》的过程中，整顿了自己"沾沾自喜"的文史常识，特别是逐步地向系统学习历史知识、研究历史、思考史学的方向自觉转变。历史学院和文学院的几位老师给了我很大的帮助，而这些"编外"的师生之谊，至今仍然在我的研究学习过程中给予知识。得其人启发处，我内心常默念感谢。这种给予灵感的点拨，我这样迷茫于求学的菜鸟，最知其中分量。

坦率地说，本科阶段大体上非常迷糊，能搞得明白的事情，大概就是考试而后升学而后工作。大概的一个想法，是把自己包装、塑造或培训成法律行业里的一名精英，做空中飞人、携一两台高端笔记本电脑，遍世界接工作，扬名立万（可能还会多做几套西装）。然而因缘际会，我得到了一段时间，可以去重新思考和调整阶段性的目标。我想，还是对做点研究、写好东西感兴趣的，特别是在本科将要结束时，难得地更新了视野并收获了方法，是骡子是马，我也遛一遛看。总体来说，随着经验的积累，我整个人也越发地务实。一方面，我想能给硕士阶段的研习有一份合格，乃至满意的交代；另一方面，我想如果没有一个好的探索，下一步要想选一条"研究"之路，我想也有些勉为其难、沽名钓誉了。

  天赋不足，好胜心重，学生只能是在摸爬滚打和不明就里中踽踽前行。多亏诸位老师的负责与宽容，不仅引介我见识了丰富的研究路径和理论成果，更指出了其中的一些认识论和方法论要点，还在写作和思考中以批评的方式讲明我的不足，及时予以纠正。当然，绝大部分时候都是自己摸索，作为一个最早其实不是学习社科法学，甚至培养方案内没有系统的法学理论之人，我的进步大概就是在曲折中或全面、或转精地前行。如狐狸，又如刺猬。这种切换总体而言是进三步，又退两步，因为又有两步走岔了。所赖，本科阶段不免于"临时抱佛脚式"的学习中，勉强积累了一些自学的"功夫"。借助这些功夫，同时也借助寝室中来自社会学、人类学的舍友激励、指点，在不到两年的紧张学习中，我还是取得了一些进步，有了一些可作记录的成绩——像给孩子画的身高印记一样。我的同班同学们也都是很可爱的，尽管他们现在在不同的岗位，或学或法或别的什么行业，但他们在生活中和思考上，都乐于与我谈天、分享，不仅解忧祛愁，更增广新知。总的来说，我幸有师友如此，故虽愚而终有所闻。

性恬淡如康德，也自陈有如卢梭一般对于知识的贪婪与崇隆。我可能已经基本祛魅"掌握知识"和"运用知识"的光环属性，但我仍然以此为乐事。一旦在学习和写作中能有所得，能受到比我更专长者的肯定与支持，心中即能充满幸福感，自以为一桩美事。我想，这和六七年学校学院包容、敦厚、多元的风气，以及所追随的师长们讲扎实、讲求索、讲得一技之长的品质息息相关。因此，时至今日，尽管很多时候都在闷头忙着自己的事情，与校园和其中同学的物理链接无可避免地减少，但神思飞扬之际，我仍能感觉到与之心气相通。脑海里似乎浮现出一片"建构"中的校园模样，紫藤如瀑，爬藤荫宇，红砖澄天……在意象的勾连中，无数的往事絮语纷纷浮现，滋养着有时干涸的精神世界，真如此否，或不重要了。

四

事实上，我的高中生涯对我影响很深：

2013年，那是一个秋天。我骑着新买的单车沿着滇缅大道一路飞驰，由于技术不精，报到当日就在迟到边缘试探。我的班主任老师，也许早已掐指一算，算准了总有人要阵前缺席，便候在走廊里执掌关防，任我身手快，敌不过他观察敏锐。他抬起右手，我以为正要申斥，没想到他只是问我："没有给人逮住吧！"我顿时大言不惭地说："那当然！"他放心地点点头，我飞奔进班，身后传来一句常常听到的名人名言：

"下次不可以了嘎！"

论及对各位老师的初印象，班主任老师并非最深刻的一位。只是记得有人传说，这位姓氏已命定职业的先生，是一位乐意向我们传授模拟经验的"赌神"。那时候，能抓住一堂少男少女注意力的，是一位皮肤黝黑、戴着黑框眼镜、留着寸头的男子，这个说话和发型一样利落干净的人，是我们的语文老师。此君姓存，极为少见。依其举手投足之风度，我们称他为"存少"。存少上课时目光灼灼，情绪饱满，讲课张弛有度，收放自如。仔细回忆，他并不是没有章法、不负责任地向我们展示"个人风采"和浇"胸中块垒"，而是于结构上明义，于内容上详解，于审美上以启迪。尽管有些课，他总是拊掌说：

"不好意思，今天要讲一些比较应试的技巧，希望你们还是要认真注意。"

可是那会儿听到这些话，也没往心里去。否则，存少就不会在期中期末考后沉着脸走进班来。高一课业轻松，周五最后一节，往往是随机安排老师的自习。存少来上，我们十分欢迎，整节课的任务就一篇简单的活页。而后便可以倚着沉沉的暮光，舒展一天的疲态。他话也不多，总是深思着什么。我想他对于语文这个科目，心中自有天地，远在课堂以外。我曾经写过一篇卖弄的周记，讨论孟子与王道。他托助教老师对我说："文章写得不错，王道理解有误。"鞭辟入里，叫我汗颜。

除开教学的实战，在课堂上，他总有一些名士的风范：他写得一手好板书，写完以后潇洒地转身，开始抑扬顿挫地讲演，语速得中，气韵悠然；某次赏析古诗，情到深处，连说两个"太好了"，然后抬起头，若有所思地告诉我们：

"剩下的，你们自己体会吧。言不能尽了。"

一年之后，存老师转教理科班，面授之谊至此告一段落。短短四季，原以为这些片段不会留在记忆里，如今却历历在目。倒是后来两年中的不少事，都没了影踪。空出来的语文教席，由另一位李老师执掌，这位老师非常和善、厚道，可惜这样的品质是当时的我未能理解的。

三年中，其他科目的老师也各有特色：我们的数学老师喜欢和学生一起研究答案的真伪，大半节课，全班人一起试着理解参考答案的每一个步骤，颇有一种其乐融融的感觉。不过，这可能无益于数学成绩的提高，而年级主任总在关注着我。这种如芒在背的感觉，使得我一进入数学考试的考场就开始发汗、寒战，直到高考结束，大学期间做过的最狠的噩梦，还是考数学。呜呼，三年中最大的软肋在此。而我们的第一位英语老师，则是一个虔诚的佛教徒，谈论吃素的时长和听力的时长旗鼓相当。除此以外，擅长吐槽的物理老师，语重心长的化学老师，心态达观的地理老师……美术老师就很不一般了，上课主要分析英雄联盟和维多利亚的秘密。其中最有性格的，是我的第二位历史老师。这个豁达又懂得教学的白族大汉，给了我们这个班级在学科和日常生活中尽可能的帮助。在他那里，浅显的道理直来直往，听完有用，我想已是很好的评价。

至于一直坚守岗位的班主任，三年来，他在保护、支持和指导这三件事上付出许多。不知道是性格还是策略因素，他绝非事无巨细、事必躬亲的类型，反而是给学生以充分的信任。这种信任当然会带来不理想的结果，可有时候接受不理想的勇气也令人敬佩。更大的勇气是，选择同样以自由、自主为理念的我，引导班级前进。幸好，之后就由两位踏实肯干的同学，主要执行班级的细务。总体来看，班级依然走在一条自由且野蛮生长的大路上。尤其是高二那一年，高级木地板教室高朋满座、熙来攘往，绿植参天，沙发在地，落地窗欢迎四季的阳光。当然，还有高一艺术节的舞蹈和合唱比赛，高二话剧节的表演，无一不是老班主动放权，充分信任的时刻。做成了一些事，也有很多的遗憾，但也没有再来一次的机会了。追想到此，只好如苏轼那样且"呵呵"。

学生自如背后，作为掌舵人，老班也有自己的压力，也有暗地苦笑的时候吧。时隔多年，唯有鞠躬感谢了。

师大附中的学生，也个个都是人才。如果我的记忆力待我不薄，那我一定是在那个阴沉沉的缴费日，遇到了班上最有幽默感和冒险力的哥们儿。这位戴着眼镜，颇有几分神经质的老哥，人生大开大合，充满不羁。如今的他正在德国全力以赴攻坚理化，而2013年的秋天，他对我的语文中考成绩表达了充分的肯定，那不大的眼睛中，分明站着一个读书人。每逢放学，我喜欢和他吹着牛，蹭他家的车回家。前几天，我骑着电动车经过必经的坡道，夹路梧桐焜黄，未曾失期。一如这位同学心性炽烈，依然在世界各地创造传奇。对了，这位兄弟对化学颇为狂热，一度在元旦晚会上打算制造爆炸助兴，助兴未果，爆炸既遂，直接让师大附中上了2013年12月31日的本市新闻。是啊，人生总会出名十五分钟。

除了一道回家的朋友，还有一道上学的朋友，在那些打不到车的日子里，我总能在铁道边遇到小黑和周淳，如果没有他们的风驰电掣，难说生命中又平添多少生死时速。无论今天大家是开上了大奔，还是坐上了奥拓，心中的"yyds"永远是电单车和它的后座。去时可见满天朝霞，归程迎面壮阔斜阳，如果呼朋引伴，三三两两的身影追着欢呼划过黄土坡，是挥舞校服的少年一生难忘的不羁与落拓。当然，司机与乘客还有些鸡毛蒜皮和国际大事要分享，班级的爱情密码和种种八卦，也常在停车和起步之间酝酿。有时候从单车棚里走出来，看看司机和乘客的配置，多少心照不宣，写在了彼此的脸庞。

隔壁班有一位巾帼女侠，是我自初中时就认识的老友，说来也巧，从初中到研究生，有幸皆为同窗同校。回首来踪，已然十年。女侠为人，爽快利落，做事扎实肯干，有时候也颇有一种执拗劲。

我年长于她，她则叫我一声"哥"，人生中的一些紧要关头、大小决策，她常来和我分享，听听我其实也不算成熟的考量。高二时课业轻松，有时候会拜访她在学校附近的住家，边撸串，边撸狗，还要讨论假期怎么安排，还要分享一下最新一期的《1626》杂志。某年元旦前夕（又是元旦），她骑着电动车在校门口把我拦住，原来是钱局街一家潮鞋店铺开张，我们打算去看个新奇。那时，这间店铺只卖美产 New Balance，谁知六年过去，已成西南潮鞋门户，坐拥两间前沿店铺。到了高三，女侠全心学习，成绩十分优异，刷题也是出了名的用功。时尚减肥，便以青菜、橡皮糖为主食，我们去洪家营吃普洱米干，纵使清淡如此，女侠也只吃一包熊博士，余下只是笑过。我也很喜欢橡皮糖，有一年去赴德学习，带了一包小熊糖回国，未承想顷刻之间，就已经被女侠消灭，令人拜服。

彼时班上还有一位出了名的小帅哥，多年来，帅过他的人仍未出现，说他是朝霞轩举，玉山巍峨，也不过分。除了被远近学校的乡亲们围观，还偶尔有一些知名电视台抛来的橄榄枝。不过出道从未成为烦恼，他的心中还有些别的事业值得计较。反而是我这个出主意的人，与文娱行业成了至交。而我的初中同学，则以高中为起点，开启了自己的生意人之旅，过去是设计与创意齐飞，此时要理想与务实并重，从一炮而红到投入产出比，到底是高中时迈出了人生第一英里。我至今还记得他有一次帮同学拆快递，里面是一件闪电 logo 的卫衣。"奈尔·巴雷特"反应迅捷，令人称奇。不过以他今日的见识计算，奈尔·巴雷特也只配归档于往昔。

越往下写，越觉得平生有幸，周遭每个人都可以唱进"一路上（或许）有你"。高中第一周的周五打招呼的同学，缘起是"匪我思存"所著的小说，如今她虽在银行工作，可仍把生活过得跳脱。普洱来的小明与我同年同月同日生，高二以后，每年生日都习惯一起庆祝，过去他常常会与我通信，互问消息，我们常说，他是我们所认识的人当中最热情、最真心的。当然，还有我高中的两位同桌，每一位都称得上忠厚长者。那时的我少年轻狂，自以为掌握世界的发展规律，依我说的做，一切都尽在掌握。殊不知见识浅薄，留下太多笑话。直到三年之行快要结束，我问周围人，比起之前有何变化，他们答道：

"你柔软了很多，对身边人和善了很多。"

时至今日，我仍然觉得这是对我最重要的肯定。这比其他的认可都宝贵得多。我也惭愧，如果早些发现，早些收束对身边人的狂傲，更认真地去感受每一个人多彩的生活，是不是会更开心快乐，有更多值得记载的时刻。遗憾追回需要时间，单程票不写如果。

其实还有很多值得大书特书的人，他们中有的同到北京念书，于彼时交情愈发深厚；有的散居海外，三四年不得见上一面。有的人想起他，就想起在校园周遭的店铺门口屋内，坐着吹牛，打发黄昏的时刻；有的人说起来，就聊到食堂里最常碰面的档口，那些楼梯上下，海边山后（书山学海）的照面。数年过去，坐着吹牛的鲜芋仙原地消失，多小哆关门大吉。连和顺的飘香猪蹄饭，汤汁都变得微咸。是啊，此时此刻，这个学校的印记竟然如此的深刻，能把周边的气息都刻入场域中的某一灵魂里，无论爱憎，已不能去。

前不久得知一个喜讯，来自高中时的社团同学。那些在二楼阳台吃着早点，畅想五位数赞助的愣头青，俨然为人父母。可为人父母这个事，过去的同事们已经给不了什么点子。如果可以，当然愿意选择回到话剧社排练厅的小隔间里，早早写完作业，也不用在乎什么晚自习，把"对方"组织的意图和手段、把律动青春的安排，想得彻彻底底。可五年以后，从买房到装修，从婚庆到生育，都只有靠自己，去完成人生的自习，填上人生的答题卡。除了你那颗敏感又膨胀的内心，并没有真正的得失高低可言。

前段时间又回到高中去，和已荣任领导的班主任简短聊了几句。与其说我是他的学生，不如说是一位初出茅庐的年轻朋友，正向他分享近年遨游人海的一些见闻。吐槽与强撑多，展望与期许少。匆匆临别之际，我和他郑重其事地握了握手——这是一次长达八年的漫长告别。

五

最后，我还想聊一点"从师而游"的往事：

我的文史启蒙，一半归于家中的氛围。书是我无声的老师。一半归于山城的老教师协会，那是我无名的老师。其实，他们都有着响亮和文雅的名字，只是当时我没问，今天我也记不住了。

五岁的我经常喜欢跑到老教协去,那里玩电脑很自由,电脑上有大富翁。家中长辈负责那里的工作,也可以看伏管我。老教师协会是个清闲单位,那些退了休却有一腔教育情怀无处施展的老先生们,抬着清茶,往里一坐就是一天。有时下棋,有时写字,有时读书,有时聊家常。我爱玩闹,但不算调皮,大家都安安静静的,我怎么好意思在那里"买地皮"。山城当年很繁荣,中学十余所,小学十余所,汇集了天南地北各路名师。那时有一位上海的老爷爷看我坐在一边晃腿,就教我写字,我只懂鬼画符,他却颇耐心。还有的老人在那看书,她看我好奇,取了一册给我。她问我的姓名,她说认识我的父亲,也认识我祖父,我高祖。她取出一册青皮书,指着一位作者说道:"这是你的叔高祖,我同事的父亲!"那是我第一次与我的亲人这样谋面,那本记载他身影的青皮书,其实是《云南文史资料》。密密匝匝,填满书橱。

写作时,那里的布局设置一一涌现:坐落于校园之中,八十年代建成的小楼上,书架二三,六张桌子拼出的宽案,按节令摆放的兰草或水仙。这些戴着眼镜的人,大多温和而从容。仔细想来,他们的同学旧友中,也有人在江海之外飞黄腾达,他们却静静地在这个山沟里,接受或主动安排命运,数十年润物无声。或许,育人之于他们,已是肌肉记忆。眼前这个孩子将来是否热爱文史,相比耐心教导而言,倒不是那么要紧了。

"学有所成",对于方才工作的、我的初中班主任来说,那时非常要紧。当时是不理解的,只觉得这个说话带着口音的年轻人,怎么恁地"招人烦"。他似乎不懂妥协、不懂纵容、不懂青春期的小孩儿有多"特立独行""张扬个性"。他视我们胆大妄为，我们视他匪夷所思。但极端的冲突，却往往是海面平静前必经的波涛。巨浪涌过之后，随着一份圣诞袜礼物的降临，我们似乎对他，对这个常常双手捂脸、又深深一抹的青年抱以理解的同情。我现在相信，他脸上不合年龄的粉刺和超越年龄的胡茬，都是这个班的"惠赐"。十年过去，我们的年龄逐渐接近，如果我走上那个岗位，可能早已摔门而去，辞职不干。二十多岁的人，要能够处理狂热恋情、寻死觅活、打架冲突、违规违纪；还要兼顾备课、辅导、考试，简直是要人有三头六臂，难如登天。幸好他没有离开，不然，一二一大街上又要少一个青年高级教师、全省学科骨干了。

  初中毕业之后，我没有怎么见过他，某一次接到消息，听说班主任已步入婚姻殿堂。如果要带一份贺礼，我和我的大多数同学都会同意，我们要带一份理解和感谢过去。回顾前尘，其实那些激烈的冲突和矛盾，并不是什么真的怨怼与不满，是青涩人生无可避免地碰撞到了一起，是各自人生特别的经历和际遇。我不免地以为，师生之间可能是前世的冤家。上辈子都不曾服气，这辈子我来教你。可偏偏，又是这世上最不能解的冤家。去年我趁返乡开会的间隙，我偶然有幸闯进了他的办公室。会晤的结果其实不太愉快，显然我们过去的吵闹成了笼罩在他工作生涯上的阴影。十余年过去，他仍然要重复地提醒自己："都过去了。"

  我有一些特殊的老师，是在打游戏时认识的。山城过去经济发达，所以时兴掌机、街机、家用机，无所不有。那个时候我会跑到山城最为有名、整洁的游戏店里，看老板打游戏。能从吃完午饭，看到太阳西斜。边打边聊天，边翻游戏碟，漫不经心地玩儿着自己的PSP。我在那里学到了有些粗糙但不失灵活的游戏知识，甚至学着帮他看店、推销游戏。"泡"在那里的一个个午后，最后都变成了带同学去，给同学推荐游戏时的"博学"和"神气"。如今时过境迁，手游网游兴起，山城不断衰落，游戏店再难维持。我再回去，那一店铺的第n家主人，也贴着关门大吉。

还有《天龙八部》和《魔兽世界》里的师父，前者有拜师系统，可以找人带你一起跑任务，练技能，刷装备。还有很多的游戏我都找过师父，但没有师父在我十岁那年，于游戏里语重心长地给我说了两句偈语："你要好好读书，不要开外挂。"《魔兽世界》里，公会的前辈像教小朋友一样告诉我，要设定快捷键，要在这里站位。在YY里生气怒吼，拣装备时，紫装橙装却视而不见。艾泽拉斯的大陆上，师徒之间不仅有任务副本，还有家长里短。前辈升职受阻的那天，他悲愤地没有下载"潘德里安"，悲愤地不曾上线。后来他远赴海外，时差颠倒。我们只好照着他的教诲，一遍遍地带着朋友跑图刷怪，直到世界被灾变颠倒。

从游戏中到学校里，老师在学生的心目中，大多身怀绝技，乃至命运离奇。高中时总爱给老师描绘一些奇特身世，什么放弃万贯家财来教书，什么背后不少产业，等等。似乎，涉世不深的人总要为人性提供些安稳的支持，才能说得通老师们为何心甘情愿为我们这些混世魔王付出心血。现在看来，编排大多荒诞。但也是老师崇高地位在我们心中的侧写。到了今日，跟着导师在大学里求学问道，最自豪的就是谈到各自导师的学术成就与历程。眼里闪着的光，翻译过来就是一句话："学成以后我能不能够成为你，超越你。"

事实上，老师们过去也是这么看他们的老师的。或者说，在他们成为人尽皆知，开坛授业的名师之前，可能比我们还要焦虑，还要不顺。也许他们真的没有什么超越常人的起点，但总有超越常人的百折不挠和不断输出。或许这是一种教学相长吧，那些有志为师的学生，看着老师的样子而成为了老师，最终又看着学生，希望学生另有所成，而殊不知，互相成就了对方的功业因缘。彼此循环，亦因亦果，真的有趣。某次，当我听到两位知名学者本科没有挤上麻将桌，只好在一边聊学术"扯淡"最终成为知名学者时，会心一笑地看看身边的同学，仿佛也看到了未来名师的影子。

以前不知道社会的"辛辣"，总以为老师最不食人间烟火，最超度于世外——在做题和备考的人心里，出题的人甚至都不知"民间疾苦"。越往后走，越知道那些困扰着普通人的色声香味、名利幸福，也与灵魂工程师如影随形，也询问着他们的灵魂。他们也曾青春飞扬，他们也困顿焦虑，他们也会为未知之事紧张——他们居然，也有不会和搞不定的。但越是知道这些，越是觉得老师的伟大，"生已折桂，师犹灌园。"在这个浮躁的社会里，抛开世俗，与自己缠斗之后，还能冲到一线济世度人。此时明白，为人师，为良师，是一种"舍身求法"且"普度众生"的大无畏。他们看到孩子们的心随成长而充满时，他们的心中大多是又一种圆满。

我还记得二十一年前看到的一张照片，那张照片摄于二十五年前，照片里的人是我的小学班主任，她那时刚刚工作。二十一年过去，世事如风，她的一度青春却在我心里成了永恒。因为她的言传身教，俨然已种下种子，硕果累累。前不久我幼儿园的老师给我发微信，她找到了我的父亲在我读小学第一年给她寄去的贺卡，寥寥数语，真挚感恩。她如今颇为我感到骄傲和自豪。她一生的故事好像是这样的：

他们为我们的一生奠定了一个开头，我们却要看着他们的一生消逝、远走。

结语

人生到此，我总觉得单薄可笑，除了会一些雕虫小技的皮毛，对自身、社会和国家的长足发展没有太大益处。也就更谈不上贡献真正有意义，而不是饭桌上吹牛的人生经验，为你解决疑惑了。更何况，我本人也还身处五里雾中，迷茫而无助呢？上述几部分闲聊，我既认为是"一肚子的不合时宜"，以自我检讨来向读者诚恳地展示自己的情绪与缺陷。没有成功经，多是误操作。同时，也是一场漫长的告别。我如今的拧巴，大半来自不肯承认自己的平庸与失败，今天找了个机会，作了充分的梳理与抒情，借完笔而"焚"尽，与这不成器的半场青春告别吧。

再见了，自以为是的年轻人！

（完）

在每一个当下不确定的选择里，走出法律人生的坚定选择

陈禹橦

"倚天照海花无数，
流水高山心自知。"

陈禹橦

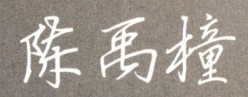

Chen Yutong

在同学同事眼中，师出名门、斩获"全国十佳公诉人"等业界荣誉、常年笔耕不辍的陈禹橦，是个标准的"学霸"检察官。在家人朋友眼中，陈禹橦是一个爱阅读、爱跑步、爱旅行、永远对世界充满好奇的"阿童木"。从"小镇女孩"到清华大学高才生，从名校法科生到体制内检察人员，从"小白"书记员一步步成长为一名专业检察官。自选择法律专业至今转眼已二十年过去了，她一直遵从内心的真实想法，坚持自己的道路。

在每一个当下不确定的选择里，走出法律人生的坚定选择

陈禹橦

一、从小埋下的公平正义"种子"——在北京生根发芽

我出生在内蒙古自治区呼伦贝尔市鄂伦春自治旗的一个林业局，属于典型的"小镇女孩"。高中考上了内蒙古自治区的重点高中——海拉尔第二中学（以下简称海二中）。虽然老家和高中都在呼伦贝尔市辖区内，但对于这个面积约26万平方公里（相当于山东省与江苏省两省面积之和）的地级市而言，是一段绿皮火车晃晃荡荡一天才能到的距离，由此开启了我的高中时代"背井离乡"求学生涯。

相比于只有一所小学、一所初中、周遭一切都熟悉得理所当

然的老家，对于刚刚踏入高中校园的我，一切充满了未知的好奇和挑战。比如，第一次在校住宿，过起了四个人的集体生活，每晚的女生宿舍夜话从"我和僵尸有个约会"到争论"F4"里最喜欢谁？[1]第一次去食堂打饭，青春期饭量超大的我，打两份"2两"米饭（人工打饭的好处是总觉得2份2两比1份4两饭要多）时的不好意思。当然，最大的挑战，仍然来自作为从"旗县"考来的同学，看到周围优秀同学们时隐隐的失落感和焦虑感。毕竟在小学、初中时作为拔尖生，对老师的关注与肯定习以为常。但当年考入海二中时，成绩不算优异，作为海二中面向旗县的第二届招生（之前海二中并不向我所在的地区招生），在这里没有熟悉的老师、熟悉的环境、熟悉的学习习惯，这种不适应感，让我开始怀疑，我究竟优秀与否？

有一个画面一直令我印象深刻，还记得第一次月考后、公布成绩前，坐在座位上，我一边懊恼自己答题不够准确，一边环顾班级同学们，默默掂量自己可能的排名，当时的最好预期也就是中下游。然而，公布成绩时，我竟然进入了全班前十、年级前二百！这个成绩虽然不算多好，却是一个新的起点，它让我对自己更加有信心，第一次在这个陌生的环境里找到了属于自己的自信。于是，从这天起，我按部就班又心无旁骛地开始单调却充实的高中生活。成绩也一路攀升，稳定在年级前几名。回想这段青葱岁月，在感慨当年的自己多么容易"不自信"之余，也会更理解当时的自己，

---

[1] 这两部都是当时颇为流行的电视剧。那是没有影视 App、短视频，甚至还没有智能手机的时代。还记得，在食堂里经常聚集着一桌桌早就吃完饭，但看到精彩关键情节，不愿离开的学生，看到僵尸突然跳出来，还会伴有捂着眼睛的场景和此起彼伏的"惊吓声"。

谁都有过迷茫不自信的时刻，但现在想想"一秒过去，就是历史"，失落的那一刻、重振信心的那一刻，在心情跌宕起伏里，我们才会更加深刻感受成长的记忆。而这种心态的调整，也给未来考入清华后短暂的迷茫，打下了应对的基础。

高中头一年半，就在日复一日地学习、考试中度过。第一次面对的选择，是高二时的文理分科。当时，在内蒙古，高二时要进行文理分科，这直接决定了后续高考之路的分水岭。该如何抉择？我一直没有下定决心。家人希望我学理科，因为我的文科理科成绩比较均衡，理科思维还不错，在"学好数理化，走遍天下都不怕"的思想影响下，家人认为，选择理科未来的就业面会更广。当时的班主任也是我们的语文老师则一直动员我选文科，为此还特意给我的父母打了很久的电话，记忆深刻的一句话就是："学理，我不能保证她上清华，但学文，她是很有希望上北大的！"

虽然后来命运的齿轮神奇地带着我走向了"学文科上清华"，但当时的我，其实并没有特别明确的学校目标。这时，一部经典的法律剧和一次偶然的交流，却促使我做出了最终选择。20多年前的信息还远不像现在互联网资讯这么发达，远在大兴安岭小镇的我，对于法律人的想象，基本来自影视剧。每个85后心中，都会有一部最佳港剧，还记得当年风靡的《壹号皇庭》中，戴着假发套、穿着得体西服、法袍，在法庭上唇枪舌剑的检控官、辩护律师们，这些法律人专业严谨的形象给我留下的印象尤为深刻。一个关于法庭梦的种子，就这么不经意地埋在了心底。

于是，在一次聊天中，我突发奇想问班主任老师："如果我以后想学法律，是学文科还是理科好呢？"老师说："多数大学的法律专业都是招文科的。"这样，16岁的我，为了成为站在法庭上慷慨陈词的法律人，作出了人生第一个关键的决定——选择文科。

当年，知道我大学专业是法律，很多人聊天时第一句话都会问：你家里有人在司法机关工作吗？其实，往上倒几辈儿，我的家人亲戚里，没有一个人是干司法工作，或者从事和法律有关的职业。但法律人的"潜在特征"，似乎在我的童年便有迹可循。我小时候的"爱掰扯"常常为家里人所津津乐道，遇到"不平事"，就要跟人说道说道、摆事实、讲道理。随着年龄的增长，这种与生俱来、黑白分明的朴素正义感越来越强，我也越来越会"讲"，"首先，其次，再次……"讲起话来头头是道。有亲戚便开玩笑说："你这么爱讲道理，将来可以去法庭上讲道理啊！"这个无意的玩笑话，竟精准预言了若干年后我的职业选择。

二、六年清华园求学——在最美好的时光里感受知识的重量

这里先插播一段关于我高考报考志愿时的小插曲，也是我成为清华明理人的缘起。2004年我参加高考时，互联网门户网站刚刚兴起，根本没有自媒体公众号、视频号之类。高考填报志愿时，对清华大学法学院，我可以说是一无所知，它还只是"大黄本"（《高

考报考志愿高校、专业名录》）上的一个选择。当年内蒙古采取的是高考分数出分后填报志愿的方式，我的高考成绩是全市文科第一，内蒙古全省排名前十，摆在我面前的选择似乎"少而精"：北京大学、中国人民大学和清华大学。

作为文科生，第一考虑的，肯定是北京大学，但由于排在我成绩前面的同学选择了北大法学院，而北大法学院当年在内蒙古只招收一人，所以如果选择报考北大，我只能就读其他专业（当时我也并不知道入学后，可以转专业，否则也许就是另一种选择了），由于打定主意要学法律，所以，北大成了最先排除的选择。其次，是中国人民大学。当年人大有一个"法律+经济双学位"专业，我的成绩是符合的，便成为我的备选之一。最后，是清华大学法学专业。从大学名气上讲，清华大学肯定不遑多让，但如果具体到法学专业实力强不强，其实我并不知道。得益于一贯"民主"的家庭氛围，我还记得爸妈当时说，都挺好的，你自己选时"一脸幸福的烦恼"。最后，不知道是对朱自清笔下荷塘月色的向往，还是被听到过的清华人无私奉献以身报国的故事所感染，似乎冥冥中有种注定的缘分，让我最终选择了清华大学，选择了明理法学。

现在，不少人曾问我，高考报考志愿时最重要的考虑是什么？说实话，当时当地，我并没有想得那么清楚。但如果从毕业十几年后回头再看，我们的老校长梅贻琦在1931年12月3日就职演讲中说的"所谓大学者，非谓有大楼之谓也，有大师之谓也"，可谓一语中的。回顾六年清华时光，各行各业大师云集、学术氛围浓厚淳朴、追求身心健康（"为祖国健康工作五十年"的口号至今未变），一所高校的软实力，也就是学校的环境，会潜移默化地影响青年时期我们的人生观、价值观，以及眼界格局。此外，择一校而选一城，不少同学可能会选择留在自己读书的城市工作，这所学校所在城市的风貌人情，也是应该重点考虑的。

在清华园里，我度过了自己的18岁生日。回首这段无比美好宁静的读书时光，脑海中浮现的是每天骑着自行车穿梭在宿舍与教学楼、法学院专属的明理楼和食堂之间，怀揣着对新世界无比的好奇与期待，紧张又充实的日子。但其实刚刚来到清华的我，同样经历了一场心灵的"冲击波"。

在清华，面对与高中时完全不同的大学学习环境、来自全国各地的优秀同学和扑面而来的高端视野与眼界，这一切都深深震撼着像我一样，许多来自小地方的少年。相比偌大的校园、带着光环的名师带来的震撼，周围同学带来的冲击，显然更大。因为作为渺小的自己，置身首都、置身清华园，相形见绌的感觉其实并不奇怪，但一下子面对如此多来自五湖四海的优秀同学，每个人的内心深处其实都很难平静。比如，班会的自我介绍环节，差不多半屋子同学都是某某地方的状元；又如，不同于我的"哑巴英语"和羞于表达，有的同学早就能用流利的英语和外教谈笑风生；再如，相比于我略显"单调普通"的高中生活，有的同学聊的是国外旅游经历见闻，喜欢的是我从未听说过的作家、歌手。这一刻，他人身上五光十色的炫目，不仅掀起我心湖的涟漪，也对自己的未来又有了一些惶然：我可以很好地适应这里吗？

但这一次，我没有挣扎纠结许久。因为，很快我就找到了自己的快乐源泉：阅读与思考。在这个思绪自由驰骋的世界里，外在的喧嚣声越来越少，我沉浸其中，感受着知识带来的震撼与力量。慢慢地，心底的焦虑变少了，脚下的路也更加坚定。好多人经常追问读书的意义，其实有时候，读书不是为了获得什么结论、结果，读书本身就是一个向内探索、和自己对话的过程。读得下去书，心就能沉静，心静下来，很多时候，就会"船到桥头自然直"。这个习惯，也从学生时代一直延续到我之后的生活、工作，获益良多。

在清华，法学院作为文科院系，在传统以理工科见长的清华大学中本不属于强系，但基于众所周知的清华"男女比例"原因，由于拥有较高比例的"伶牙俐齿"的女生，而"颇为有名"。但当年的清华法学院在国内是一个有点特殊的存在，各领域法学大师云集，但由于法学院复建时间不长、招生不多，相比北大、法大、人大以及西南政法等传统法学名校，在外界眼中还未形成深厚的清华学派。但这丝毫不影响在这座明理楼里我们这群新生开启自己的法学生活。当时的我们其实并不知道自己有多么幸运，遇到了采取"大师给本科生上课"模式的清华法学院。在一个个"小而美"的课堂上，那时给我们授课的，既有如张明楷、王保树、崔建远、张卫平、王晨光、王振民、黎宏、周光权、申卫星、张建伟、车丕照、江山、朱慈韵，等等，各个法学学科如雷贯耳的法学名师，还有劳东燕、赵晓力、韩世远、程啸、张晨颖等青年教师。那时的我们，还没有进入智能手机时代，没有微信，更没有短视频与小红书，每天骑着自行车，在这座古老而充满活力的校园里享受着自己的青春时光。

平心而论，大三之前，神经大条的我好像从没认真规划过自己未来的方向。除了必修课，选择选修课时基本是凭心而选，觉得哪门课有意思就选哪门课，而没有太顾忌所谓的成绩问题（老师打分高低、通过难易），唯一考虑的，大概只有尽量少选一些早上八点半的早课（起不来）。记得当年法学院有一些"大佬"的课以"作业多、给分低"著称，清华的选课规则是头两周可以"试课"，有的同学考虑自己的选课较多，就被部分"大佬"提前打的预防针课程作业量劝退了。但我当时的状态是，"试课"纯粹是为了看自己喜不喜欢这门课，喜不喜欢老师的授课风格。现在，偶尔听到年轻的同学们"计算学分绩"，讨论"课程性价比"，心里会觉得很遗憾。因为，毕业后，大家就再也不会有这样纯粹的学习课堂了。所谓的性价比，究竟是课程难易程度与那一年的考试得分，还是这堂课对于你知识的积累与打开的眼界呢？[1] 若总是急于此时此刻的即时结果，可能错过的，就是自己未来原本的无限可能。

现在想想，笃信专注于走好眼下路，相信船到桥头自然直，

---

[1] 其实，对于绝大多数文科课程，只要投入足够的精力，一般都会得到一个不错的分数。这和理工科因为实验未完成、数字计算错，甚至可能根本不会做（有清华理科同学考完试沮丧崩溃说，他连题目都没读懂），是有天壤之别的。所谓的课好"过"，其实是想花最少精力得到最大结果。

似乎是我一直的风格。也有同学打趣说本科时，觉得我经常是"神龙见首不见尾"，不知道干什么去了，其实那时候我的日子很简单纯粹，宿舍—图书馆—教室—食堂，四点一线。那时候最快乐的，就是一早背着书包，来到老图书馆不能外借图书的房间里，开始一天安静的阅读时光，等到闭馆铃声响起，心满意足地骑车，路过小桥时买一个热气腾腾的"小桥煎饼"[1]回宿舍，开始洗漱和看剧。

应当说，本科头三年，我没有过多思考设计过自己的职业规划，只是心无旁骛地享受阅读思考的乐趣。大四时，开始考虑是参加工作还是继续读研时，也是下意识地觉得还没读够书，没那么想参加工作，于是选择了继续读研，至于读研方向，则是一直坚定的刑法学专业。

研究生阶段选择刑法专业方向，对我而言，其实没有过什么纠结。我当时走的是校内"保研"（推免研究生）的方式，按照学分绩排名，我也可以选择当时更"热门"的商法学、民法学、公司法学等。但我和另一名同学，都毫不犹豫地选择报考张明楷老师的刑法学专业。

究其原因，一是与张明楷老师的缘分。张明楷老师常说，2004级法学院学生，是刑法总论、刑法分论和刑法案例课都由他一人讲授的唯一的一届，可以说我们这一届同学的刑法基础，都是"楷哥"打下的。这种缘分，让我们这届同学未来无论身在什

---

1 本科时，清华食堂还没有夜宵窗口，下晚自习十点半后，校内超市也大多关门了，于是，热乎乎的煎饼，就成了清华学生的最爱选择之一。热销程度，毫不亚于后来的"鹅腿阿姨"。据说，我们这几届学生，也见证了煎饼师傅从骑车出摊到开越野车出摊的奋斗历史。

么岗位，无论是否从事刑法甚至和法律相关的工作，回忆起在校时光，说起"楷哥"课上的风采和刑法学说一些讨论时，都极富共鸣和画面感。作为"楷哥"粉丝的我，自然在心底也埋下了跟随张明楷老师继续钻研刑法学的信念种子。

二是对刑法的热爱。是的，我用的是热爱这个词汇。虽然上学期间，我对于法律各学科基本属于"学一科爱一科"，对选修的不少法律专业课都颇感兴趣，但最热爱的，莫过于张明楷老师带我们走进的刑法世界。"楷哥"用"太黄太厚"（刑法学）搭建起的张氏刑法，虽然当时仍属于独树一帜的"非通说"观点，但张老师缜密的思维、强大的论证能力，各种刑法学说之争背后的理论分歧，刑法的逻辑体系之美，无不让我们这些法科生大为

陈禹橦（左）硕士毕业留念照

震撼和着迷。"与其批判立法不如反思是否自己的解释能力不足"，"如何运用合理的刑法解释方法妥当解释刑法"，诸如此类的反思，让心怀正义的我，义无反顾选择了刑法学专业研究生。

其实现在想想，我们的一生会面临很多次的选择。选择的时候，究竟是全面衡量比较利弊后理性选择，还是听从内心声音恣意而为，无谓好坏，因为人生没有彩排，你永远也不知道如果选择了另一条路，会不会更好。但于我而言，很感谢当时做选择的自己，没考虑诸如学刑法以后好不好找工作等现实因素，而是基于一个略显理想主义的理由：学习刑法让我发自内心的快乐，我希望自己的选择，是让自己快乐的选择。这种听从内心的选择方式，也贯穿了我未来多次重要的人生选择时刻。

三、职业选择与性格的双向奔赴——踏上检察之路

"职业选择和性格到底谁是因谁是果？谁也说不清楚，我觉得是一种双向奔赴。"当钟表转到2010年，已经在清华园读过六年时光的我，面临下一个选择：是攻读博士学位还是参加工作？

其实，当年我本来是想继续攻读刑法学博士的，一是确实觉得读书写作很快乐，二是导师张明楷老师也很支持我继续读博走学术研究的道路，但当时发生的两件事改变了我的选择。

一是姥爷病重。我小时候在姥姥姥爷身边多年，和他们感情深厚，快要毕业时，病重的姥爷一直很惦记我这个让他无比骄傲

的外孙女，常说唯一的心愿就是看到我成家立业，由于当时完成"成家"愿望的难度过大，我便急迫地想参加工作"立业"证明自己，好让姥爷放心。

二是对刑事实务的憧憬。"法律的生命不在于逻辑而在于经验"的法谚对我影响很深，我也大致了解我们学习的刑法理论和司法实践是有差距的，受张老师影响，我一直认为最好的刑法理论一定是能解决更多刑法实务难题的理论，既然如此，为什么不投身实务检验所学？

反复考量后，我毅然决定毕业后参加工作。怀着忐忑的心情，我找到张老师，和他说了我的选择，当时心里其实很没底，老师会不会对我失望？明明我之前说要继续读博的，这样出尔反尔是不是不太好？结果却是，一如张老师对于不同学说观点的包容，当时他笑着说："去实务部门也很好的，不管在什么行业，只要努力开心工作就好！"正是老师的善意与支持，让我更加轻装上阵地迈出工作选择的关键一步。

客观来说，2010年的就业压力，还远没有现在这么大。我记得，毕业那年北京市公检法机关都在招人，摆在我面前的，也有如进律所当律师、进"大厂"当法务、到媒体当法治记者等很多选择。当然，由于我硕士研究生时学习的是刑法专业，最对口的肯定是办案机关，本科时曾到基层检察院实习过，我对于检察官这一职业怀揣了很高的期待，很希望自己未来能成为在法庭上慷慨陈词实践正义理想的公诉人。而冥冥中，童年时亲戚那句无意的"去法庭上讲道理啊"调侃，竟然成了真。

此外，在征求家里人意见时，父亲的话也对我的选择影响很大："你想当检察官，可能这辈子只有这一次机会（彼时检察机关进人还是以应届生招考为主），但如果你想当律师或者从事其他工作，以后还有机会。"是啊，很多选择，其实是人生那一刻的分岔路口，如果我选择从事律师行业，可以换执业领域、换律所，也可以从律所再到企业法务，有很多自由的选择机会；但若想成为一名人民检察官，在那一刻的选择就至关重要。这也可以说是一种选择的成本。好在那一刻的我，相信了自己的选择，接受了家人的建议。后来，我如愿考入北京市检察院第一分院工作，开启了十余年的公诉人生涯。

2021年6月，建党百年之际，北京市人民检察院第一分院组织检察干警开展"身边的榜样"讲述检察故事活动，当时的我所作的分享主题是：从一个单纯怀揣着朴素正义梦的检察新人，如何一步步成长为一名合格的检察官。回首自己的选择，始终追随内心的真实想法，择一业，爱相随，坚守初心，不畏困难，快乐工作、快乐生活，虽然偶尔疲累，但从未后悔自己的选择。

四、做好手中每一件小事，完成从学生向工作人身份的蜕变

进入检察院后，并不像之前想象的，立刻在法庭"大杀四方"，相反，最开始接触的，是最基础的工作。无数的复印打印、给卷宗归档、编页码、用办案系统制作提票、换押等各类法律文书、陪承办人提讯、询问、开庭记录等工作。那会儿，带着"名校研究生光环"毕业的我们，着实经历了一段适应的过程，偶尔也在想，总干这种琐碎的事务性工作，对我们来说是不是有点"大材小用"？

其实，作为年轻人，刚到一个单位，希望尽快证明自己的专业能力，很容易忽略手头看似简单小事儿的重要性和锻炼力，也就是所谓的"眼高手低"，这是司空见惯的现象。我还记得刚入职进入公诉部门后，部门只有我和另一名书记员，我们俩承担了全处十余名承办人的协助办案工作，那时的常态是：工作时间忙和其他部门衔接、对外的工作，下班后忙其他能自己干的工作，在那段繁忙的日子里，我一点一点完成着从学生向工作身份的转变。

现在想想，做书记员工作时候，有两件让我印象很深的事情。一件是当时的处长和我说的一句话："一个好的书记员，也许不一定能成为一个好承办人，但一个好承办人，一定曾经是一个好书记员。"作为年轻人，不缺壮志豪情，缺乏的，往往是脚踏实地的踏实。书记员工作，是快速了解司法实务的必经之路，而当书记员时锻炼的基本功、对案件流程全方位的关注，让我在自己独立办案后，也受益良多。能在看似琐碎细节的书记员基础工作里找到工作方法、沉下心把书记员工作做漂亮了，不仅会助益承办人办案工作，也会让自己对司法工作有更加深入的了解。在当书记员的三年里，我深刻意识到细节决定成败，没有不重要的工作，只有不琢磨的人。比如，对于繁杂的书记员工作，有的人经常手忙脚乱、忙中出错，有的人则会做一次工作就细心整理流程以提高下次工作的效率，于是越干越顺；有的人上级交代下来什么便干什么活，有的人则会从干的活里多想一些为什么，而在和师父沟通的过程中，默默打好办案基础。

另一件则是有机会跟着多个师父博采众长，增长见识。当年检察院还没有实行员额制改革，一般就是代理检察员带着书记员，二人一起开庭、提讯、写报告。由于当时处里书记员少，我有幸跟着多个承办人办案，领略不同公诉人的风采。这与现在检察院里一名员额检察官——名助理——名书记员的固定模式完全不同。比如，有的师父写的审查报告内容全面、清晰，法律论证干净不拖泥带水，让人看一遍就抓住案件争议焦点；有的师父提讯嫌疑人，尤其是诈骗类案件嫌疑人时，能顺着嫌疑人说话的"线头"，突然刨根究底，让嫌疑人无法自圆其说；有的师父在法庭上，能准确把控庭审讯问、询问节奏，向合议庭有理有据有节地展示指控思路和证据基础。这些优秀的师父们公诉风格多样，既有思维敏捷功底深厚的公诉人，也有对证据分析全面透彻、对细节把控精准的公诉人，还有洞察人情世故让骗子不敢狡辩的公诉"老炮儿"，不同面的优秀公诉人，带领我真正进入了公诉之路。

五、用专注沉淀专业，用心感受司法温度

从 2013 年开始独立办案，到 2016 年"就地卧倒"成为检察官助理，再到 2019 年被任命员额检察官，我一直在检察院的公诉部门一线工作。参与办理的案件，既有涉案金额数百亿、数十亿的涉众型经济犯罪案件或省部级、厅局级职务犯罪的大要案，也有涉及金融创新与犯罪界限或被告人零口供受贿案等新型、复杂的难案子，还有看似简单却关乎人民群众切身利益的身边小案。我始终记得刚入职时，带我的师父说的那句话："好公诉人，都是拿案子喂出来的！"

说实话，司法办案不像生产线上的产品质量，有客观的质检标准，案件质量的好坏，虽然有考核评查作为最低合格标准，但案件办得好不好、有没有实现天理国法人情的统一，很多时候其实无法量化评价，也很考验司法者的智慧与良心。在我从一名初出茅庐的书记员成长为一名检察官的过程中，有几个时刻的选择，对我影响很大。

一个是我独立办理的第一个非法集资案件。这个案子是我刚独立承办案件后接手的第二件案件，还记得有一天，突然接到通知，我要负责办理一个涉及非法集资参与人 1000 余人、涉案金额近 2 亿元的创业投资型非法集资案。这个金额用现在的眼光来看，可能算不上什么大案难案。但当时是 2013 年上半年，互联网金融方兴，社会公众、司法机关对于一些以金融创新为名行金融犯罪之实的行为的认识，还没有现在这么实质、深刻，尤其对于刚独立办案的我而言，无疑是难上加难。年少气盛的我，没有什么犹豫，就接下了这个难啃的骨头。于是，2013 年从盛夏到深秋，从吃透案子事实证据，到不断思考该案符合非法集资特征的关键点，再到结合司法会计鉴定意见书和其他证据，综合论证主犯集资诈骗的非法占有目的。终于，全面的庭前准备，成为在法庭上有力驳斥被告人不合理辩解的利剑。

不得不说，刚开始独立办案，就遇到这样一个新型复杂疑难的案件，心理压力很大，但同时也觉得面对挑战只能全力以赴迎难而上。如果遇到的不是这样没有太多先例可借鉴的"硬骨头"，我可能不会一下子就全身心扑进案子里，被激发出自己没想到的许多潜力，也不会在独立思考、解决各种新问题的过程中，积累下宝贵的办案经验，更不会因为切实感受到办案带来的职业价值感与成就感，而在日后始终将专业化作为我的职业坚持。

这些年，作为专门办理经济犯罪案件的检察官，我面对的经常是各种新型复杂的经济关系、金融背景。也正是这个案子建立的办案习惯，让我从不止步于卷宗里反映出来的事实，而是习惯于自己去学习探索，搞懂案件背后的专业知识，抽丝剥茧地梳理出案件事实，搭建起有逻辑的证据体系，"把案子吃透、办明白，做到办好一个案子，会办一类案子"。

值得一提的是，这次办案经历或者说经验，也给后来我有机会参与办理"e租宝"等具有全国影响力的非法集资大案，埋下了伏笔。我想，很多时候，我们现在所做的努力的意义，并不是为了当下即时的结果，而是为未来做好更加充分的准备。"风物长宜放眼量"，本事是自己的，吃过的苦都算数，今天你的准备，会在未来某个时刻，让你有能力把握住更大的挑战和机会。

第二个是一起罪与非罪争议很大的合同诈骗案。这个案件是北京市首例对赌收购型的合同诈骗案，涉及的收购合同，发生于轻资产公司收并购领域，涉案犯罪事实错综复杂，案发前部分嫌疑人销毁了大量关键证据后潜逃出国，案件究竟是合同诈骗犯罪还是民商事纠纷的争议极大，当时的疫情也给侦查工作带来了实际困难。面对这些挑战，我和办案组迎难而上，不懂对赌交易架构每一步的意义，就恶补民商事知识，想搞清楚收购里审计工作有没有问题，就对着CPA、审计准则一点一点抠。在准确把握对赌收购型合同诈骗案件特点基础上，我们一步步引导侦查机关调整原有的伪造印章虚构事实侦查方向，改为对被收购公司价值、业绩造假规模的取证思路，通过反复和审计人员沟通，调整委托审计思路，最终用实质、综合论证，明确了商事纠纷与刑事犯罪的界限，在强大的证据面前，之前一直拒不供认的在案第一被告人认罪认罚。这起案件最终获得了法院的有罪判决，也成为具有标杆意义的商事收购领域的典型刑事案例。此外，我还延伸检察职能，向有关部门制发了关于加强对上市公司收购、审计工作进行监管的检察建议，将检察工作真正融入保障国家经济发展的大局。

现在再回想办理这起案件的过程，面对关键证据的缺口、罪与非罪的争议，我从没想过"差不多就行"，也没有轻易得出结论；而是在不断思考认定财务造假刑事诈骗手段的关键点的基础上，不断"复盘"整个收购过程、"推理"嫌疑人的诈骗过程，"掂量"

因为嫌疑人的犯罪行为给被害公司带来的巨大经济损失，以及对资本市场（被害公司是上市公司）、股民的潜在不利影响。我还记得，当我把检察建议书交给有关部门时，他们说"想不到搞法律的检察官对审计也这么专业"，我当时特别高兴，因为，这句话就是对我们工作最好的肯定！这起案件的成功办理，也更加坚定了我的信心，在办案中我们一定会遇到新问题，"专业"就是我们检察官最亮眼的名片！

还有一起案情并不复杂的小案子，让我印象深刻。那是2019年我在基层院公诉部门交流锻炼期间，我参与办理的一起交通肇事案，这个案子的案情很简单，嫌疑人逆行驾车将一位老人撞倒，老人是重伤二级，嫌疑人应当构成交通肇事罪。但办案期间，受害老人的子女多次打电话给我询问案情和办理进度，我均进行了耐心答复，但老人的子女仍表示想要当面交流。说实话，当时案多时间紧，这个案子本可就此结案，但一想到临近春节，这位可怜的老人还在医院昏迷不醒，家属的焦虑我也能够理解，所以我还是抽时间约家属见了面，在释法说理的同时询问了解老人的近况，也就医保赔偿等问题帮助他们联系了法律援助律师。了解到老人家庭情况，我主动向检察院其他部门移送了司法救助线索，经过相关部门审查，老人获得了一笔20万元的司法救助款，这起案子也成为该院当年的首个司法救助案件。临走的时候，老人的子女拉着我的手说："特别感谢您！检察官！"或许，对我来说，这可能只是日常的一次普通接待，但因为坐在对面的是检察官，我的安慰，对老人家属而言，仿佛有了一些不同的含义。春节前，我还意外地收到了老人家属寄来的感谢信。那一刻，我对这份职业有了一层更深的感悟。

曾经的我，认为我来到司法机关，通过办案除恶扬善、实现公平正义，但随着办案经历的增加，我越来越体会到人民检察官中"人民"二字的重量，也告诫自己：除了捍卫法律正义的勇敢，还要有一份传递司法温度的柔软。这个瞬间，我对于自己选择检察蓝的初心、对于自己从事这个职业的意义，有了更深的理解。

六、两次重要的参赛经历——遵从内心的选择

从 2018 年到 2020 年，先后参加北京市、全国检察业务竞赛的两次参赛经历，无疑是我公诉经历中浓墨重彩的两笔。于我而言，比赛的收获，除了备赛时进一步夯实的知识基础，更重要的是坚定了自己的职业初心和锻炼了良好的心态。

2018 年，是我第一次参加北京市第六届检察业务竞赛。2016 年起，北京市检察系统较早开展了专业化改革工作，所以这次竞赛在刑事公诉领域，也是区分了普通刑事（人身、财产权利、侵犯社会管理秩序等）、经济犯罪检察（破坏社会主义市场经济秩序）和职务犯罪检察（国家工作人员职务犯罪）等专业化领域。当时的我，作为一名职务犯罪检察部门的年轻检察官助理，理所当然报名了职务犯罪检察条线。但与此同时，能否再报一个普通刑事

2020 年 9 月陈禹橦参加最高人民检察院举办的全国检察业务竞赛现场答辩环节

业务条线竞赛的念头，在我心中挥之不去。这是因为从业以来，我主要负责办理经济犯罪和职务犯罪案件，虽然在基层院交流锻炼期间，参与办理了一些普通刑事条线案件，但整体来说，对普通刑事条线不算很了解，我在想能否通过此次准备比赛，逼迫自己系统性学习下普通刑事条线的业务知识？

理想虽然很美好，但摆在我眼前的困难也很现实：一方面，在备赛期间，我正在参与办理一个重要的职务犯罪大案，很可能贯穿我的备赛、比赛期间，在本就不多的时间里，一边办案一边备赛压力就已经很大，是否还要"自我加压"？另一方面，职务犯罪案件涉及的事实证据体系、罪名适用理解，以及相关的办案流程都与普通刑事案件存在很大的区别，某种程度上，甚至可以说是两种办案思路，如果同时备赛普通刑事业务条线竞赛，我需要兼顾两方面的实体、程序知识体系，难度陡然增大，从结果上，也有可能"因为想顾两头，结果哪头都顾不上"。经过了短暂的"挣扎时间"，我很快遵从内心真实想法作出了选择：双线报名。如果双线报名，无论结果如何，我都不会后悔，因为这个过程的收获才是最重要的；但如果只报名职务犯罪检察，无论结果如何，我都已经开始后悔了。

这种不重结果只在乎过程的"轻装上阵"思想，让我更加关注在备赛过程中，如何高效、系统地梳理相关的理论知识、实践案例。在那个夏天，下班后与周末的时光里，伴着窗外的蝉鸣，我心无旁骛地学习着，仿佛又回到多年前安静的图书馆，工作8年后，当我开始反思、审视自己这一路的司法经历时，感受到的是知识体系脉络的愈加清晰，理论思考与实务做法碰撞中"柳暗花明又一村"的豁然开朗。还记得那年9月，我马不停蹄完成了参与办理职务犯罪案件的庭审准备和出庭工作，职务犯罪、公诉业务双条线分别为期一周的比赛。最终，也取得了双条线的"业务能手"称号。在获得荣誉的那一刻，我感谢自己遵从内心的选择，并且没有辜负为选择作出的努力。而这次选择，也给两年后我报名参加、准备全国公诉人业务竞赛，埋下了新的伏笔。

2020年，最高检组织开展第七届全国公诉人业务竞赛。每三年一届的全国公诉人业务竞赛，无疑是全体公诉人梦想中的最高舞台。工作十年的我，当然也无比期望在这个舞台上，检验自己的业务能力,和全国的公诉同仁进行交流。要参加全国公诉人比赛,首先要获得代表所在省参赛的资格。能否作为代表北京队的参赛选手,是摆在我面前的第一关。

但是,当时我正参与办理两起重大且疑难、复杂的经济犯罪案件,而这两件案件的办案节奏,恰好和北京公诉队的市内选拔赛"完美重合"。我还记得,那是2020年5月至6月,参与办理的一起案件时间紧、但证据仍有较大缺口,需要在最后冲刺阶段加班加点,而与此同时,北京的选拔赛时间也大约定在6月初。关心我的领导询问了我的情况,也提出"如果有困难,可以让其他同志参与、协助办案,你可以把更多精力投入准备北京市公诉人选拔赛"的建议。说实话,一边是期望已久的公诉最高荣誉竞赛近在眼前,一边是案件办理到了"褙节儿",短时间内其他同志可能难以接手,那一刻的我内心是有过挣扎的。还记得加班的一个深夜,一起办案的同事跟我说:"禹橦,你这么优秀,应该参加比赛,向大家证明自己的能力!案子这边你放心!"但也正是同事这句话从侧面点醒了我:到底什么是我选择检察院、选择当一名公诉人的初心?不就是对案件负责,当一名好公诉人吗?如果说工作十年后,为了参赛而辜负手中的案件,即使取得好成绩,意义又何在呢?在这一刻,作出选择后的我,心里的乌云散去,留下的,是满满的办案斗志和内心的淡定。也得益于这种放松的心态,我在几近"裸考"的状态下,参加北京市选拔赛,一路过关斩将,最终入选成为北京队四名参赛选手之一。

随后，在备赛全国公诉人业务竞赛时，我一边完成了两件案件的提起公诉工作，一边开始了沉浸式复习备赛准备。由于全国公诉人业务竞赛并未内部区分刑事业务，考试内容涵盖了普通刑事、职务犯罪、经济犯罪、重大犯罪检察等领域，2018 年参加北京市业务竞赛时"双线参赛"的准备，也为本次复习助益极大。**所以，很多不经意的选择，可能在未来某一刻，给予你未曾想到的回报。**也正是因为备赛时，我已经顺利完成了相关的办案工作，对于没有辜负职业初心的自己，我觉得非常踏实。因为此时的我，有着十年公诉经历的我，已经有了自己对于何谓一个优秀公诉人的认识，也坚定了自己的专业化道路选择，对于比赛结果早已没有了刚参加工作时的"执念"。也正是带着这样略显轻松的心态，我更加享受备赛和比赛的过程。

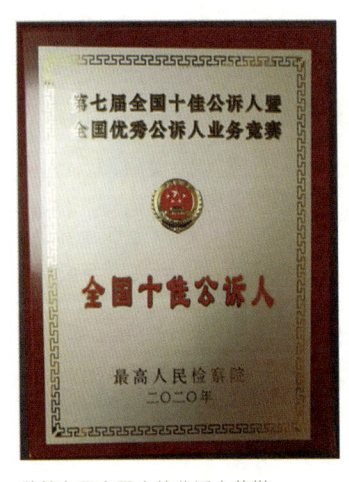

获第七届全国十佳公诉人荣誉

在最后一场辩论赛决赛中，我全程脱稿，只想着在全国公诉同仁面前，不能丢脸，一定要展现出作为首都检察官的风采。还记得最后总结陈词，我在情感升华部分的最后一个音有些略微"破音"，那一刻，我仿佛听到了自己内心的声音：你做到了，也就没有遗憾了。最后的结果是欢喜的，我以决赛辩论第一名的成绩荣获了第七届全国十佳公诉人。取得荣誉，当然是喜悦的，但迄今为止，让我自己最高兴的，是自己没有辜负初心，作出了无愧职业理想的选择！

七、双线作战，开启在职读博的"痛并快乐"生活

知道我考博后，熟悉我的人，无不"痛心疾首"地说，既然要考博，为什么现在才考？因为我既没有选择一路读书一直读到博士（研究生毕业时放弃了读博），也不像一些同志趁着刚参加工作身上担子没那么重、也更年轻精力更好的时候读博。说实话，在工作的头几年，不少师友建议热爱学术的我尽快读博。但在2019年读博，确切地说是2018年底决定考博之前，我一直不为所动。最主要的原因，是我始终认为，在职读博本就无法像在校时那样全身心投入学习，如果积累不够、无法发挥实务优势，那读博的意义何在？于我而言，读博，是为了将沉淀积累转化为理论调研，让自己成为兼具理论与实务视角的法律人。

怀揣着这样朴素的信念，2018年底我考取了导师时任中国社会科学院大学副校长（现西南政法大学校长）的林维教授的博士。机缘巧合和极其有幸的是，考上林维老师博士的我，成了导师的博士"开门大弟子"。林老师逻辑严谨的论证、对实务难点的关注，以及对新兴领域的探索，无不深深影响我的为学、工作。

这里有个考博过程中的小插曲，让我至今记忆犹新。社科大当时采取的是"闭卷考试+面试"的博士录取方式。江湖上传闻，社科大的博士英语考试难度极高，所以每年及格线都在40分左右（满分100分），如果英语不及格，无论专业课成绩多高都不能录取，这对于已经荒废英语好多年的我来说，挑战着实不小，同时，由于从决定考博到英语、刑法、刑诉专业课笔试的准备时间并不长，对于能否考上，说实话当时我的心里并没底。与此同时，我还向另一所大学提交了报考博士申请的博士，由于这所大学采取的是"申请—考核"制，在提交材料、面试过程中，老师对我的能力比较认可，很快，程序上就走到了可能要发 offer 的环节。而这时，我报考社科大的博士成绩还没有出来。

一边是近在眼前的博士 offer，另一边是不确定概率的社科大博士 offer。何去何从？有朋友劝我，先把握住这个确定的读博机会比较重要，因为如果放弃前一个 offer，而没考上社科大，我今年就没法读博了。这一刻，我又在问自己内心的真实想法。由于之前对报考的林维老师有所了解，对于他理论与实践相结合、关注实务问题的研究方向非常感兴趣，我希望自己选择的读博这条路，能沿着自己更心仪的研究方向发力。所以，慎重考虑后，我作出放弃前一个 offer，一心等待社科大成绩的决定。

还记得 2019 年 5 月，绝大多数学校都已经公布了当年的博士生拟录取名单，我每天刷一遍学校官网，隔两天给学院教务打电话询问是否出分。终于，有一天，教务老师跟我说："出分了，但还不知道是谁，刑法和刑诉的第一名应该是同一个人，看笔迹像是个男生。"

这一刻，我以为自己极大可能是无缘了，心里五味杂陈的同时，开始安慰自己，既然选择了，就坦然接受结果。

但几天后，当从官网上刷到我的专业课笔试成绩以及名次时，我惊讶地发现：我就是那个第一名！电脑前的我差点惊喜地喊出声，不断确认成绩，立刻打电话给学校，这时教务老师也回复我，我确实是专业课第一名，英语成绩也符合录取标准，我进入了二选一的复试！

之所以对这个考博过程中的插曲记忆深刻，并非过程的紧张跌宕，而是对于自己在每次选择时，不断叩问内心真实想法地越发笃定。其实，即使这次没有考上，我相信，自己也不会因为作出的选择而难过。因为对我来说，只要遵从内心的选择，就从不会是错误的选择。如果选择时反复纠结，没有坚定内心，选择后就可能不断后悔。但遵从内心的选择，没有纠结、落子无悔，也就能更好迎接人生新的挑战。这样，何尝不是一种更小的选择成本和更直接的选择思路？

回首在职读博四年，其中艰辛自不待言。可能是平衡工学矛盾和对两样事情都希望追求极致的痛苦，也可能是陷入阅读文献汪洋大海找不到思路结论之小舟的焦虑。于我而言，读博也像一次临时起意的慢跑，也许跑之前会有很多纠结，天气好不好、时间晚不晚……但跑后的通透酣畅让我从不会后悔奔跑；读博也像一次心情忐忑的登山，在山脚下怀揣激动、充满畅想，起步后步履蹒跚"云深不知处",但"书山无捷径,只要肯攀登",在无数个周末、夜晚的阅读—思考—写作—反思的周而复始中,在朝着目标方向一步步蹒跚却坚持的努力里,我找到了内心的笃定,也更坚定了向上继续攀登的信心,开始有种"柳暗花明又一村"的豁然开朗之感。行文至此,看到书桌前方"阿童木,你一定能写出非常优秀的博士论文,我很相信",这句打印出来勉励自己的话,源于论文写作的何时已经记不清了,但记忆深刻的是友人那端的信任。

现在,再回头看看自己当时选择读博这条道路时简单朴素的想法,不是获得一个文凭,而是希望通过撰写博士论文,系统性梳理自己的实务心得、提升自己的学术研究能力,真正做到能够用理论更加妥当地解决实务难点痛点问题,以理论深度维护法律尊严,挖掘实务中有研究价值的真问题,提炼理论规则,指导更多实践,夯实自己的专业化基础。很庆幸,自己没有辜负自己的读博初心,也收获了各个方面的个人成长。

例如,读博期间训练的学术研究能力,就让我在之后的实务调研中受益匪浅。同仁交流调研困难时,常会有人提到"觉得自己想明白了,但写不出来"或者"自己明明想的是 A,写出来却成了 B"。这些情况其实都很常见,如果只是停留在"想",我们经常会觉得自己想明白了。但一落笔就会发现还有不少"论证漏洞",写作的过程,就是不断"头脑风暴"的过程,也可能是不断修订自己观点的过程。不动笔永远不会体会与自己对话的"痛并快乐",

只有动笔，才会发现知易行难，只有多动笔，才能越来越熟练表达自己的论证逻辑，同时也会反哺自己在办案中认定事实、适用法律和释法说理的实务素养与能力。而这，也是我们实务人士多进行调研的意义所在。正如一直笔耕不辍的苏州市人民检察院副检察长王勇在一次交流会上所言，"看懂、想通、说明、写清，这是我们实务人士调研的四个境界"。对于繁忙的一线办案人而言，在办好案子之余，一定会遇到不少实践中的实体、程序问题，实务调研有助于我们不断反思自己办案中的不足，把碎片化的个案思考集成为体系性的实务逻辑，把办过一些案子的司法经历，凝结成会办一些案件的司法经验。而这，恰恰是博士毕业后的长尾效应。

陈禹橦博士毕业留念照片

八、努力做一个眼里有光、心中有好奇，具有成长型人格的人

工作十多年以来，经常有人问我，为什么能一直对工作这么有热情。这个问题的背后，其实是如何克服多年工作后的疲惫感。就像人们说婚姻容易有"七年之痒"，对于一般的工作来说，走过初来的懵懂、刚上手的忐忑，到逐渐轻车熟路、得心应手，再到日复一日、有条不紊的流水模式。不少人在稳定工作多年后，似乎再也不复刚参加工作时的"充满干劲儿的豪情壮志"，而是可能陷入一种瓶颈，也开始审视自己的这个选择是否是过去时、现在进行时以及未来时的正确？

我们选择工作时，可能未必真正意识到面对什么，这条路是否真的适合自己。任何一份工作，都会有顺境逆境，会有成就感满满的时刻，也会有忙于事务性工作，在个人变化的"自转"与社会、工作环境变化的"公转"之间"不同步"以至于偶尔迷茫彷徨的时候。对我来说，始终不忘选择初心，踏实走好脚下的路，始终对这个世界葆有好奇心，去感知时代、社会的温度变化，始终重视个人成长度，把应对困难与挑战当作反思、审视自身存在问题的契机，是保持工作、生活新鲜度的四个小 tips，具体与各位年轻的朋友作以下分享。

一是做一个在每个阶段，都不好高骛远，脚踏实地做好手中事的人。

曾经遇到一些年轻的同事，工作几年后，身上就有一种深深的疲惫感，觉得自己做的很多事都是重复性、事务性工作，也没什么挑战性，看不到自己的成长。然而，没有普通的工作，只有普通的人。在任何平台，愿意思考、有韧劲儿的人都会干出彩的。

正如前面我说过当书记员的故事。当年，所有法学专业研究生毕业进入司法机关工作的第一步，都是要当书记员，而且至少要干一年。在有的人看来，满脑子法学理论的专业人才去干复印打印、制作制式文书、记笔录这种基础工作，多少有点"大材小用"，当年的我其实一开始也是有点"心有不甘"。幸运的是，我遇到了善意提醒和包容的领导、同事，让我尽快"转过这个弯儿"，明白了所有工作都是由易到难，每个经历的阶段都有意义。我们只有全身心投入手头的工作，才能找到工作的意义。

事实上，很多后来"越躺越平""越走越偏"的人，大抵刚参加工作时也是信心满满。只是一开始的具体烦琐，就消磨了他/她的斗志。然而，不愿意踏实干好眼下工作的人，未来可能也不会干好难度更大、更复杂的工作。回头再看自己走过的这段路，非常庆幸自己在"扣第一粒扣子"时，没有"应付"这些看似简单的活儿，而是及时转变想法，沉下心干活儿，这才能够从记笔录入手不断思考讯问、询问的方式技巧，从不同承办人那儿学习不同的办案风格，所学习积累的办案经验，也为我日后成为承办人奠定了坚实基础。

二是做一个愿意深入思考、不断建构底层逻辑的人。

从经历到经验，在反思中成长。很多经历，如果不反思，就只是一段经历的量的累积，重复多次也不会形成质变，或者上升为人生经验。这就好像办案，办案数量再多，如果是因循旧例、不求甚解地数十次重复，可能还不如一次全方位地深入思考对办案经验的积累多。

还记得，以前参加辩论赛时教练曾说，在具体问题上辩论常见的是"公说公有理婆说婆有理"，口舌之争虽然场面热闹，但其实难分高低，更高层次的辩论，是要找到对方底层逻辑的漏洞，才能"釜底抽薪"地反驳。这需要的，不是辩论技巧高超，而是知识体系的建立和逻辑性输出。其实，工作生活中，不也是这个道理吗？朋友都知道，我是个喜欢追根究底的人，别人告诉我"是什么"，我总会多想些"为什么"，凡事儿总喜欢搞懂弄明白才安心。很多时候，对我来说，把一件事想明白做好，可能比做了很多事儿更重要。

我们在工作、生活中总会遇到各种各样的问题。如果你觉得遇到的所有问题都不是新问题，那可能是缺乏发现问题点的眼睛；如果你觉得遇到的所有问题都是新问题，那可能是缺乏深入思考和类型性思维。这两种情况，都无法提高我们解决问题的能力，也就无法让我们成长。

所以，保持深入思考的习惯，透过现象看本质，建构底层逻辑的能力，才是质的成长。搭建好了底层逻辑，才能把输入的信息转化成有逻辑的知识体系，有体系性，才能把知识内化为惯性思维模式。底层逻辑，决定了我们思考问题的维度和看待事物的视角，扎实缜密的底层逻辑，才是区别于他人的具体观点，"降维打击"的终极利器。

三是做一个始终对世界抱有好奇心，不断成长的人。

作家李辉谈及著名画家黄永玉时曾说："只有在他的身上，才能看到真正的天真烂漫，他永远活得像个十二三岁的小少年。"衡量一个人是否年轻的标志，从不是年龄，而是心态。急剧变化的社会，充斥着不少焦虑与倦怠，若我们不再对这个世界抱有好奇心，眼睛里的光，也将逐渐被现实磨灭。然而，好奇心才是治愈疲惫感的良药。日常办理经济犯罪案件时，我会对涉及经济活动过程的合理性不断好奇，也在反复思考中逐渐找到建立内心确信的路径。我也喜欢对社会上发生热点事件背后涉及的方方面面"刨根究底"，把一个信息的"点"扩充到"面"，不知不觉间积累了更多的经验知识。互联网改变了我们对于时间、空间的概念，也给我们的好奇心留下了自由驰骋的空间。只要始终保持好奇心，就能发现新问题，在思考、解决问题的自我成长中，克服重复的倦怠感。

在成长的过程中，我们不要害怕自己的不足。当你有本领恐慌，感觉自己还有很多不足时，不要怕，那是因为你始终在上坡的路上。只有当我们自己人生内容的圆圈越来越大时，圆圈外延接触到的世界才会越大，也才会越发觉自己不足。古希腊哲学家柏拉图说："如果一个人汲取了正确的批评，而不是被它困扰，那他通常就会得到补救。"这个时代，最不缺的便是焦虑，贩卖焦虑或者回避焦虑都很容易，而克服焦虑的最好办法，就是"知不足然后进"地"日拱一卒"，沉下心去做，等待延时快乐，找到属于自己成长印迹的小确幸，享受思考，探索这个过程本身带来的充实感。

在成长的过程中，我们要注重心境上的成长。从小到大的考试，评价的是我们的学习、工作能力，这是一种更容易量化的外在评价，但对于我们心理的成熟度、承压抗压能力和调整心态的能力，这种内在成长度的关注似乎不够。然而，成长路上很多时候比拼的，都不是外在能力，而恰恰是内在心态。面对未知领域未知事项，及时调整心态，心定而后动，改掉心态上的急躁焦虑，是我们成长路上的必修课。

四是做一个眼里有光、坚持热爱的人。

还记得刚入职那年，我所在的检察院举办了一个"我的检察梦"演讲比赛，我在演讲稿里写道："希望十年后的自己，变得更加强大、走得更加坚定。"十四年后，很庆幸，我一直在追求检察梦的道路上坚定前行着。拥有梦想是一种幸运，实现梦想是一种能力，唯有热爱，可抵岁月漫长。

工作以来，身边有离开的战友，有新加入的伙伴，有人离开后怀念，有人留下却不甘，有人陷在走与不走的纠结，也有人安于现状却也看不清前路方向。我们就生活在一个社会急剧变化、逆水行舟不进则退的变革时代，有些时候个人的成长方向，很可能会被外在环境影响、改变，很容易产生迷茫、不确定的感觉。

陈禹橦作为清华大学法学院
优秀校友代表发言

为庆祝清华大学110周年校庆，法学院发布全新学院宣传片《如此不凡》，献礼清华园！

　　但我觉得，越是改革变革的时代，越要有定力坚守自己的方向。"倚天照海花无数，流水高山心自知。"这句高中时便特别喜欢的座右铭，一直伴我成长。读过的每一本书、走过的每一步，都算数，从量变到质变，从来都不是突如其来，而是顺理成章。热爱因为坚持才更加珍贵。而一直在坚持热爱路上坚定前行的我们，也一定会是一个眼里有光的人。不必计较一时得失，我们能做的，是沉下心来，坚守热爱。

　　九、跑步的意义：内在驱动力的觉醒

　　上班之后，为了舒缓压力，我开始不定期慢跑。新冠疫情期间，正式养成跑步的习惯。到现在，有时候因为工作忙，一周没跑两次步，就会觉得浑身不舒服。为什么会喜欢跑步？倒不是为了"减肥"（管住嘴效果显然更加明显），而是喜欢那种自由自在的感觉。跑步不需要伙伴，不需要凑时间，不需要特别的场地设备，一条路、一双跑鞋，想跑就跑。跑起来，跑过一年四季，跑过许多熟悉或者不熟悉的风景，跑步的时候可以思考也可以不思考，看着前面的路，听着内里怦怦的心跳，不由有种很放松的踏实感。没有什么不开心和烦恼，是一场说跑就跑的跑步解决不了的，如果不行，那就跑两场！

其实，对待跑步的态度变化，也是我和自己不断对话、松弛下来的过程。以前的我，总习惯 push 自己，或者说强调结果的正确性（比如跑步对身体好等）。这样做的结果，就是使自己感觉跑步的过程是一个克服惰性、"勉强"自己的过程。虽然跑完也会有愉悦感和成就感，但无形中其实把"自己想要这么做"的内在自发性和"应该这么做"的目标性对立起来了。2021 年开始，我的跑步，从原来的缓解压力追求距离，开始变为逐渐享受风景自在舒展的习惯。那么，到底如何养成和坚持一个好的习惯？我的方式是"make it matters to you"，因为找到做这件事的意义，才会主动愿意去做，而非被动接受。这种内在驱动力地不断驱使，会让我们不知不觉间逐渐成长。

这种跑步带来的想法变化，也影响了我对待很多事物的态度。以写博士论文为例，当时工作也比较满负荷，只能下班后、周末的时间里构思、撰写，当日常工作已经让我十分疲惫时，如果只是把博士论文当作一个必须完成的目标、任务，强制自己去做，虽然结果可能也不差，但其实内心是痛苦纠结的，这就是他律。但如果转变想法，重温自己读博的初心，尝试在过程中找到思考学习的乐趣，看到自己的成长，就会更加心甘情愿地自律，享受过程，虽累却不觉苦。从跑步到完成博士论文，我开始思考，是不是只有发自内心的喜欢与热爱，才能去养成和坚持一个好的习惯？找到这么做的意义和价值，才是用热爱抵御岁月消磨的正解吧。

十、写在最后：不是结语的几句话

"请你告诉我，我该走哪条路？"爱丽丝问。

"那要看你想去哪里？"猫说。

"去哪儿无所谓。"爱丽丝说。

"那么走哪条路也就无所谓了。"猫说。

——摘自刘易斯·卡罗尔的《爱丽丝漫游奇境记》

记得读《爱丽丝漫游奇境记》时，我最喜欢的是爱丽丝的勇敢和好奇心，她不怕困难，勇敢面对每一个挑战。但行文至此，突然想起这段爱丽丝和猫的对话。如果自己没有明确的目标，他人就算再怎么倾其所有地向你分享经验和方法，也无法帮你找到属于你自己的那条路。当我们弄清楚自己想去哪里时，"我该走哪条路"这个问题自然就有了答案。

时光匆匆,岁月如梭,每个选择都似赌注,越是面临选择,越要看清本心,不计得失,莫问前程。人生是场马拉松,起跑重要,但更重要的是初心不变的坚持。在选择的路上,不断沉淀,不断调整,保持平静,无论荆棘密布还是鲜花锦簇,永远不要迷失内心方向,路总会越跑越宽,视野也会越来越开阔。

世俗是这样强大,强大到生不出改变它们的念头。
愿你在被打击时,记起你的珍贵,抵抗恶意;愿你在迷茫时,坚信你的珍贵,爱你所爱,行你所行,听从你心,无问西东。

——电影《无问西东》台词

不少走出校门满眼希望一脸憧憬的年轻人,工作几年后就被社会"毒打",嘴里喊着"反内卷",陷入"卷也卷不动,躺又躺不平"的焦虑状态。有友人也问过我,我是不是一直正能量满满,没有"blue"的时刻?答案显然是否定的。每个人都会有情绪起伏,会遇到迷茫、挫败,甚至怀疑自己的时刻,不同的是,你选择沉湎于这样的情绪中,还是积极调整心态,从负面情绪中走出来?

前一种选择,长此以往,会让你成为一个越来越容易"自怨自艾"的人,在问题焦虑中越来越看不清自己的路。后一种选择,则让你有机会不断反思审视自己的选择、能力方方面面,在专注

陈禹橦检察官形象照

于努力解决问题的过程中，让自己的心智水平随之进化，变得更加强大。这不是什么"心灵鸡汤"，而是切切实实的成长进化的选择问题。美国心理学家斯科特·派克在《少有人走的路》中说，"问题可以开启我们的智慧，激发我们的勇气。为解决问题而努力，我们的思想和心灵就会不断成长，心智就会不断成熟"。可以说，问题，是我们成长的阶梯。

《无问西东》电影名的直译是"forever young"，里面有一句台词是："这个时代，缺的不是完美的人，缺的是，从自己的心里给出的：真心，正义，无畏和同情。"当我们和曾经年少的憧憬初心渐行渐远时，是不是也正逐渐忘记自己的珍贵？我们总说，人生没有彩排，一切不能重来，当你选择了一条路，你就永远不会知道另一条路是不是更好。但更重要的是，人生是一场很长很远的修行，不一定非得那么功利心，但行好事，莫问前程。找到人生的方向，通常要经历漫长的过程，仅仅依靠投机取巧或头脑中的灵光闪现，很难达到目标。有时候，慢慢做好一件事，胜过毛毛躁躁地做一堆事。在沉下心做事的时候，浮在眼前的焦虑迷茫，或许就会淡一些了。

既要有选择的勇气，因为热爱所以坚持，也要有选择的韧性，因为坚持所以热爱。我愿意选择这条路的原因，就是这部影片给出的答案：心之所向，无问西东。

最后，我想用公益人陈行甲在他的自传体随笔《在峡江的转弯处》中的一句话作为结尾：

生活有其自身的逻辑，那些不经意间播下的种子，那些没有企图的浇灌，说不准在什么时候会有一阵春风拂过就出土了。

愿我们始终记得自己的初心与坚持，forever young！

（完）

从读书到做书：
我不再从书里找答案

———

宋佳欣

一切的偶然和过往，
塑造了今日之我。

宋佳欣

Song Jiaxin

1999年出生的非典型海淀鸡娃，北京大学法学院本科、硕士，目前在出版社做法律图书编辑，也是这本书的"幕后推手"之一。图书编辑算是一条对法学生而言比较冷门的职业路径，但我很喜欢这份工作，之前发过几条相关的小红书图文，发现有不少法学生都对这个行业并不熟悉但很感兴趣。在这篇文章里，我会聊聊我从中学时代到当下的成长路径，选择专业和职业的体悟思考。欢迎陪我重新走一遍这片旷野。

从读书到做书：我不再从书里找答案

宋佳欣

一、安全牌

2017年9月2日，我和我初次相见的室友们一起，在暮夏的夕阳里骑着小黄车从位于北京大学最南端的宿舍楼出发，在校园里闲逛，骑到东北边的凯原楼时，4个人在獬豸雕像前面拍下了第一张合影。第一次寝室夜聊，我们很自然地谈及为什么会来学法。有的人在高中时代就已经作出要报考法学院的决定，比如罗仪涵，有的人却似乎是被命运推动着来到了这里。从小学开始的12年，我可以说从未离开过中关村，我熟悉这里的每一条路、每一家好吃的餐馆，但唯独对于我的专业，我感到十分陌生。

也许可以把一切都归因于高考排名这个十分不稳定的因素。如果把时间稍稍往前推到 6 月 23 日高考出分的那一天，早上 9 点多我看到分数之后，很快北大和清华都打来了电话，因为两所学校截然不同的气质以及"无体育不清华"而我始终信奉"生命在于静止"，清华那边就不打算去聊，我爸妈大周五的请了假，喜气洋洋地开车带我去北大和招生组聊报志愿的事。

我的高考成绩可以说超出了此前的每一次考试，但冲击过清北线的学生都明白，在这条线上的竞争是少数"高手"的过招，基数的大小影响并不大，别人心态不稳，你固然是正常发挥，结果上说就是超常发挥。选专业也是同一个道理，如果排名在我前面的人把我想去的专业名额占满，我自然只能去下一个志愿。

我考得不错，北京市文科第 29 名，所以经过和各个专业的学长学姐"洽谈"之后，我们和招生组达成了这样的共识。第一个志愿可以报元培学院，不过以元培的热门程度，不敢保证能录取，第二个志愿报法学院，虽然法学院分数也偏高，但给我托底应该没问题，实在不放心还可以报第三个分数偏低一点的专业，我选择了社会学。在录取结果出来之前，我都像一个等待命运给我发牌的赌徒，如果能进元培，"PPE"（政治、经济与哲学专业）是我想要的牌，而法学更像是一张从家长、社会评价再到就业，都不容易出错的安全牌。

那时因为什么选了这一张安全牌呢？这张牌真的安全吗？我真的需要这一张安全牌吗？之后几年，这 3 个问题始终在我脑海里挥之不去。也许对于打开这本书的很多已经选择了法学专业的读者来说，他们也曾有过类似的灵魂拷问。

对我来说，选择法学有一定程度上是缘于在我读小学的时候，家里发生的变故，姥爷在生意场上遭人陷害，从事情发生到官司结束，那一年家中的氛围一直阴云密布，爸妈焦头烂额，姥姥和姥爷的身体和心理也都遭到了不小的创伤。我那时候虽然才八九岁，但也记得家里突然多出来好多法律的书，也是因为我爸找到了一位优秀的律师，最终才得以转危为安。之后这么多年，提到那位律师，家里长辈们始终非常感恩和尊敬，逢年过节的时候也常记挂着。

报完志愿之后，有许多人问过我为什么学法学，我始终开玩笑式地说觉得学法挺实用的，至少家里能有一个人不是法盲。尽管真正学习法学之后我会发现，立法、司法和执行往往与复杂的社会现实纠缠在一起，但我仍然觉得自己当时的想法在生活里得到了验证。从与个体和家庭切肤相关的种种民事行为，到在北大这6年里我一直在做的法律援助，再到那些远方的哭声，我并不后悔学法这个选择，它不只是一张安全牌——对于很多人来说，它也根本不是一张安全牌——但至少它能帮我把人间事看得更清楚些。

二、从哲学到法学到法哲学

关于哲学

中学的时候我开始一本又一本地接触哲学入门类的书，诸如

《苏菲的世界》《大问题：简明哲学导论》《中国哲学简史》《谈美》，还有一个学期选了人大附中本部的一门专门研读柏拉图的选修课，跟着老师读完了《苏格拉底的申辩》和《理想国》。我太喜欢跟着思想家去思考那些学校课堂上不会去思考的问题了，也太喜欢哲学家用精妙的逻辑和论证建构出理论的感觉，这使我对这个世界和我所身处的社会有了重新的审视。很多人用唯物主义和进化论来解释世界，但也可以说世界本源是火、是水，是柏拉图所说的"理型世界"、是王阳明的"心外无物，心外无理"。

我不确定是因为在上学的时候所有问题都有它唯一的标准答案，而哲学给了我一个无比开放的世界观，还是因为思辨之美会让焦躁不安的我平静下来，去思考一些比这张书桌、这个校园、这个城市更宏大的东西，总之我逐渐坚定以哲学为我的专业选择的想法。

当然，这样一个显得颇为阳春白雪的决定需要得到父母的同意。我妈对我一直是"放养"状态，她有她的教育智慧，不会过度干涉我的选择，而我爸则相对来说更在意哲学是否能够保障我的未来，他也一直想让我学法学。吵过好几次之后，我们最终达成的沟通共识是，如果我能考上北大、人大、复旦这个层次的大学，那选什么专业我自己随意定（所以严格意义上说，在高考出分之后要不要选法学院，本质上还是我自己的选择）。

高二下学期，我报名了北大哲学系的学科夏令营并成功入选。这个夏令营意味着我需要在北大住上一周的时间，其间需要上哲学系的课、在文史楼进行小班讨论、在结束的时候参加一场考试，如果表现优异，当时不成文的奖励是获得北大哲学系自主招生资格。从结果上说，我并没有拿到这个资格，从竞争的过程上说，我对于自己是否在哲学上有思辨的天赋和足够深的积累忽然有了些许的怀疑。

在整个高三的时间里，我的成绩一直都很稳定，但从全区或者全市的范畴上看，我的排名进入北大分数线的却大概只有一模那一次。高考考完，我并没有很强烈的超常发挥的感觉，考完我也没时间休息，准备了一两天又去参加成功通过了资料初审的人大哲学系的自主招生。

在小半个月的时间里，笔试、面试、材料审核，我顶着6月的大太阳跑了好几次人大（不难看出人大附中的学生学不好去隔壁的说法也只是一句玩笑话）。要知道，我在高中也是经常当众发言、主持甚至 solo 街舞的风云人物，但可以说，我人生前18年最紧张的一次，就是在人大的面试房间门口等候的时间，即将在五六位大学老师和摄像机前，谈我为什么要来学哲学。再多的深呼吸也无法控制那种心脏要从嗓子眼里蹦出来以至于开始反胃的

高三珍贵影像

感觉。面试的时候我记得我聊了一些不太成熟的困惑和思考，后来基本上是踩着线拿到了人大的自招名额，也就是哲学系30分的降分。对于命运未卜的高三生来说，至少能有人大给我保底是一件非常让人心安的事。

关于法学理论

我人生中第二次出现像前文所述的那样极致紧张感的场合，是2020年9月我参加法学理论专业保研面试的那个下午。熟悉的场景，一样的情节，在这个专业的所有老师面前聊法理学。老师问，讲一本你读过印象最深刻的书。和我一起面试的同学说了《理想国》，我忽然有些晃神。是呢，就是在大一下学期的"法理学"课程上，我跟着强世功老师又读了一遍《理想国》，也是从那时候开始，我发现在法学这个学科大类下面，还有与我的兴趣点充分交叉的法学理论专业。[1]

如果有读者并不了解法理学，请允许我插入一段简单的介绍。狭义的法理学可以说就是法哲学，是哲学思维在法学领域的运用，诸如法的本源、法的作用和价值、法律与道德的关系、什么是正义，这些问题看似务虚，但其实是法律领域的基石。德沃金已经解释得非常清楚，"任何法官的意见本身就是法哲学的一个片段，甚至哲学被掩盖，人们只能被引证和一系列事实支配，其情况也是如此，法理学是判决的一般组成部分，亦即任何依法判决的无

---

1 法理学和法学理论这两个名词之间，虽然存在一些细微的差别，但在本文的语境下，其实只是因为课程叫"法理学"而北大所开设的专业叫"法学理论"，为免歧义，特说明。

声开场白"[1]。广义的法理学则包含了法学与其他学科的交叉研究，包括政治学、经济学、社会学、心理学、文学等。

大一下学期也是想要读双学位或是转专业的学生提出申请的时间，原本我很想报哲学系的双学位，但说出来倒也不怕人笑话，大一上学期的高数（谢谢北大的通识教育精神，法学院本科生必修高数）让我的成绩非常不理想，没有办法拿着修双学位硬性要求的绩点去申请。同时，北大首次推出了"政治、法律与社会"本科生联合培养项目，在这所鼓励跨学科研究的大学里，像这样的项目并不少，如果还有读者记得我前文所提到的填志愿，当时的我虽然还并不太了解社会学，但经过和招生组的沟通，我觉得在所有可供选择的专业里，社会学是我最想学的。经过大一这一年，我也多少对社会学是什么有了进一步的认知。所以"政法社"项目对我而言无疑是极具吸引力的，况且它没有绩点要求，只需要提交成绩单和一篇自己写过的论文，参加面试即可。

其实当时的我也没有什么信心，这个项目不要求学生必须是这3个专业的，只要是社科学部比如国际关系学院、新闻与传播学院的学生也同样可以报名，而项目一经发布也吸引了不少的关注，我的绩点显然没有任何竞争力。长话短说，这个项目格外注重经典的阅读，并且培养计划里要求必修法理学。我提交了法理学课程的期末论文，在霍姆斯"Just the Boy Wanted"这篇文章和柏拉图认为人灵魂的品质生而差等的基础上谈了谈选择职业时"想

---

[1] ［美］德沃金：《法律帝国》，李常青译，中国大百科全书出版社1996年版，第83页。

要"与"能够"之间的差距,以及律师这个职业是否应当属于那些拥有天赋的"天生法律人"。

也是在大一下学期的"中国法制史"期中作业中,老师让谈谈对课程的感想(写作本文时我去电脑里名为"大一下"的文件夹找法理那篇论文),刚好看到了这篇作业,里面的一段原话我已经完全不记得自己写过了,但看到的时候有点被吓到。"选择了法学专业大概是某种阴差阳错的结果,到现在为止我也不觉得自己是霍姆斯笔下的那种'天生法律人',坦白说如果要问目前的我更喜欢实务还是理论,我肯定会选择后者。"霍姆斯的这篇文章用"灵魂的欲望是命运的先知"那句名言来结尾,它已经快被人用烂了,但如今看来,在我身上同样应验。

总之话说回来,在面试的时候老师们倒是还挺感兴趣我的法理学论文,也许是秉性的契合,让我还是顺利成为"政法社"项目的第一届学员,并和我同一届的其他十几位来自各个专业的同学在北大这个学生颇为"原子化"的学校里,结成了同为"小白鼠"的深厚的集体友谊。

法学院的课业并不轻松自不必说,而在本学院专业课的基础上再多学两个专业、上项目自己设立的几门小班课,以及大四的时候需要在毕业论文之外多写一篇跨学科的结业论文并答辩,不难想象我在之后的几年过着怎样的日子。但我逐渐意识到,曾经我对哲学的兴趣,其实有一部分是对宗教社会学的兴趣,而社会学和人类学面向不同田野和领域的研究,不只是宗教,还包含了不同社群和民族的方方面面，而这些调查研究的方法、结论，我都能够在社会学的经典著作和一门门的课程里学到。当然，这些研究也能够与法律所需要面对的社会现象相结合，形成法社会学的思考。

法学理论专业，刚好容纳了这些突破学科边界的研究，对于要在几条毕业去向和若干可选择的研究生专业方向之中徘徊的法学生而言，相较于更热门的一些部门法，法学理论始终是偏小众的一个专业，但对我来说选择它却是水到渠成的决定。和高中时一样，我还是那个喜欢这些"无用之用"的书呆子。

2023年作为法学理论专业的硕士研究生毕业的时候，我在论文致谢里这样写：

> 转眼间，已经学了6年的法律了，最近几个月临近毕业，时常会想起自己为什么报志愿的时候要选择法学院。那时候我一心只想学哲学，招生组的学长说，北大本科的通识教育能给你充分选择自己兴趣的机会，我想着既然如此不如学点更实用的东西，懂点法律总归是好的。学长说得很对，我在这些年里还是上了很多自己喜欢的课程，做了很多喜欢的事情。大一下的法理学让我看到了这个专业哲学的那一面，阅读经典、讨论班和课堂教学我都参与得津津有味。后来接触了更多的课程和老师，决定选择保研的时候就想着如果能在法学理论专业就读，这本身就够令人心满意足了。

小结：一些务虚的东西

高中时候的我还对人生没有足够多的体验以至于能够理解存在主义危机和虚无主义，总是一腔热血地希望把自己的人生活出点意义。整个大学时代，我在迷茫和忙碌的尝试里不断想要回答的，仍然是"我是谁""我要到哪里去"的经典问题。

写这篇文章的时候刚好度过了 2025 年元旦，李诞在岁末年初时在社交媒体上写了这样一些话，大意是算法不断向人们抛出一些新的概念，概括生活，理解自我，找到活法，对越来越多人来说变成了一件迫在眉睫的事情。简言之，哲学变成了一件迫在眉睫的事情。思考人生的要求似乎在以每天都突然出现几次的频率通过短视频推送到每个人的大脑里。他特别敏锐地捕捉和总结出当下这个人人都知道几个心理学名词的时代的特征。

哲学这个在许多人眼中务虚又小众的东西，时至今日，需要它的人却好像真的越来越多了。不过在我看来，哲学是大众的，甚至可以说是普世的，每个人都有自己的人生哲学，只不过是在各自的环境里潜移默化地生成的，所以个体未必意识得到原来自己面对生活的这一套观点就属于某种哲学派系。而"迫在眉睫的哲学"是因为在某一刻，原来的那些观点忽然变得空洞，人需要寻找其他解法和答案给自己一个交代。

其实从艾宾浩斯遗忘曲线来说，我根本不可能记住我读过的所有理论，现在看来大概只记得住那些惊艳过我的观点和让我心服口服地被打破固有认知的论述。也有很多时候，我会发现自己其实有着某种朴素的倾向，而在某个议题的论辩里不由自主地选好了边。那读了这么多年哲学和社会科学，它带给了我什么呢？我觉得可以被归结为一种开放、包容且平和的心态，以及忍不住去想"为什么"，在看到某一个事件时，看到人们的争辩时，用我自己的大脑去思考和理解。哲学不帮人寻找信仰，它让人不囿于信仰。

18岁的时候，我在学"中国法制史"的过程中第一次有了这样的感受，法理法史不分家，把当时写的东西原封不动地摘录一部分，放在这里也还挺合适。

用最简单的话来说，就是不要把事情想得太简单，把自己想得太聪明。

举例来说：孔子反对晋国铸刑鼎，看似是保守甚至落后的，但孔子对法律公之于众之后，法律因失去了人文关怀、民众因有明文法而更好争斗、社会贵族秩序紊乱等思考，不可谓不深远。"春秋决狱"的司法方式，按以往的观念来看，也不过是腐儒和酷吏的象征，然而真正阅读了董仲舒几个判例和问答之后，他所提倡的这种方式对情和理的平衡，对社会秩序稳定的深思熟虑，以及个案正义的实现，这甚至让我觉得，与普通法系最优秀和智慧的法官所做的法律解释和判决非常类似。

这样的例子实在数不胜数，毫不夸张地说，几乎每堂中国法制史课程都让我变得更加谦卑,更认识到自己的无知。这门课让我明白,看待一件事时,不要结论先行,评判一个历史制度是好是坏,要将自己放在那个时代观察各种各样的社会现象,从正反两方面思考。即使是"大赦"这样看似仁慈的制度,也会破坏法律的权威和秩序,难论优劣;即使是刑讯、肉刑这样严酷的制度,也应当思考它为什么难以被废除,其背后存在的合理性。

但是意识到自己的无知也就意味着某种意义上的怀疑主义和虚无主义。经过这学期的法理学和中法史的学习,有一段时间我甚至不太敢于动笔在读书笔记中写下自己的评论,我总感觉到自己能够支配、用来搜集资料、增加知识的时间实在太有限了,害怕自己的文字太幼稚。

我并不想走向某种虚无和颓唐,即使是幼稚的观点和文字,也是我当下的思考,大概也是成长过程中具有价值的痕迹。

三、I SURVIVED LAW SCHOOL

读本科的时候,我有的时候会觉得自己像那种需要不断上发条才能运作的玩具,我得紧盯着自己,一旦快要到时间,就分毫不差地把发条拧上。读研期间倒是好了许多,可能是"政法社"已经让我提前适应了这种每周参加小班讨论课、读上百页中文或英文文献、写几千字读书报告的日子，研二时一边写毕业论文一边找工作虽然也有压力，但好在课都上完了，这一整年没有什么其他事情需要做，反倒像一个悠长的假期，让我得空喘息。

在上大学之前，我所需要做的只是把教科书上的知识掌握明白，题目有正确答案，完成它们有比较稳定的时间预期，作业完成之后，其他时间就可以做自己想做的事。当个"做题家"是最简单的事情，但上大学之后，你会发现每一门课都学无止境，而每一堂课的老师都觉得自己的课是最重要的。除了上课，其余的时间要用来写论文、准备 pre（课堂展示）还有各种你选择或需要去做的学生工作和活动，而给每一项课程任务分配多少时间是你自己决定的，尤其是论文没有字数上限时，以至于周末也只是可以用于学业的一个大块时间。每个学期从期中到期末季，几乎是每一周都算着时间争分夺秒。至于假期，也需要规划给实习或备考（法考、考研、保研）种种。再加上有的学生选择修双学位或是出国交换，而我是"政法社"，从而过着紧锣密鼓的生活。

我有过一边工作日在法院实习一边上学的学期；也有过期末周刚结束就去外地社会实践1周，然后去国外参加暑期学校3周，回国后又立刻实习到开学的大二暑假；也有过一手抓律所的留用实习，另一手抓保研考试复习，同时还接任了当时成员就有200多人，包含了咨询、普法、实践参访等各个部门的法律援助协会会长职务，中间还去考了个雅思的大三暑假。很累，像一个无法停转的陀螺。

但这种累是否只是在朋辈压力中被迫卷起来的呢？其实也不

尽然。可能是因为我从小就在这藏龙卧虎的海淀区长大，从三年级接触奥数并不得不参加各种各样奥数竞赛的时候开始，我就接受了自己不可能方方面面都是最优秀的那个。甚至在高中之前，我也一直只是年级里的中等生罢了，在课外学的英语进度没别人超前，特长方面学了这个乐器、那个运动也没有多出色，还始终有一种花了父母这么多各种课外班的钱却学不出什么名堂的负罪感。

在经历了小升初的焦虑、初中在人大附中的实验班里学得倍感吃力以及中考失利的沮丧之后，我来到了一所学生不多但很温暖的高中，并被滋养得日益开朗和自信，让我第一次懂得"塞翁失马，焉知非福"所言非虚。总之18岁的我从一开始就并没有指望在这更加高手如云的大学里表现得多优秀。当然也可能是我大一上成绩太差，以至于我的心态经过了短暂的崩溃之后就变得佛系了起来，反正也做不成优等生了，索性不太在乎任务量和给分好坏，只选我最想上的那些课，做我想做的事情。但从世俗的意义上说，反倒还算个励志故事。

从绩点吊车尾，到一点一点把总成绩提到中等，大三那一学年还拿到了校级奖学金。在班里任团支书，班级和团支部连年获奖，甚至评上了北京市先进班集体。大四在法律援助协会做会长，拿到了北大的品牌社团和中国青年志愿服务大赛金奖。顺利保研，拿到"政法社"的结业证书，并在本科毕业时被评为北京大学优秀毕业生。

如果把上面那些可以写在简历上的成就用没那么世俗的话说一遍，我会用白建军老师的那句，"人人都有过我之处，我与人人都不同"。要用什么尺度来判断一个人是否优秀呢？在我喜欢的领域里，我就是光彩熠熠的。

北大的灵魂是"思想自由，兼容并包"，这座气质有点散漫又有着自己骄傲历史的校园，在很大程度上给了每个学生去尝试的空间，帮我在无数个机会里找到自己。本专业的顶尖教学资源以外，在本科培养方案里，我们还必须选很多外院系的课程，各个学部（人文／社科／理科等）的学生不仅需要选一些学部内其他专业的必修课，通选课还要求必须选择本学部以外的几门大类通识课。

我选过一门生命科学学院的"人类的性、生育与健康"，后来去河南某县城的中学支教的时候，额外给那里的学生上了一堂性教育课。选过一门艺术学院的昆曲鉴赏的课程，觉得特别美，到现在我也还会买昆曲演出的票去看。还选过一门医学部关于中医的课程，了解了不同的体质、食物的属性和功效、经络穴位的理论，破除了一些对中医的刻板印象。

除此之外，在北大的上百家社团里，总能找到与你兴趣相投的一帮人，在每年的"国际文化节"上能借由各国的留学生们看到世界各地的风土人情，以及在百周年纪念讲堂能用低廉的价格观赏到优秀的文艺作品……

上述这些是我觉得我用之前十几年的努力考到这所大学，最值得也最珍贵的地方。当然北大也不是完美的，就像任何事情都

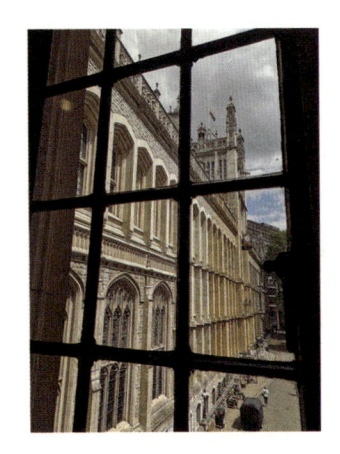

2019 年 7 月摄于 KCL 图书馆

不可能尽善尽美一样，也有过一些时刻，我会对这所学校的一些人和事感到失望。但毕业之后，回头看占据了我既往人生四分之一时光的这座校园，我对它仍然是敬畏和感恩的。我想我有好好利用北大所提供的沃土，它对我来说不仅是一个头衔或者跳板，更让我少了许多在应试教育里长出的功利主义，越来越不畏惧做出遵从本心的选择。

比如大二下学期我申请了国际合作部的暑校项目，可以免学费去英国的 KCL（伦敦国王学院）读一门课程，KCL 法学院开设了国际商法和国际人权法两门课程，我更想学后者，尽管它或许并不能让我在之后的求职中显得更有优势，尽管我还完全没有接触过国际法。去了之后发现我是班里唯一一个中国人，面临着语言和专业知识双重的困难。我第一次写全英文的论文也是那时候，在卷帙浩繁又闷热的大学图书馆里找我需要的文献，感冒着在宿舍里遣词造句。回国之后看到 KCL 的教授给了我一等成绩，我还挺感慨的，用一句有点土的话来说，大概就是热爱可抵万难。

学习大抵都是如此。高三的时候我的班主任告诉大家，要"但问耕耘，不问收获"，在高中毕业之后被邀请做点分享的场合，我也时常把这句话拿出来分享给学弟学妹们。上学的时候要经历无数次的考试、排名，每次的发挥必然有其偶然性，但整体的知识积累和良好的心态是保持稳定的底气。而在大学里选课，即使如北大有着 40% 优秀率的限制，但如果选择的是你所感兴趣的课程，其实无论是学习时的热情还是完成作业时的灵感，都会更加充沛，而成绩也往往会给你意料之外的惊喜，这是我 6 年来的心得。

再聊聊法援吧，那是我提到大学生活时一定绕不开的一部分。在这么多年的法律援助工作里，看似是我在做志愿服务，但也是它带给了我最多的情绪价值。陀思妥耶夫斯基说，要爱具体的人，不要爱抽象的人；要爱生活，不要爱生活的意义。法援就是这样，在那里我遇到了走投无路只能找到北大法学院这间咨询室的人，

2021 年参加北大十佳和品牌社团评选

陷入诈骗团队骗局的北大退休老教授，支教团的学长带着从拉萨远道而来听一场普法课的中学生们……还有线上线下认识的那些正在从事着法律援助事业的人。

虽然法律咨询、普法备课、法院值班，也同样能够提升实务技能，但法援远不止于此，一起在法援共事多年的同学们，我把这帮人戏称为"热血笨蛋"，多少有些务实中又透着理想主义的情怀在。2023年硕士毕业时，我论文研究的题目也是法律援助的供需错配问题，从具体的人到抽象的人和制度，算是给我的大学生活画上了一个在我看来圆满的句号。

四、以图书编辑为业

前面絮絮地讲了很多专业选择和大学生活的事情，也许读者或多或少地能在里面看到自己，在这个部分里，我会回归职业选择这个主题，尽量客观地聊聊法学图书编辑这份工作是怎样的，以及我为何踏上了这条路径。

这一节我打算分为三个部分（怎么有一种写论文的感觉），之前发小红书的时候就有不少人在评论区提问，受此启发，我打算在第一部分里，以问答的形式对编辑职业作一个相对整体性的介绍，如果你也对这个行业感兴趣，希望我回答到了你想了解的问题。不过我也只是个刚入行不到两年的新人编辑，且法学图书有着专业性很强的特点，有的感受和经验未必放之四海皆准。第二部分则用我作为责编第一本从头跟到尾的市场书——从书名来看就知道对我来说意义非凡的《北大法学小课堂》——作为例子，讲讲这本书从一个想法到最后成书并在北大法学院发布，都经历了哪些以及我被它硬控 3 个月的感想。第三部分我将详细谈谈我的职业选择之道。

编辑工作 Q&A

Q1: 图书出版的流程是怎样的?

A：通常而言，图书出版全流程走完至少要 1 年的时间。首先要经过出版社选题会判断这个选题的成本收益和风险，通过后进行三审三校，三审需由 3 位不同的编辑进行审读，其中由总编辑、副总编辑等社领导进行第 3 轮的终审，完成之后就可以发稿，也就是交由排版人员将书稿上的修改誊到排版文件中，正文的版式也会在这时确定（有的图书版式会由美编进行量身定制的设计）。

三审后可由出版社向上级管理部门申请图书出版所必需的书号和 CIP（Cataloguing in Publication，图书在版编目），由美编设计图书的封面内容以及任何责编和作者希望设计的部分，比如腰封、扉页、环衬。版式确定后，进行 3 轮的校对，如果质检通过，就可以将正文付型准备印制。

封面等内容由印厂打样，有时会使用烫金、起鼓之类的工艺，或是使用特种纸，需要拿到实物进行判断，打样经过社领导审批后就可以一并交付印厂。印制流程中责编会先拿到样书，确认无须修改后再大规模装订，完成后由印厂发往出版社库房入库，读者们就可以拿到现货了。

Q2：编辑的工作内容是什么？

A：编辑大致可以分为文稿编辑、策划编辑、责任编辑、营销编辑以及美术编辑，分工各有不同。文稿编辑的工作内容比较单一，主要就是对稿子进行一审，但也是最细致的工作，逐字阅读有无语法和内容上的错误、核对注释格式及来源等。对于法学图书而言，文稿编辑同样需要拥有法学的学历背景。

策划编辑则更像一位项目经理，从关注市场、发现选题、与作者沟通及签合同到一本书的内容和形式（平装还是精装、开本、用纸、版式设计、封面封底书脊腰封上的信息和宣传语）等，通过自身的经验和创意，力图让这本书有更清晰的市场定位、更高的可读性和对读者更强的吸引力。

责任编辑需要参与以上提到的全流程，进行业务上的实操以及在此过程中对书稿内容进行反复地审读，比如处理三审中的修改意见、将出版社提出的问题向作者反馈、处理校对提出的问题等，同时承担成书出问题时的相应责任，有时策划编辑与责任编辑会由同一人担任。

营销编辑主要负责图书出版后的发行和宣传，与图书馆、书店、电商等线上线下的销售渠道对接，组织签售会、发布会、参加书展等活动，对于某一本书的活动而言，策划编辑也通常会参与其中。美编的工作内容前文已经有所介绍，就不再赘述。

法学图书也可以根据内容的不同来划分出多元的工作内容，比如有法规类、考试类、教材类、学术类、实务类等各种不同类型，其侧重点和对编辑的要求也有差异。因为我自己目前所在的部门主要出版实务和学术图书，岗位是助理编辑（策划编辑的预备役），我也通过了出版专业中级资格的考试，已经可以独立担任责任编辑，所以我会主要基于我所熟悉的工作内容，回答下列问题。

Q3: 编辑的工作压力大吗，是否需要坐班？

A: 每个责任编辑手头上都会有若干本书的项目各自推进，从这个意义上说因为线程多、项目多，工作量始终是饱和的，出书这件事在很多时候并不需要火急火燎的（基于出版流程的规律，其实也急不来），所以很多时候可以在下班时间准时弹射离开工位。有的时候可能因为作者的需要（这个需要可能是突然出现的）或者紧跟市场热点的需要，某一本书需要大量压缩编辑加工流程的时间，导致在某一段时间里压力比较大。

至于工作时长，具体是否要打卡和坐班要看不同出版社自己的规定。因为编辑也可以把稿子带回家看，除了一些审批类工作需要到社里做，工作时间相对比较弹性，所以一些出版社在这方面很宽松。策划编辑常常需要参加一些学术会议、大型活动或是与作者面谈，出差也较多，更无必要严格执行打卡。

Q4: 编辑的薪资待遇如何？

A: 出版社因为在宣传口上，以前都是事业单位，现在基本都改制为国有企业，劳动者有着比较稳定的收入、社保和工会福利，一些出版社也有自己的食堂、公租房等。但作为企业也意味着更充分的市场竞争，不同的出版社情况亦不同。有的发展得很好，畅销书与出版社声誉相辅相成，吸引来优秀作者和选题，形成良性循环，有的出版社则情况不尽如人意。

对编辑来说，首先进入一家好的出版社，能够有足以维持生计的起薪，其次对责任编辑和策划编辑而言，自己做的书为出版社创造的利润，也会以奖金的形式部分回馈给编辑，有时，只一本畅销书能拿到的奖金就非常可观。当然，编辑不是一个"赚大钱"的工作，做出头部畅销书的编辑凤毛麟角，而很多编辑仍然需要依靠一些作者自费出版的书稿来生存。同时，纸质书也不可避免地面临着数字时代的挑战，以及在当前大环境下，人们在图书上的消费动力降低。

总的来说，做编辑多少需要些情怀。

Q5: 做编辑需要哪些方面的能力？

A: 除了做好任何一份工作都需要的诸如统筹规划能力、责任感和情商，做编辑最重要的特质，我觉得是对于文字要有一定的敏感度，让书稿质量合格是编辑基本的职责。一方面，要有充分的语文素养，看得出错别字、词句中的语法和搭配问题。另一方面，要足够细心，出版有很多非常具体的规范要求，且内容表述与章节体例都需要保持全书的统一，如果阅读的时候囫囵吞枣则容易遗漏问题。法学图书也需要编辑的法学专业能力是过关的，当然如果专业能力足够强，也更有益于吸引来优质的作者。

如果做策划编辑，还需要有主动学习、关注市场热点的意识，从而不断找到新的选题和策划有吸引力的营销活动，换言之，有创造的灵感和动力。此外，在当下这个时代，人们买纸质书可能是基于其用途，也可能是基于其收藏的价值，所以图书的外观包括封面和装帧等也颇为重要，需要策划编辑有一定的审美素养。

Q6: 编辑的职业成长空间如何？

A: 随着做过的书、遇到过的情况越多，编辑的经验、阅历和积累的作者与营销资源也就越丰富，所以资深编辑相较于新编辑一定是更有优势的。某种意义上可以说，编辑是一份单打独斗的工作，大家各自做自己的项目、拓宽自身的人脉，所以职业成长空间很大程度上是由你自己决定的，而打出名气乃至做出自己品牌的编辑，也会成为各家出版社求之不得的人才。

Q7: 编辑工作能带给你什么？

A: 首先是阅读量，每一本书稿的第一个读者都是编辑，通过反复审读，知识量会有日积月累的提升。其次是技能，出版有它的行业壁垒，不仅有职业资格的门槛、在行业内部使用着各种专有名词，技术层面的细节也很多，做过这份工作相当于多学了一门全新的专业。最后是人脉，即使你还只是一个新编辑，在出版社平台的帮助下，也能接触到各种领域的"大佬"作者，而这些作者通常也是很尊重编辑的。能出书的人多少还是有其真才实学（即使是自费出版，如果稿件质量不佳，因为出版社需要遵循社会效益重于经济效益的原则，也会选择退改或退稿），他们既然有出书的"闲情逸致",也说明其不太需要为五斗米折腰。通过一些优秀的作者,能够有效地开拓眼界、增长见识。

Q8:做编辑需要注意什么?

A:一方面,做出版要始终有政治意识,尤其是在法律这个领域,更要注意书稿的内容是否有着正确的导向,具体可以参见《出版管理条例》。另一方面,需要保持克制,清楚自己只是文稿的加工者,不是创作者。"可改可不改的不改",每个作者都有自己写作的文风,只要没有错误,编辑不应当用自己习惯的表达方式去改动作者的风格。改必有据,不可无知妄改、滥施刀斧,具体可以参见《出版专业实务·中级》这一教材。

Q9:对编辑工作感兴趣,可以做哪些准备?

A:多读书自然不必多言,但从策划编辑的角度,不仅要读书中的内容,还要多逛逛书店,看看现在市面上热销的书都是哪些类型,图书封面和宣传文案是怎样的。目前的图书销售也有很大一部分已经转向了线上电商,以直播的方式卖书、在小红书上推荐书等,不妨在闲暇时间搜搜相关内容。从法学图书编辑的角度,对立法和司法机关的动向多加关注,积极了解学界关注的议题和实务界热门的业务领域,也十分有益。

编辑手札——我的"小课堂"

2024年8月听闻北大法学院要做的那本关于教学的书终于要来稿了,书名定了《北大法学小课堂》(以下简称小课堂)。只拿到目录的时候，我就很惊喜，简单来说这本书集合了近几年来各个学科老师们的教学成果，涵盖了法学课堂的方方面面，连期末试卷和解析都拿了出来（要知道，我上学的时候很多课的期末考试答案也根本不会公开），市场上更是尚无同类图书。其中很多老师教过我（包括我的导师）、不少课程是我的必修课、好几篇试卷甚至是我上学的时候做过的，而这本书面向的也主要是学生群体，旨在用一种清新、亲切的方式让广大法学院校的学生们都能获得这份珍贵的教育资源。

不难看出，我很是适合做这本书的责编，我们部门能拿到这样一个有趣又有潜力的重要选题还愿意给我这个新人来做，我也觉得荣幸又开心。但坏消息是北大法学院希望能够在2024年内出版，而9月来稿的时候还差几篇稿子没收全，我算算还有3个多月的时间，感觉自己悬着的心终于死了。

这本书最终顺利在12月出版时的字数是36万字，体量并不小，要把上述全部流程压缩在这几个月的时间里，意味着不仅需要我们部门自己看一审，没有时间在文编那里排队等待审读，而且这些环节里涉及的出版社所有人包括三审的编辑、排版、美编、负责书号和CIP申请的总编室、校对、印制，全都要被我"夺命连环催"若干次。从9月到12月，我感觉自己每一天都有小课堂新发生的状况和各种各样的事情需要处理，每天穿梭在出版社里忙得脚不沾地，睁眼小课堂闭眼还是小课堂。

急稿的时间太紧张了，所以也越容易出现问题，比如申请下来了书号发现没有把这部连续出版物"第一辑"的字样写进去，比如封面封底这些总出现各种小问题，同事和北大的老师、同学在看样图的时候才帮我发现。更可怕的是，因为全书涉及20多位作者，存疑的地方需要他们确认，缺少的信息需要他们补充，根据编校规范作出的处理需要他们过目，单是把我作为责编的初审意见、三审编辑们的意见和校对的意见一轮轮地反馈给作者，再等来各位大忙人的回复，就足够让人心力交瘁了。

有时还会有一些不受编辑控制的意外发生，比如稿子在一审之后至少大调过3次里面文章的顺序，负责排版的大哥已经快碎了；比如有的老师在11月的时候，稿子已经开始校对了，忽然说要加一篇文章；比如有的老师此前已经确认过，等排版公司把最终用于印制的书稿都发给印厂了，又说有地方要调整；比如我连着几周每天催版式和封面的设计方案，但美编一直"明日复明日"，提了很简单的一个修改意见或者要个图，又神龙不见尾几天影响后续的进度，等等。

啊，怎么说呢……我觉得我做完这本书，脾性都被修炼得上升了一个层次，实在碰上了太多让人焦头烂额的事情，到后来我精神状态很美丽地稳定着。好在我也不是一个人在忙活，部门里的几位同事和北大那边的学生编辑经常一起头脑风暴琢磨栏目名称、宣传方案，也在处理稿件的时候帮了很多忙，刘哲玮和茅少伟两位老师也一直深度参与、及时回应，前期找老师们组稿，中期特别靠谱地完成每一件他们需要做的事情，甚至在我们催不动的时候亲自出面催，后期策划和开展各种各样的宣传活动。

那几个月的周末和下班时间不时就被我用在了工作上，除了看稿和跑流程，还从策划的角度给文章和讲义划分出层次以提高可读性；因为涉及案例分析、答疑、试卷解析等各种形式的内容，所以让美编分别设计了不同的版式；为了后续的营销，把书里所有的试题和答案都摘出来分别整合……

忙前忙后、心力交瘁这么久，好像只换来图书版权页的一个责任编辑署名，值得吗？这就要提到编辑职业的特质和你能否接受它的问题了。很多人说，编辑是一份"为他人作嫁衣"的工作，但我却觉得自己更像在做雕刻，书稿是璞玉，而我执笔将其谨慎打磨，扬长而避短，形成一件更加精美、更加灵动的作品。

在做小课堂这本书的过程中，我感觉自己始终"痛并快乐着"，虽然有各种状况发生，虽然很忙，但老师们写得是真的好啊！做这样一本对读者有价值，也能让我自己学到新知识（比如我大学的时候很感兴趣但实在分不出来时间，没打过模拟法庭，但读完仇小雅老师的文章，现在对模拟法庭训练的要点都了解了不少，也算是了却一桩遗憾），看到老师们对法学教育改革的想法和建议，会让我由衷地生成为这本书尽心的内在动力。线上线下看到老师们和读者们对我工作的肯定，也会让我很有成就感。

当然，也有一些很好玩的瞬间。从拿到稿子的那一刻开始，我就和朋友开玩笑说这简直毕业但没完全毕业，具体处理工作的时候还要跟一些熟悉的行政老师和之前只闻其名的法学教授对接，

《北大法学小课堂》新书发布会合影

忽然这些老师们就成了我的合作对象，也让我适应了好一阵。而在书出版之后，带着作品回到再熟悉不过的凯原楼，参加新书发布会、和老师们聚餐、看同学们在法学院图书馆把几十本小课堂一抢而空，有种"衣锦还乡"的复杂感觉。我觉得自己能来到现在这个工作岗位特别幸运的点也是如此，没有多少人在工作之后仍然可以"上班如上学"，无论如何，每天与书稿打交道是很纯粹的一件事，我自得其乐。

如前所述，《北大法学小课堂》是连续出版物，之后希望以每年一本的频率继续出版，在写下这篇文章的此刻，下一辑的文章也在陆陆续续地整合之中。第二本吸取点经验教训，也许不会这样兵荒马乱了，但也许还会发生更多意料之外的事情，我不知道，但我始终保持期待。

关于我的职业选择

我对读书这件事产生好感，有一部分原因是我上了一所寄宿制的小学，二零零几年的时候电子产品还没那么智能，午休时间和漫长的晚自习里，我没有太多其他的娱乐机会，所以总是在教室里读书。6年的时间，我的桌斗和宿舍里总放着各种各样的书，儿童文学、武侠小说、网文、名著，但凡是我感兴趣的我都会看。在寄宿制小学里，从周一到周五，我固然在校园里"插翅难逃"，但阅读确实可以说给我插上了翅膀。

后来上了初中，当时我家附近有可以借书的书店，我还记得自己在暑假里骑着自行车去借金庸的小说，回来之后废寝忘食地花几天的时间就读完了某个系列的几册，就又去还书借书。上了高中之后倒是成熟了不少，连《百年孤独》也能读得下去了，只不过在高考的压力下，很多书都是怀着譬如为作文积累素材这样功利的目的才去看的。

家庭可能也有一部分原因，父母虽然是理科专业出身，但从我记事起，他们就都从事着文化行业，妈妈一直以来都喜欢在空闲时间里看书，小时候爷爷奶奶带了我一段时间，爷爷是高中语文老师，从小就教我识字、背诗、写书法，而姥姥姥爷是大学时结识，家里多少有些知识分子氛围。

但决定投身到出版行业，其实也并不是什么我早就想好的职业规划。对法学生来说，律师（还得在诉讼和非诉业务及具体业务类型之间选择）、法检机关、公务员、法务这些既定轨道里能够预想到的工作就已经足够让人眼花缭乱了，也足以去追求正义、权利这些价值。我在本科期间，也去过法院和律所实习，听过许多同学、学长学姐的分享，只能说对我个人而言，我不是很想从事一份压力太大的工作。

这里的压力指的不仅是工作强度，也指的是那种会时刻面对着冲突、利益甚至是人性里更丑恶的东西的工作状态，律师需要面临当事人方面的压力，而接怎样的案子、站在什么立场有的时候是身不由己的，而司法机关虽掌握着权力，可每一个个案背后都是活生生的人及其家庭的整个生活，逃不开精神上的压力。

所以客观来说，我希望每个选择法学专业的人都是经过深思熟虑之后做出的决定，如果只是追求财富或是社会地位，法学不一定是最适合的答案。以前觉得"劝人学医，天打雷劈；劝人学法，千刀万剐"只是在说这两个专业学起来很难很累，但现在我逐渐意识到其实这两个专业在本质上是非常相似的，都需要承担格外多的责任和压力，而从医或从事法律职业也需要格外强大的热爱和信念感，像医患关系一样容易产生矛盾并发生过恶性事件的，同样还有法官和律师，请允许我的懦弱。

那公务员呢？我觉得要不要去做公务员其实是一种主观性特别强的选择，它既可能和你的成长背景有关，比如我爸是个山东人，众所周知山东人对进体制有执念。也可能和你个人所需要的东西有关，比如意义感、尊荣感、稳定或者是户口之类的福利。对清北学生而言，选调这条竞争相对更小、前景看上去更可期待的路径，也颇具优势，我身边有不少同学选择了选调回家乡，或是在京选、央选里成功上岸。我的家就在北京，不太需要去考虑公务员能带给我什么面包，但我还是在研二的时候参加了一次国考，心态类似于"来都来了"，好歹别浪费从北大应届毕业给我提供的机会。时至今日，我仍然不确定自己是否适合或足够想去做公务员。

那做学术呢？既然喜欢读书也喜欢自己的专业，为什么不继续读博士、走学术道路呢？因为在学术领域，天赋和热情同样缺一不可。韦伯在《以学术为志业》的演讲稿里给学生们泼冷水，他说"没有这种被所有圈外人嗤之以鼻的奇特的'陶醉感'，没有这份热情，没有这种'你来之前数千年悠悠岁月已逝，你来之后数千年岁月在静默中等待'的壮志"，那么人就应该去做别的事。韦伯同样指出，尽管这份热情无论多么真诚和深邃，学术成果仍然是逼不出来的，但热情一定是"灵感"的关键前提。

我没那么适合学术，个中缘由不必我多说，做过学术研究的人或许都能感受到自己是否适合学术。我在北大见过许多博学聪敏的学者，也见过一些平平无奇的老师。读研就像是走到人类知识边界里属于这个领域的最外沿地带，它也是我的"学术体验卡"。我很高兴能花两年的时间专注于此，但我也意识到自己不想要再用4年乃至更久的时间继续在墙内逡巡，我不希望成为无法推动知识边界有效拓宽的，平庸的学者。

当然我做出选择，还有一些没那么理性的原因。作为前海淀鸡娃，上中学的时候只顾着看自己离北大人大高考分数线的距离，总觉得自己和这些学校离得特别远，但其实也不过就是两站地铁以内的距离。等上大学之后，经常会有一些让我觉得很荒诞、很搞笑的瞬间。比如我在中关村大街骑个 10 分钟车，也就从我再熟悉不过的海淀黄庄到宿舍了。比如我从北大西南门出去，在苏州街走个几百米就到我高考的考点八一中学了。高考结束的我穿着校服捧着花站在八一的校门口和上面红色的条幅合影，后来在很多次路过的时候，我都会想到那张照片。比如小学的时候我学校就在万柳，小学同学会约在世纪金源一起玩，读了研之后我的宿舍在北大万柳公寓，窗户外面就是金源，楼下就是中关村三小。

也许有读者会觉得我是不是在"凡尔赛"，不是的，这些时刻是最让我怀疑人生意义的。我觉得自己的人生轨迹像一条衔尾蛇，这种感觉在读研的时候最强烈，像活在《楚门的世界》一样，兜兜转转在这方寸之地走了 18 年也走不出去。秋招春招的时候，我总是感觉自己梦回小升初——人生中又一次地，需要拿着简历四处投递、面试，接受对方对你的经历、成绩和家庭一一审视。有的时候在万柳找个附近的咖啡馆自习，也能旁听到不少海淀家长在聊那些我很熟悉的话题。所以我无法忍受继续再在海淀读 4 年书或者找一份在海淀的工作，一想到如果我有孩子了也许又要花十几年重新走一遍我已经"通关"的这场游戏，就有一种说不上来的窒息感。

在排除了我不想去做的事情之后，找到自己想做的事却显得更困难些，摆在我面前的选择似乎只有进企业这一条，投法务或者管培生之类的岗位，但在2022年这个秋招节点，无论你是什么背景，找工作都非常困难，更何况还要和许多上一届本该毕业而没有找到工作的那些学生一起竞争。我记得那年《人物》发了一篇名为"漫长的求职"的文章，讲这个秋招季求职者和缩水的岗位之间夸张的比例、令人疲惫的线上应聘流程、"群魔乱舞"的无领导小组面试，让我直呼过于真实。我和我的很多同学们一样，凭借学历通常可以顺利通过简历初筛，但在笔试和从线上到线下一轮又一轮的面试里，不断重复这个过程但又从激烈的竞争中得不到什么结果，像个跑轮里的仓鼠。

也是在这个时候，我看到了法律出版社的招聘消息，我第一次意识到原来还有法学图书编辑这个工作可以做，感觉很新奇又莫名吸引我。虽然对出版我知之甚少，但毕竟我喜欢看书，从小到大语文也不错，甚至多少有点文艺，于是抱着试试看的态度投递了简历。第一次来出版社的时候，看到出版社大楼外墙挂着巨大的"为人民传播法律"7个字和楼里法律文化氛围非常浓郁的装潢和陈设，我就有点心动了。

我想起自己在法律援助协会的时候，好像总是在发生问题之后做亡羊补牢的事情，有的案件我们也无能为力。但就像"上医治未病"，做了这么久普法，就是希望能让越来越多的人了解和他们的社会角色息息相关的那些法律知识，而也许法律意识强的人多一些，就能少一些需要求助于法律咨询的人。出版法律书籍，或许有着更强的影响力，我这样想。

在出版社实习了一段时间之后，我对编辑工作有了进一步的了解。图书出版的工作虽然有些烦琐，但很纯粹。一方面，和文字打交道是我的舒适区，看稿子对我来说没那么枯燥，反而有种从字里行间"捉虫"的感觉。在之前的学生工作和社交里，我发现自己是个很喜欢也擅长组织各种活动的人，换句话说就是爱操心但还挺靠谱，所以虽然出版本身的流程复杂，但我想我能胜任。另一方面，从做策划的角度看，这份工作很适合我这样的 E 人，因为需要不断去认识和维系新的作者。如何捕捉市场热点寻找选题，如何给书作宣传推广，如何把书内文和封面设计得更有意思，这些创意性的工作也让我觉得非常有趣。

更重要的是，这不是一份像其他法律行业那样高压的工作，这同样说的不仅是工作强度——当面临一本重要且紧急的稿件的时候，相信我，工作强度不比做律师轻松。但书籍所代表的，是那些更闪光的东西，是"人是一棵会思考的芦苇"，这让我觉得更加安心。

五、尾声

其实我是一个不太喜欢在公共平台上输出观点的人，顶多用转发之类的方式表达一下态度，只要输出就必然会有争论，我觉得很没必要。我也不喜欢在社交媒体上向他人展示自己脆弱的时刻，因为我觉得大家都过得挺不容易的了，事情还得我自己解决，没必要公开地宣泄一些负面能量，所以我通常都在分享一些有趣的、轻松的、快乐的事情。但这篇文章还是输出了很多观点，写着写着也感觉有些沉重，可能是因为这本身就是一个非常严肃的话题，我也敬畏着写作和出书这件事。而生活有很多面，请允许我找补一下。

在什刹海波光粼粼的湖上划船，在胡同里和朋友拿树叶玩着"拔根"，在精酿酒吧里兼职打酒洗杯子，在北京的街头穿着可能会让人犯潮人恐惧症的衣服，在剧院里看话剧、音乐剧、戏曲，在草坪上陪我的小狗追逐玩耍，这些也都是在这片旷野上，你会遇到的我。

我没有什么自己的流量，所以我不想让这篇文章过度聚焦于自己的经历，我生怕真的写成一篇自吹自擂的"自传"，我希望能够借由我的一些经历分享一些真诚的感受和思考，希望对读到这里的你能有所帮助。但我也非常清楚，作为学生而言，我的经历固然有共性，但可能对大多数人来说，没有很强的代入感。事实上在求学这场打怪通关的游戏里，没有什么退出重开的机会，所以我们才如此小心翼翼地焦虑着，试图从别人的经历里找到正确答案。

我扪心自问如果在某一个节点上发生了改变，我的人生轨迹会不会发生偏移,我不敢斩钉截铁地说不会。比如如果不是2020年疫情暴发,我或许就会选择申请去一所国外的大学读研。如果本科专业课的平均分再低一点,我也就拿不到学硕保研的资格,可能就会选择直接去工作。同样地,我不敢说我做出的选择都是对的,我也不可避免地会在思考"假如……"的时候感到内耗。

但一切的偶然和过往的选择塑造了今日之我,只不过今日之我比过去迷茫的我自洽了许多,这篇文章林林总总地写了这么多,归根究底也只是在谈走向自洽的漫长过程罢了。也祝你在找到本心的同时包容一切的不确定性,内耗的时候可以想想如果重来一次,你会不会做出一样的选择。有的人会说人生没有标准答案,我倒是觉得人生有没有标准答案根本不重要——

"不是风动,不是幡动,仁者心动。"

（完）

从保安到律师:
我的法考晋级之路

刘 政

内心丰盈者,
独行亦如众。

刘 政

Liu Zheng

河北衡水人，1992年出生，从小家境贫寒，受"知识改变命运"观念的熏陶，努力学习，成为家族中第一个大学生。学习成绩一般，高考只有400多分，听取同村大学生"能上本科就不要上专科"的建议，进入一所民办二本院校学习。高昂的学费使原本不富裕的家庭更加雪上加霜，父母则表示"砸锅卖铁都要供我读书"。为了减轻家庭负担，每逢寒暑假和课余时间，都是在勤工俭学中度过。曾做过建筑工人、饭店服务员、理发店洗头工、电子厂工人、物流员等十余种工种。2015年初，正读大四的我毅然北上，来到北大从事保安工作，之后转岗到法学院物业。在此期间半工半读，六战法考，最终通过全国统一法律职业资格考试。2025年初，正式入职北京市炜衡律师事务所，成为一名律师。因为经历传奇励志，有幸被《人民日报》等各大媒体关注报道，为大众关注。

从保安到律师：我的法考晋级之路

刘 政

一路走来，得到了很多北大师生、朋友的帮助，我也愿意通过讲述自己的故事，将这份善意传递下去。希望在无边的旷野与黑夜，伴您前行！

从农村小伙到大学本科

我出生在饶阳县的一个村子，父母早年都以务农为生，还种过大棚蔬菜，但某年的一场大雪压塌大棚后，就没有再坚持种下去。之后便开始种植露地葡萄，虽是连年丰收，却难以变现，最后便走向了打工的道路。我妈在北京做保姆，我在北大做保安，我爸在老家做保洁（开洒水车），我常戏称我们一家就是"吉祥三宝"。在父母都有微信账号后，我组建一个家庭群，名字叫"携手奔小康"，希望全家共同努力摆脱贫困，过上小康生活。

我爷爷是退休工人，曾跟我们生活在一个院子。我的堂兄们都不爱学习，有的甚至小学都没上完就辍学了，爷爷很失望，便把希望寄托在我身上，一直跟我讲："要好好学习，长大考清华北大，咱们刘家坟上就指着你冒青烟了！"这句话在2022年我通过法考被报道后，也大概算是实现了。大姑祭拜祖坟时，也向爷爷汇报了我的情况，真有一种"家祭无忘告乃翁"的意味。

河北是教育大省，我老家衡水更是对教育有种痴迷的狂热，因此也诞生了"衡中"这所全国闻名的中学。能去到那里上学的都是尖子生，像我这样的成绩只能在当地一般高中就读。但即便是在一般高中，学习与作息基本上也是按照"衡中模式"来。因此，高中生活也是很辛苦的。就在这种高压的环境中，我暗恋上我们同一届文科班的一个名叫"一贤"的姑娘。这段奇妙而无果的青春躁动，使我更加无心专注学习，最终高考成绩不理想。上大学后，我学习空竹，创建了"一弦空竹社"，也是对这段青春的美好追忆。

家里人没有上过大学的，填报志愿就没什么参考，更何况自己的成绩也很差劲，可选择的空间更小。这时候，我爸的一个干闺女，正在读大学本科，她告诉我们"一定能上本科就不要上专科"。就是这句话，让我们下定决心填报本科院校，最终选择了汽车这个农村人都认为适合男孩子的专业。自此，我就开启了自己的大学生活。

我们大学是军事化管理，这对于我这个农村出来的小伙没啥挑战。难的就是每个学期开学，都要去借学费，借学费的过程像年关一样难熬，因而我挺害怕开学的。还好的是申请到了两年的助学贷款，算是缓解了一点压力。另外，大学四年，每年都能拿到助学金，一共12000元。这缓解了我的贫困状况，为此，我对国家和学校极其感激，想不到如何回报，便进行无偿献血，这一坚持就是15年。

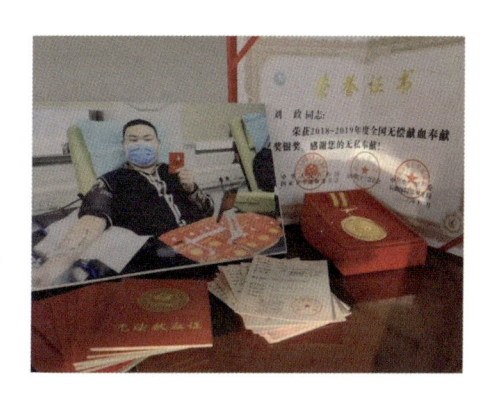

大四下半年，尽管我确定了要考研，可是考哪个学校，考什么专业都不清楚，因而也没有好好作准备。后来我知道其他学校的学生在大三就开始准备了，山东一些学子甚至刚入学就在准备考研。当时没有长远规划的我，反而随波逐流——因学校要求盖"三方协议"的章，就不得不出来找工作了，考研的计划暂且延期。只是，我那时候也不知道自己要往何处去。忽然，一种朴素的关于清华北大的声音在脑海中回响，加上毛主席当年在北大做图书管理员经历的示范效应，此时没有眉目的我就想，能否效仿伟人，到北大寻找一些机遇。正好从网上搜索得知，北大保安队在招聘保安，就怀着忐忑的心情主动联系。过完年，我便带着自己的"无犯罪记录证明"踏上北漂的火车。

刚来北京，我体会到了那种漂泊不定感。囊中羞涩，到保安队报到完，也不知道当天晚上住在哪里，心想会不会夜宿街头，还好保安队很快安排了我的住宿，现在想起我心中还是充满着感激。昌平基地的培训和大学军训些许类似。2015年3月6日，我正式开启了自己北大半工半读的求学之路。这也是为什么北大选择在2025年3月6日这一天推送有关我经历的视频与公众号推文，因为在这天我完成了自己"北大10年"的完美闭环。

初次法考，铩羽而归

提起我的故事，"六战法考"是一个绕不开的话题。这一路的辛酸、迷茫、焦虑、挫败、艰辛只有自己清楚。说起法考，当时考试的名字还叫"司考"，从2018年开始才改革成为"法律职业资格考试"，也就是大家所称的"法考"。而我，愣是从"司考"时代，一直考到了"法考"时代。最初，我对这个考试没有一点概念，我的目标就是报考北京大学法学院的非法学法律硕士。

作为一名工科生，为什么要转战法学专业呢？可以说，完全是一个巧合。在大学期间，与研友一起备考研究生的过程中，我认识了一位机电工程系的同学，他就是要备考其他学校非法学的法律硕士。从他口中，我了解到法律硕士专业，并且也了解到不用考高数，很符合我的预期。另外，提到这位同学，我还要在此郑重表示感谢，是他指导我顺利通过了英语四级考试，并启迪我最终走向了法律的职业道路。

从小我英语成绩就不好，特别不喜欢英语这门课，心想：好端端的中国人，为什么要学这"鸟语"？就因为这种抵触的心理，这些年被英语折磨得苦不堪言。就在我备战考研的过程中，与这位机电系的同学坐一起，他英语成绩不错，通过了六级考试。当时，在我们学校，通过四级的同学都屈指可数，更别说通过六级的英语学霸了，那简直是凤毛麟角的存在。他手把手教我做题方法和技巧，使我在较短的时间内，掌握了一些做题诀窍和通关技能。也正是在大学最后的一次四级考试中，我以430分，超线仅5分的成绩，通过了大学英语四级考试。记得当时，我是在北大畅春新园保安队半地下的宿舍里通过手机查询到成绩。看到成绩的那一刻，我激动了好久。一方面，我高兴自己的付出有了回报；另一方面，我打心底里感谢我的"师父"。

这段经历，看似与"法考"无关，却是我接触法律这个专业最初的模样。我们总在讲"不忘初心"，这段经历就是我走上法律专业的初心，也是法考长征的第一步。

法律属于"上层建筑"。对于我们农村人来讲，这个专业显得有点高大上，既陌生，又抽象，不如学习修车这些技术工种来得实在。于我而言，身边既没有能出谋划策的长辈，也没有不错的成绩做后盾，自己也是一头雾水，当时的状态，就像我看过的一本书——《谁的青春不迷茫》。好在，我有了一个短期目标，那就是报考北京大学法学院的非法学法律硕士。和很多来北大做保安的兄弟一样,没有那么丰厚的经济基础来支持我们追逐自己的梦想,大学毕业后的第一步,就是要先养活自己,再谋求发展。

抱着边工作边学习的想法,我进入了北大保安队,因为自己年轻,且很勤快,保安这份工作我很快就能轻松应对了。熟悉了工作之后,我就能在工作之余自学相关的课程,也找机会去教学楼里蹭一下北大法学院的课。记得有一次我去理科教学楼蹭课,恰好是北大法学院王世洲教授在上课。王老师讲授的是"刑法学",而下面坐的并不是北大全日制的学生,而是已经参加工作的在职研究生,他们都是利用周六日的时间回到高校深造充电。正是这次奇妙的邂逅,为我之后报名法考和去中国人民大学攻读在职研究生埋下了伏笔。

王老师将近1.9米的大个子,说话带回音,即使不用扩音器,也能把知识清晰地传达到教室的每个角落。我去蹭课通常都坐到后排,但就是最后一排,也听得非常清楚。记得王老师当时讲解的是刑法中非常重要的"罪刑法定原则",这个原则就是指要依照法律规定来定罪处罚,用更为通俗的话来讲就是:法无明文规定不为罪,法无明文规定不处罚。当时王老师向大家提问,设定这个原则的目的是什么?那些已经参加工作的法律从业者们,对这个原则并不陌生,很快几位同学发表了自己的看法。王老师在听取大家的发言后,频频点头,概括总结各位发言人的观点,然后表达了自己关于这项原则的看法。他说,之所以规定罪刑法定原则,就是要"避免国家耍赖!"

一句话直击我的天灵盖。什么叫醍醐灌顶？什么叫如沐春风？什么叫一句话点醒梦中人？听到王老师的观点，真的有一种豁然开朗的感觉，原来，对这项原则还可以有这样的解读。通过这一个知识点的解读，我就为北大法学院老师的魅力所深深折服，对北大法学院更是有着深切的向往，也更加坚定了我选择法律专业的决心。

同时，也正是在这个课堂之上，我认识了一位周同学，是一名警官。从他口中我才得知：如果要从事法官、检察官、律师这类法律工作，就必须要通过司法考试，而这个考试号称"天下第一考"，通过率很低，即使是科班毕业的同学，考不过的也大有人在。了解到这些，我才开始搜索司法考试的相关信息，正式成了一名"司考人"。

从理工科跨到法律专业，再到后来六战法考，最终圆梦的经历中，我有一点切实的感受，那就是我们生活在一个巨大的"信息差"世界里。就像这本书的编辑最初跟我沟通时，也正是"信息差"这个词深深吸引了我。

经常从网络上看到，可以利用信息差来赚钱。其实，岂止是赚钱？生活中的各个方面都离不开信息差。就从北大的生源便可见一斑。在北大将近十年，与很多的北大师生有过接触，从中我了解到，大家并非都是通过"苦读"的方式进入北大学习的。并且，也偶尔能从微信朋友圈中看到一些"××计划"的招生介绍。可见，北大的招生渠道是多元的。我并不认为通过"××计划"或特长生的身份进入北大学习是走捷径，相反，可能要求更高，条件更苛刻。我想说的是，你能不能达到"××计划"的招生条件是一方面，你知不知道有"××计划"的招生条件是另一方面。而这第二个方面就是信息差，通常考查的不是学生，而是考查父母及整个家族的眼界、视野、格局、背景等能不能把学生推到学校特殊要求的那个水平。

如果我没有遇到那位研友，就不可能选择法律专业；如果我没有走进那间教室，就不可能选择北大法学院；如果我没有遇到那位警官，就不可能选择法考之路。每个人的一生都会遇见很多人，都会与很多人同行，关键是能从同行者身上学到些什么，也不枉这短暂的同行之缘。感谢出现在我生命中的引路人，是他们为我指明了前行的方向，为我描绘了诗和远方。

死磕法考，屡败屡战

在确定了"法考"的方向之后，我便开启了自己的取经之路。不同的是，西天取经是师徒四人结伴而行，而我的"法考"之路却是"千里走单骑"，开始了一个人的"长征"。

2016年，我开始第一次司法考试。

当时我并没有报培训班，只是从网上购买了一些考试教材，然后跟着培训机构听免费的课程。当时，刚参加工作，收入还是比较低的，加上老家也在翻新房屋，很多的同学也陆续走进了婚姻，我的经济很拮据，购买的教材也都是盗版，但并不影响使用。

第一年学习还是很吃力的。由于不是科班出身，对一些专业名词很难理解，感觉有些力不从心。第一年考试，由于对这个考试既不太了解，也不太重视，成绩出来后给了我一记响亮的耳光，260多分。记得当时看到成绩单，我还比较满意：不就离线差了不到100分嘛！明年继续努力，再学一年，肯定通过了。第一次的牛刀小试，就这样结束了。有不甘，也有希望，因为只是第一次尝试，父母问我感觉怎么样？我说：第一年，先试试水，来年必定通关！

就抱着这种积极乐观的态度，我开始备战2017年第二次司法考试，也就是"末代司考"。

当时面临司法改革，有传言说改革之后就不允许非法本的考生报考了，因此，对于最后一次的报考机会，每个人都会拼尽全力。

报考时，由于我的户籍地属于偏远地区，有政策倾斜，也就是可以报考更为容易通过一些的C证。A证和C证的区别在于，同样的考题，A证的分数线要求高但可以全国执业，C证的分数线则要求较低以及只能在部分地区执业。虽然当时我符合报考C证的条件，但我还是选择了A证，即使风险更大。

这一年我投入了很多，包括人力、物力、财力，购买了司考培训机构的学习包，全部使用正版教材。别说，真是一分钱一分货，正版教材印刷更清晰，也不用去关注出版进度，培训机构会按照进度及时把教材快递过来，时间上不用分散太多精力。果然，专业的人做专业的事，适当地进行一些知识付费确实对实现目标大有裨益。

　　当时我以为是非法本的最后一年，因此决定背水一战，我就像傍晚回家的老牛，不用扬鞭自奋蹄。经过一年艰苦的复习，终于到了考试的那天，我走上考场，奋笔疾书，祈求能有一个满意的结局。但天不遂人愿，330多分，距离A证线还差一些，但如果报考C证的话，就可以拿证了。此时，百感交集，真恨自己当初怎么不选择报考C证保底，这下好了，竹篮打水一场空。

　　不过，天无绝人之路，就在我悲观绝望，感觉此生与法律无缘的时候，一个好消息传来了：老人老办法，新人新办法。简言之，就是我们这些非法本的"老人"还有机会继续报考。好消息仿佛普照大地的阳光，驱散了考试失败的阴霾。我也收拾行囊，决定重新上路。

　　2018年，迎来"法考元年"，我也向法考发起第三次冲锋。

　　依旧是熟悉的8门课程，依旧是熟悉的培训老师，依旧是熟悉的知识点和段子。但学习起来感觉没有丝毫的乐趣可言，因为熟悉，便很难再有激情。因为前一年已经拼尽全力，但还是铩羽而归，自信难免受到很大的打击。如何提振自己的士气，快速走出失败的抑郁，真的是一个很大的难题。唯有法考培训老师一句句"鸡汤"式的鼓励，向我们描绘通关之后的"骄奢淫逸"，才使我慢慢找回如往日认真备考的自己。

　　当时，因为是"法考元年"，培训老师们分析，这将是有改革红利期的一年，是对当年报考人群有重大利好的一年。因此，一定要抓住机会，趁着法考改革的这股东风，一考而过！事实上，我也是铆足了劲儿在准备考试，当走下考场的那一刻，冥冥之中感觉自己今年肯定是过了。但命运再次和我开起了玩笑，客观题成绩差1分，无缘后面的主观题考试，当然，也错失了"法考元年"通关的改革红利期和重大利好。那一夜，我简直是伤心至极，苦不堪言！

"都说事不过三，今年是第三年报考了，怎么就差1分？老天爷真是和我开玩笑啊！"当时，除了绝望，就是怨恨。大脑一片空白，自己一个人值夜班，借着夜色的掩饰，小声地哭泣。我挺喜欢哭的，当然这都是在没人看见和听见的地方，这种发泄方式也确实挺管用的，至少不至于把自己"憋坏了"。

还要不要再坚持考下去？差1分，谁会甘心？如果以后就不再报考了，用现在比较科学的话来说，就是沉没成本是很大的，自己还是不能死心。那怎么办？就在这个时候，我看到了一部电影——韩国的《辩护人》。因为相似的经历，使我与电影的主人公充分共情。给我印象最深刻的就是刻在墙上的那一句话：永远不要放弃！经过电影强有力的教育，我决定重整旗鼓，来年再战。

就这样，在2019年，我开始了自己的第四次法考之战。

我重新购买了教材，合理安排自己的复习时间，把握好复习的节奏，缩小听课的时间比重，增大刷真题的时间配比。适时地调整自己的心态，不紧不慢，稳扎稳打，希望能够圆梦。经过半年多的准备，我也进入最后的冲刺时刻。大家都知道，考试的前几天，那不知要抵得上平时的几倍时间宝贵，可是我却请不了假，这就是大部分在职考生难以言说的痛，感觉考试越近，工作越忙。

在我不断地努力下，顺利完成了考试，结果出来后，我以193分的成绩通过了客观题，终于看到一丝令人慰藉的结果。得知成绩后，我也是第一时间将这个好消息分享给我的父母，他们非常高兴，言谈中是难以掩饰的兴奋。接下来就是主观题的备考，我抓紧一切时间，全力以赴，希望能有一个好的结局。

经过一个多月的准备，顺利考完了主观题考试。剩下的就是焦急地等待成绩，就在这时，我的工作发生了变动，我们3位同事以离职或转岗的方式，离开了新传学院。而我，也从这次工作变动中，从北大保安队离职，来到北大法学院的物业部门工作。当时可以说是我人生的至暗时刻，工作被迫切换，姥姥患病离世，加上主观题的失利，人生跌到了谷底。

尽管有诸多不如意，我也在此时遇到了一个可以展现自己的机会。新媒体研究院邀请我去参加2020年新年联欢会，我当时犹豫要不要去，毕竟自己生活一团乱麻，自顾不暇，哪还有心思去联欢？但我转念一想，自己一直是一个做事有始有终的人，正好借这个机会和新传告别。因此，那天下午我

把自己平生的才华都展示了出来。因为人已经离开了，没有了思想包袱，我就调侃了院长和诸多教授，效果非常好，然后又用一套行云流水的空竹表演惊艳四座，留下了一张宝贵的演出照片，这张照片后来陪我登上了《人民日报》。

我离开保安队时，把自己穿了4年多的保安制服洗干净、叠整齐交回队里，尽管我对这身制服不是很喜欢，但足够尊重。它是我真正走进社会后的第一份职业，也是这份职业，使我认识了很多人生贵人，开阔了很多的眼界，见识了很多大场面。也是这份职业，养活了刚刚走进社会的我，并且为我们贫困的家庭注入了燃料，让我内心更为强大。因此，我打心底感谢这份职业，珍惜这段缘分。

2020年，跳过法考客观题，再战法考主观题。

通过法考客观题后，成绩两年内有效，也就是说有两次机会可以报考主观题的考试。因为我当年冲击主观题的失败，导致我仅剩一次机会。如果这个机会把握住了，就算熬出头了；如果把握不住，那就一夜回到"解放前"，客观题成绩也就作废了。因此，这一年对我来说至关重要。

众所周知，这一年我们国家经历了怎样的疫情大考，面对着未知的病毒，每个人的内心都惶惶不安，我也不例外。学校封闭了，我只能待在校内，相比外面，学校可能是最安全的地方。反正也出不去，学习就是性价比最高的提升之道。一年的时间，准备法考主观题，看似也没有什么困难，何况自己跟这个考试已经缠斗了4年之久，彼此也可以说是很熟悉了。

我来到了北大法学院陈明楼工作，楼上都是教授的办公室，我可以与那些只能在教科书里看到的法学家近距离接触，甚至可以与他们聊聊家常，请教一些自己学习中的困惑与难题，感受到了一股前所未有的亲切感。教授们看到我经常看书，都本能地过来问一下，看的什么书？当得知我看的是关于法考的书，他们一下子来了兴趣，交谈中得知我已经通过了法考的客观题，只剩主观题时，我一下子成了学院的焦点。没过多久，民商法专业的许德峰老师就得知了我这个不起眼的小角色在备战法考，跑过来找我合影，还发了朋友圈，忽然，整个北大法学院的老师都知道我在备战法考了。如此一来，就有很多的老师和学生关注到我，这种被关注的感觉起先是虚荣心的满足，但禁不住老师们过来过去总会问上一句，这样就慢慢变成一种压力了。加之，这次主观题的成败关系到客观题成绩的存亡，可以说，我和主观题是一荣俱荣，一损俱损。有了这种想法，压力就更大了。心里不断地想，这么多人关注自己，一定不能辜负了大家的期待。

就这样，在周围师生的鼓励和监督下，我走上了2020年法考主观题的考场。考试结束，我走出考场，感觉很一般，觉得第一道大题写得不太好，而且耽误了不少时间，后面的题回答得也一般。但能不能通过呢？当时不好说，还是觉得有些希望的，至少有个念想吧！

2021年1月，出成绩了。看着查询成绩的网站上显示出的数字，真恨不得把电脑砸了！辛辛苦苦好几年，一夜回到"解放前"！客观题成绩作废，我重新回到了原点。当时有多绝望，有多懊恼，简直想死的心都有。

那一刻，我对自己进行了彻头彻尾的批判和否定。真应了那句话：你越在意什么，就越会被什么折磨。我不想说话，不想见任何人，更不想面对这个结果，只想一个人静静地待着，内心一种坚定的声音告诉自己，一定得活下去！

此时，所有的关心我都觉得是在嘲讽，所有的问候我都觉得是在讥笑，所有通过考试的朋友发的朋友圈，都是往我伤口上撒的盐。反正就是，整个人都不好了！我该如何面对包容自己的父母，关注自己的师生，和寄予厚望的挚友？哎，真是生无可恋！

我不知道自己接下来该怎么办？我有一个习惯，就是当碰到问题时，总会在自己读过的书中去找寻一个角色，想象着，当他遇到与我同样的困境时，会怎样面对？从而，指引我下一步的路如何行动。可就在当时，我都不知道去向自己脑海中的哪位高人请教。

我跟自己说，不考了，为什么要这么折磨自己，出去挣钱去！我拨通了我们宿舍"老二"的电话，当时他在北京做房产中介，毕业几年已经小赚了一些。我想问问他，看看有什么可行的出路。电话打通后，我跟他介绍了自己的情况，他很聪明，听出来我现在很失意，可能要放弃。然后，他给我讲了一个他同事的故事，大概是那位同事前两年因为房地产行情好，大赚了一笔，然后就在北京的周边付了首付。本来想着一切慢慢变好，结果北京周边的房价大跳水，卖也卖不掉，继续还房贷总感觉自己亏得难受，总之就是骑虎难下。他说：有时候快就是慢，慢就是快。之后，我们就结束了通话。说实话，听到他同事的遭遇，我觉得心里好受多了，快乐也好，难过也罢，这些状态都是对比出来的。听到有比自己还悲惨的遭遇，顿感自己这点事儿也没什么大不了。有句话说：人生缘何不快乐，只因未读苏东坡。我在读过苏东坡之后，明白了其中的缘由：苏东坡这样厉害的人，人生都过得如此悲惨，我等这些凡夫俗子，又有什么可计较和在意的呢？有时候，人就是要靠着点阿Q精神活下去。

行百里者半九十，靡不有初鲜克有终，做什么事情都不能半途而废，不达目的誓不罢休。此时我突然想起了宋晓峰和杨树林演绎的一个小品《我要飞》中的几句台词：容易实现的，那算不上梦想；轻言放弃的，那算不上诺言；要想成功，你得敢于挑战；飞机飞不上天（法考不通关），你永远是个保安！

想到这里，我就下定了决心：坚持考下去，什么时候考过算什么时候，哪怕考他个十年八年，就要死磕到底！至此，兜兜转转了五年，还是在原地踏步，没有丝毫的进展。实则，在内心深处已经生腾出一股不达目的誓不罢休的决绝。

六战法考，一举通关

法考虐我千百遍，我待法考如初恋。

在作出从头开始准备法考的决定后，我首先要做的就是收拾自己的心情：因为一个唉声叹气、满面愁容的人是无法成功的。我要做的第一件事，就是先去洗把脸，将自己没有通过的消息，坦诚地告诉每一个关心自己的人，做好面对大家的失望和鄙夷的准备。我最发怵的就是上班，要面对很多老师，我不知道该如何面对他们，就像一个考试没考好的孩子不知道如何向父母交差一样。上班后，我把头埋进工作台内，希望不要与任何一个人对视，更不希望有人看到我。

出乎我意料的是，知道我成绩的老师没有一个表示出看不起，相反，送来的全部是鼓励。这里面给我印象深刻的是王锡锌老师，那天，他坐电梯下来，人都走出去了，却又折回来专门问了我一句："小伙子，明年还接着考吗？"我说："考，我想接着考！"王老师点点头，脱口而出一句英语："Never give up!"我记不得王老师当时还讲了些什么，但这个声音无数次回荡在我的脑海中。

穷则思变。多年奋战却没结果的现实，反过来提醒我，学习方法存在问题。于是，我对备考方法也进行了反思，觉得应当作出全面的调整和改变。北大法学院的一位同学给我建议，我称呼他为"龙哥"，以前，我都是为了方便，照着一个培训机构的学习包或者教材买，今年干脆来个"大杂烩"，只选老师，不选机构。都说熟悉的地方没有风景，可能也是跟一些老师太久了，没有了感觉。因此，转换一下风格，说不定会收到意想不到的效果。

万事俱备，我正式开启了自己的六战法考！根据以往的经验，课要听，但更重要的是刷真题。而现实是，自从2018年法考改革之后，司法部便不再公布真题了。对此，广大考生多有微词，更有甚者，曾向法院提起诉讼，但据说并没有得到满意的结果。因为不再公布历年的真题，使这个考试变得更加神秘，难度也变大了。这个时候，培训机构的巨大作用就显示出来了，他们编写了真金题，成为备考练习知识点的好帮手。

备考环境也影响学习心情。我在综合考量学校自习区后，选定了理科教学楼的三层自习区。因为这里是教学楼，人来人往，想要安静是很难做到的。但是，除了上课和下课短暂的喧嚣，其他时间还是很不错的，更何况，很多北大的学生也都是在这里自习，大家都可以安心学习，我一个过来蹭资源的又有什么资格挑三拣四呢？更重要的是，毛主席年轻时候也在嘈杂的地方锻炼自己的专注能力。当时，理科教学楼刚完成了修缮，换了新的桌椅，还增设了沙发供学生们讨论或休息，自习区上面的灯也换成更加智能和护眼的高科技产品。饮水机换了新的品牌，卫生间也重新装修了，反正就是尽力为北大师生提供最舒适、最整洁的学习环境。我想：这些学生就该在这么好的环境中学习，谁让他们这么优秀呢！谁不服，也考个北大试试，也在这种教学环境中学习。而我则属于灯泡上抹胶水——沾沾光。

因为很多的课程之前都听过不止一遍，这次，我就以1.5或者更高的倍速开始听课，相较于做题，听课确实比较轻松，而且速度也很快。只是，长时间戴着耳机听课，脑袋瓜子嗡嗡的。这时候，我就穿插着刷真题，达到调节的作用。还有，可以在感到很累的时候去排队做核酸，这无疑是一种没有一点负罪感的放松。

这一年，我还去蹭了几门课。其中，许德峰老师在得知我考试失利后，主动跟我说，下学期开设"债权法"的课程，"如果感兴趣的话可以去听一听"。说实话，我觉得非常愧对许老师，他对我抱有很高的期望，还跟我自拍发朋友圈，结果，自己不争气，真是羞愧难当！在许老师向我抛出橄榄枝后，我看着上课的时间与我上班的时间正好错开，我便欣然应允。自此，在许德峰老师主讲的"债权法"课堂上，则多了我这样一位"俗家弟子"。

"债权法"每周有两次课，其中一次是在早晨8点钟，也就是同学们口中所称的最为痛苦的"早八"。其实，我作为一名衡水出来的学生，在高中时，无论春夏秋冬，都是早晨5点半操场集合跑操，习惯了，也并没有感到什么痛苦。但现在变成早晨8点钟上课，却觉得很痛苦，归根一点，就是晚上睡得太晚。我的班次是下午5点到夜里12点，下班之后我会洗漱一下。人沾过水之后就会变得精神，再看看手机，很轻松就到次日凌晨1点多了。这样，早晨再去上"早八"的课程，很难不犯困。至于学生们，相较于我，更是有过之而无不及：熬夜、通宵。这些个词可不是凭空杜撰出来的。我通常会喝一杯速溶咖啡，真的能有效缓解困意。就这样，我跟着许老师学习了一个学期的"债权法"，至于学习效果怎样，我不用参加结课考试，但当年的法考成绩给出了答案。

另一门课程就是由陈瑞华老师与吴洪淇老师合上的"刑事诉

讼法"的课程。前面几个章节类似于总则的部分由陈瑞华老师讲授，后面具体的刑事诉讼制度则由吴洪淇老师介绍。其实很早之前我就听过陈老师的讲座，那讲课真是富有激情，无论宽度、广度、深度、力度，都非常到位。就我听过的所有北大法学院老师的课程中，最喜欢的就是陈老师的讲课风格。他不用PPT，也不用看教材，上课之前先把整个黑板写满，然后讲起课来似长江流水，滔滔不绝。陈老师的每节课都座无虚席，"人满为患"。我每次都去得比较早，这样一般都能保证有座位。因为那门课是上午的三四节，这样，就有一些学生因为前面一二节有课，不能尽早过来占座。因此，即使是没有迟到，但也只能沦为席地而坐的倒霉蛋儿。每次看着选课的学生没有座位，说实话，我内心都有一种鸠占鹊巢的负罪感。但转念一想：鸠占鹊巢的肯定不止我一个人。此时，就要发挥"脸皮厚，吃个够"的精神，有过三两次也就习惯了。为啥去蹭课的人这么多，那必然是大家觉得这个课听到就是赚到。

如果说法考培训老师的课是大锅饭，那去北大法学院蹭课就是开小灶，这无疑会给我增加更多的营养。我每天作息很规律，早晨爬起来洗漱之后，先去食堂吃早餐，然后直奔理科教学楼的三层自习区，从东面的那个门进出，把电动车停在东门那边的空地上。我喜欢在面对东面窗户的那排比较高的桌子上学习：一方面，可以面壁，减少其他人的干扰；另一方面，那个桌子比较高，坐累了就可以站着学习，既能活动身体，也能缓解困意。

在桌子的后面就是沙发，我中途学习累了或者中午吃完饭再回去，都要在上面休息一会儿。非常感谢北大如此人性化的设计，确实让我受益匪浅。这样，我中午就不回学院休息，在那个沙发上小憩，醒来后冲一杯速溶咖啡，就能保证下午不犯困。等学习到 3 点半，就直接回学院的宿舍，躺床上浅睡一会，等到下午 4 点半的闹钟一响，我就去隔壁的洗澡间冲个澡，赶在 16：50 准时上岗。规律的作息，让我感觉很踏实，也为我顺利通关奠定了基础。

客观条件都解决了，但心理层面就没那么好了。多次的失败，肯定会把一个人打击得体无完肤，内心也在不断地怀疑自己，我是不是真的行？那段时间压力特别大，每天晚上躺在床上，都在胡思乱想，想着想着就哭了，觉得自己很委屈，明明这么努力了，还努力了这么久，为什么却还是看不到回报？自己这么好的一个人，老天爷为什么就偏偏这么折磨我？我看着天花板，内心百感交集，无数次地问自己，何时才是我的出头之日呢？不知道怎么了，眼泪就顺着眼睑流到了枕头里。睡不着，真的睡不着，辗转反侧，一看手机两点多了，我就告诉自己，明天还要去听课，去刷题，赶紧睡吧，否则影响明天的复习进度。就这样，迷迷糊糊地睡去。

为了给自己增加自信，时刻鞭策自己，我买了梅花傲雪的画挂在墙上，寓意：宝剑锋从磨砺出，梅花香自苦寒来。而我，也相信自己终有一天会像画中的梅花一样，顶着刺骨的凉风，挨着冰冷的寒雪，孤芳自赏，傲雪绽放。字画的刺激就像中医，讲究的是慢慢地调理，而我，也需要西医的一剂猛药，这样才能更快地见效。就这样，我开始搜索励志的电影，看看那些评分超高的电影，希望从中能找寻到给自己的精神寄托。我搜到了《肖申克的救赎》，把它下载到手机中，这样就能随时随地进行观看，我不知道自己把这部电影看了多少遍，重温过多少次里面的经典片段。怪不得这部影片能够获得如此高的评价，它带给人的精神力量是无与伦比的，主人公那种悲惨的遭遇和最后的成功越狱，都让我有深深的代入感。我告诉自己，无论用多久，我一定要打通自己那条通往自由的隧道。

在中西医的共同治疗下，我内心的创伤慢慢有了些许的好转。我看很多成功人士分享经验，运动是释放压力的最好方式。我觉得他们说得对，就找时间去五四操场跑步。我比较胖，跑起来可能像个大狗熊似的，速度也很慢，就在最外道，这样不影响大家正常的锻炼。偶尔，也会去五四操场抖一下空竹，这项爱好已经跟随我十多年了，每当我心里很别扭的时候，就去操场抖抖空竹，这样心情就没那么糟糕了。因此，人一定得有自己的爱好。

我兼顾着学习、工作和生活，忙碌且充实，稳扎稳打，步步为营，采取曾国藩"结硬寨，打呆仗"的策略，下笨功夫。真金题的教材被我用几种不同颜色的笔勾画了一遍又一遍，之前购买教材时，因为失误买了重复的书，我也找出来，全部做了一遍，算是废物利用。就这样保持着自己的节奏，走进了2021年法考的考场。

当坐在法学院陈明楼一层的教师之家，我打开电脑，刷新着查分的网站，心中紧张的心情难以言表。当分数出现在我眼前的那一刻，我甚至都不敢相信，赶紧拿手机重新确认了一遍成绩。

确定无误后,一刹那压抑了 6 年的委屈与不甘倾泻而出,眼泪瞬间湿润了眼眶,"从司考到法考,我考了 6 年,终于拿下了!"

后面无疑就是向父母和师生朋友分享成功的喜悦,被关注、被采访、被报道。自己感觉如释重负,终于没有再一次辜负身边人的信任。我也情不自禁地想起《肖申克的救赎》中安迪坚持 6 年写信请款,终于获批建设图书馆资金的片段。特意去截图,发出了自己努力 6 年才有资格发的一条朋友圈。

法考路艰,贵人相伴

在我曲折的法考之路上,得到了身边很多师生和朋友的帮助,特别是北大法学院的师生,给了我莫大的鼓励和监督,督促我坚定不移地沿着法考这条路走下去。

第一个关注我的老师,是张双根副教授。张老师也是法考的命题人,最初我并不知道,后来在听培训课和看"三大本"时才了解。张老师喜欢熬夜写文章,经常很晚才回家,加上喜欢抽烟,年纪不是很大就已经满头白发了。他如果去普通法系的法庭中担任法官或律师,大概不用再佩戴头套了(普通法系的国家与地区,法官和律师开庭时都会佩戴纯白色的假发头套,这样看起来显得年龄大,经验丰富)。一次偶然的机会,张老师来一层的教师休息室用微波炉热晚饭(疫情期间,大家中午把饭打回来,晚上在微波炉里加热后食用),他看到我在门岗的办公桌上看书,于是很好奇地问我看什么书？我回答："是法考书，在准备法考主观题考试。"张老师听后，先是大吃一惊，然后问我，你已经通过客观题考试了？我说："是的，去年主观题没通过，今年最后一次机会，要好好准备主观题的考试了。"张老师满意地点点头，然后送来鼓励："小伙子，好好准备啊！"就上楼了。

没过两天，张老师又下来加热饭菜。热好之后，跟我说："走，去我办公室，送你点复习资料。"我受宠若惊，跟着张老师去他办公室，老师将他参与编写的司法部官方指导教材完整的一套送给我。我看着厚厚一摞复习资料，心中自然是很高兴的。那些书都是全新的，正版的，印刷非常清晰。看着编写组成员中，有好几位是我们楼上的教授，心中自然也带有一些自豪感。但我也知道，这些书固然很好，但单纯从应试的角度来看，时间花在它们身上性价比不高。但其中关于主观题的两本正好是我需要的，如果没有张老师的无偿赠与，我肯定也会去网上采购，张老师此时送我，真是雪中送炭了。

这是张老师第一次赠书，但我不争气，没能把握住当年的机会，转眼间来到2021年，我从头开始准备法考。但这一年，赠书的老师就不止张双根老师一位了，还有当时的院长潘剑锋老师。因为他们都是司法部官方教材编写组的成员，因此在教材正式开售前，出版社会给他们寄送样书。而我，作为处理老师们快递的一道必经"程序"，自然是近水楼台先得月了。这样我就有两套法考书籍了，为了物尽其用，我还在北大的某个群里吆喝了一声，把其中一套送给了需要的同学。

看似老师们赠送的是书，其实更多的是关心和鞭策，看着各位老师对自己寄予厚望，心中自然不想辜负大家的厚爱，因此，我内心更加坚定了考下去的决心。我这个人最大的弱点就是怕失信于人，当然，这并不能定义为一个缺点，有好有坏。好的一面是，可以做一个守信用的人，但不好的一面，则会被过度的守信束缚住手脚，背上思想包袱。而我，就是太看重这些了，自己背上了思想包袱，用力过猛，导致主观题考试败北。

在我 2021 年通过法考以后，出版社送给老师们 2022 年的官方指导教材样书又到了。某天晚上，潘老师跟刘哲玮老师一起去吃饭，我提醒他教材到了，潘老师看看书，跟刘老师讲，看看哪个同学用得上，送给他们吧。然后看看我，笑着说道，"这小伙子是用不上了"。我也会心一笑，心中五味杂陈。后来，张双根老师的那套教材，自然也是送给了有需要的同学。物尽其用、乐于助人，法学院的老师们赠书这件小事也体现着北大法学院的美好。

2022 年初，张双根老师的《商法小全书》出版了，我向张老师表示祝贺，张老师说，"来我办公室送你一本"，我很开心。张老师不仅送了一本书，还郑重地在上面题了字："刘政同学，做一名自信优雅的法律人！"后来，张老师的题字被拍成了照片，并随着我的报道被很多人看到，张老师跟我打趣道："你火了，我也跟着沾光！"我笑笑，答道："是我沾您的光！"

张老师题的字，我肯定会终生铭记。我也在不断思考，如何才能做一名自信优雅的法律人呢？我经过一些实践，有些许的感悟。我认为，自信和优雅离不开这三样东西：丰富的知识储备、熟练的业务能力和足够的经济基础。这只是我目前阶段的理解，希望能随着我的不断实践，对这句话有更深刻的认识，有朝一日，我也可以向我的后辈们分享这句话的内涵。

另一位对我帮助很大的是许德峰教授，就是那位跟我自拍发朋友圈，还邀请我去听课并帮我修改论文的老师。当 2020 年的法考主观题失败，客观题成绩作废，我回到了法考的原点，我觉得对不起那些关心自己的老师。越是逆境和低谷，往往越考验一个人的耐力，用现在的词叫作"逆商"。我当时真有一种"有何脸面面对江东父老"的羞愧感。但我听过这样一句话："哭泣的失败者令人同情，微笑的失败者令人尊敬。"面对失败，如何与失败共处，需要智慧。

许老师问我是否还继续考，我回答："要从头再来。"然后，许老师跟我说他本学期会开"债权法"的课程，欢迎我去听课，并且告诉我他上课的时间和地点。我很感动，就仿佛自己掉进了一个枯井里，正当叫天天不应、叫地地不灵的时候，有一根绳子从头顶上顺下来，那根绳子就是我们所称的"救命稻草"。许老师，就是在我最绝望的时候，给了我一根爬出枯井的绳子。当然，向上爬的过程就要靠自己用力了，正可谓：师父领进门，修行在个人。

我不仅听了"债权法"的课程，我还去听许老师讲授的"破产法"课程。因为法考所考查的面是非常广的，我们不能轻易地放弃任何一个部门法，当然有的部门法因为性价比不高，我们通常会听取法考培训老师的建议，战略性选择放弃，但破产法并不在战略性放弃的行列。因此，还需要认真学习，谨慎对待。

我去蹭课，一般都坐到教室的后排，慢慢我就发现，其实来蹭课的并非只有我这一个编外人员。还有一些在法学院读书的硕士生或博士生，他们也会选择自己感兴趣的课程来旁听，当然，人家来蹭课就比我名正言顺得多，好在北大是非常包容的，一般都不会拒绝像我这样好学的听客。

课程快结束了，选课的同学们都在准备期末考试，对于我们这些蹭课的人来讲，是没有考核压力的。但上过大学的朋友一般都懂，在考前的一周所学习的知识，甚至比一个学期所学习的知识更为深刻，这就是用考试来倒逼学习。作为全中国最会考试的同学们，对于如何复习和考取高分，他们肯定都有自己的"武功秘籍"，好在我不用跟他们同台竞技，不然真的有点不自量力了。

但古人云：知之者不如好之者，好之者不如乐之者。与他们相比，我就是乐之者，即使仅听懂了一小部分，对我来讲，也是乐在其中，为自己的进步而开心。课程结束后，我就想，一个学期就这样结束了，选课的同学要参加考试，来检验自己一个学期的学习效果，那我怎样检验一下呢？恰巧，人大读在职研究生，有一项申硕的要求是发表一篇科研小论文，我不知道选什么题目，于是想到能否写有关破产法的，就这样，我开始查阅资料，检索文献，没多久就把初稿写出来了。我厚着脸皮找到许老师，请他帮忙修改一下，好去投稿，没想到许老师欣然应允，没多久就帮我修改好了。也因此，我发表了自己人生第一篇小论文——《构建个人破产制度，破解司法执行难题》。

无论是法考还是论文，许老师对我帮助很多。都说名师出高徒。许老师绝对算得上是名师，但我肯定不算是高徒。好在自己也算争气，顺利通过了法考，发表了小论文，也算是对许老师辛勤付出的一丝慰藉。北大法学院陈明楼小广场的石头上，刻着这样一句话：桃李不言，下自成蹊。我想，北大法学院是把这句话刻在了石头上，而法学院的老师们却把这几个字刻在了心里。离开时跟许老师告别，他说："恭喜你，祝你一切顺利，有什么需要帮助的随时联系，你也是法学院的校友！"现在想起，依然泪目……

在我听过法学院的课程中，上座率最高的莫过于车浩老师开设的"刑法总论"和陈瑞华老师开设的"刑事诉讼法"课程。这两门课都非常有趣，同时也是法考中占比非常高的两个部门法。车浩老师，人称"车神"，在刑法领域造诣很高，他的课程是面向全校学生的。起初，车浩老师的课是被安排在一个老旧的阶梯教室，第一次上课就"人满为患"，座无虚席，甚至连过道里都坐满了人，这种场面在北大其实也是很常见的。我作为一个蹭课的人，坐在那里有点"负罪感"，但转念一想，也不是我这一个座位就能解决问题的，便也心安理得了。之后，考虑到教学效果，学院向学校申请了理教更大的教室，这种一座难求的场面才得以缓解。

陈瑞华老师的课充满激情，听后让人热血沸腾。他不用PPT课件，每次上课前先在黑板上密密麻麻地写满板书，写的过程完全不用看书，所有要表达的知识都烂熟于心。讲课也是激情澎湃，引经据典，搭配上其标志性的甩发动作，更是别具风格。中间休息，他会让同学把板书擦掉，然后再写满。基于这种上课风格，同学们听得都很认真，不敢有一丝懈怠，因为错过了就没有补救的机会，也没有课件可以复习。我对陈老师的课程感受就是：听到就是赚到！

除了走进课堂的这几位老师，给我鼓励和帮助的老师还有很多。陈若英老师一直鼓励我，还给我传授学习的方法。当然，还有她上小学的女儿——欢喜，经常在我上班时一起玩耍，在很大程度上缓解了我失败的焦虑和备考的压力。常鹏翱老师，我有什么不懂的问题，也会向他请教，每次都会很耐心地给我解答。饶戈平老师，送了我许多关于律师培训的资料。贺剑老师送我他的新书，还给我题字，让我深深感到被尊重的感觉。白桂梅老师，经常给我们前台投喂各种零食，也很关心我的学习。白老师已经退休了，本来可以过着惬意的退休生活，她却选择回到学院，还开授了"人权法"的课程，这种精神很鼓舞我。张千帆老师，也赠书给我，并在书上题字，对我通过法考表示祝贺。郭雳院长，在得知我考试通过后，授意学院报道了我的法考故事。纪海龙老师一家、吴训祥、吴桂德、王成、赵宏等老师得知我要离开学院，也通过各种形式告别。除此之外，还有很多感人的故事，都铭记于我内心。有时我都在扪心自问，自己何德何能收到这么多的善意与托举？无以为报，只有更加努力前行，方不负这份厚爱。

除去老师们的帮助之外，还有一位北大法学院的同学在我法考的路上，予我很多精神动力，她就是——雅颂，法学院的2021级硕士研究生，现在已经留校工作了，成为学校官微一个小编。说来也巧，我们第一次见面就是她来陈明楼参加读书会，因为来得早了一会儿，叫我上去帮忙打开会议室的门，就这样我们有了一个美丽的邂逅。她来叫我开门的时候，怀里抱着的就是我心心念念的法考证，那天恰巧是她领取证书的日子，据说是因为自己的包太小装不下，只能抱着，但那时我总觉得有点炫耀之嫌，对于久考不过的我来讲确实有不小的冲击。她来自天府之国成都，人很漂亮，当她抱着法考证向我走来时，我内心一震。然后，借着法考这个共同的话题，闲聊了几句，告诉她我也在准备法考，她很吃惊。读书会结束后，她加了我微信，说可以给我一些指导，我自然是非常高兴。就这样，我又多了一位可以分享心事的朋友。

没过多久，也就是在2021年5月，那时的我斗志低迷，恰好她在自己的公众号上写了一篇文章，是关于她和我的故事，这段文字很大程度上提振了我的士气，是我顺利通关的巨大引擎。

一则故事

雅颂 废物 2021年05月20日 09:58 1人

和陈明楼的前台小哥刘政是见面会打招呼聊两句近况的朋友。成为朋友的契机非常巧，完全可以说是因为法律、因为考试、因为读书成为朋友，或者说是因为对生活的期待、热爱以及巧合本身。

去年的某一个秋夜，我领完法考证赶回学校参加法师每周五晚7:30在陈明楼不见不散的读书会，在楼下碰到了几个一起读书的同学。因为当天前台登记的会议室使用时间是八点到十点，没到点，小哥不放心提前开门，所以大家只好慢等。眼见读书会的时间快到了，我走上前试图跟值班小哥说情，希望他不要这么"刚性执法"，约好的会议室现在没人用，提前半小时开门不会有什么问题，而且法师一会儿就来了。交谈中，小哥眼尖，看到了我抱在手里的法考证（毕业证大小的证书包里装不下），和我交流起法考的心得来。他说自己去年考过了客观题，今年主观题没过，只能明年再考一次了。我鼓励他明年一定可以，还分享了自己的主观题备考技巧。聊了两三分钟，小哥软化下来，开口道：那我去给你们开门吧。就这样，我们顺利在7:30左右进入了会议室。这个有原则但又有人情味儿的前台小哥，就是刘政。

因为这一次的经历，我觉得刘政人很和善，后来每次在陈明楼楼下碰到，都一定会打个招呼寒暄两句。我眼里的刘政，一直是个积极的人、努力的人，每次见面问"最近在忙什么？"，他不是在复习英语就是在准备别的考试，要么就是下个月还要领个证。法学院学生组织举办的迎新晚会，刘政还报名上去表演了个小品。我觉得他非常可爱。

一开始和刘政寒暄，是出于客套、以及对他出手相助的感激，我们的读书会时间长，有时候大家的手机电脑会没电，刘政每次都从宿舍拿来自己的插线板借给我，我再给大家用。有时候我在课上突然想起某天要用会议室，又不方便出教室打电话，就会直接给刘政发微信，请他帮我预约一下。刘政偶尔也会直接发微信通知我，XX在陈明楼前台给我放了东西，请有空去取，或者问我北大法律援助的值班电话（本学期我刚好选了法诊在做法援）。我喜欢和善的人，热爱生活的人，生命里有期待的人。久而久之，我真的把刘政当成一个不常见面的朋友。我好几次发自内心地对他说，<mark>今年的法考你一定可以，</mark>考过了请你吃饭，说到做到。有几回给读书会的大家买零食，我还专门去给刘政送了点儿吃的喝的。

昨晚，刘政通过微信告诉我，他的一篇文章被杂志社录用了。我非常开心，连连恭喜。我也特别感动。不知道刘政每天要上班，会花多少时间在学习和提升自己上，但努力的人真是令人敬佩，热爱生活的人点亮了我的生活。再拔高一点说，每个人有平等的受教育的机会，有向上攀登、变得更好的途径，这不就是我们努力追求的大同世界吗？

这段文字极大地鼓舞了我，每当我很焦虑的时候，就会找出来看看，提醒自己一定要努力，不要辜负了这份信任。就这样，在2021年，我经过了地狱般的磨炼，最终顺利通关。然而，我和雅颂的故事还没有结束。

在通过法考之后，我被身边的老师和朋友关注到，其中也包括北大的宣传部。在宣传部派两位学生记者采访我之后，我就等着北大的官方微信公众号的推送。雅颂忽然联系我，说她负责关于我报道的最后审核，我很诧异，原来，她此时已经决定留校工作了，并且就在北大宣传部，负责公众号的运营。我一时有点丈二和尚摸不着头脑，但很快就觉得这是一种非常奇妙的缘分，就这样，我六战法考的故事被发表在了北大官方的公众号上。

这篇报道是一篇"10万+"的文章，我也很开心自己的故事能为她贡献一篇"10万+"，毕竟她刚留校工作，能有"10万+"的文章也是对她工作能力的一种认可。因此，对于这篇文章的成功，比起自己能被多少人关注到，我更希望能为她在工作上早日站稳脚跟助力。她在后期修改的过程中，对我进行了补采，我说就按照两位学生记者的采访内容写就好了，她说："那是物业小哥的故事，不是刘政的故事，我要写刘政的故事。"我很开心，我觉得她很懂我。

她的两篇文章，一篇助力我通过了法考，另一篇将我送到了自己人生的高光时刻，我很感谢她，说她是老天派下来拯救我的天使，拉我走出泥潭，送我走向光明。然后，事了拂身去，深藏功与名。说她是我法考路上的贵人，一点都不为过。我从北大辞职走向律所工作的这篇文章，也是由她来律所采访我两次，拍照留念，最终成稿的。我跟她说不喜欢接受采访，只想平平淡淡做好手头的事，不想被别人关注到。但她是我拒绝不了的人，因此，我们共同完成了这样一件，鼓舞甚至是激励全体网友的好事。我自认为是一个很有原则的人，不过在我这里，她就是那个"但书"。

文章发出来后，她在朋友圈分享了这样一段话：

> 这是我第三次写刘政的故事。
>
> 初识刘政是2020年，一个秋夜，我领完法考证回陈明楼参加法师的读书会，他看到我抱着的证书主动和我聊天，说自己也在备战法考。我有点惊讶，不过想了想"北大保安"一向出神人，也不离奇。交谈了一会儿，就这么认识了。
>
> 2021年初夏，刘政发微信告诉我，他的一篇文章被杂志社录用了（在职硕的毕业要求）。我很受触动，在自己的公众号写了一篇小文讲他的故事。彼时我不知道，刘政正在经历他第五次法考的失败，短暂的"万念俱灰"包围着他。这次采访他告诉我，"我都失败这么多次了还有人相信我，雅颂，你当时那篇文章给了我很大的鼓励"。
>
> 2022年春天，我留校工作了。当时领导让还在实习期的我改一篇学生写的人物稿，我一看，原来是刘政六

战法考终于上岸的故事。为了让文章更有血有肉，我补采了他，和他聊了一次，最后大家一起完成了一篇10万+的稿子（后来《人民日报》等主流媒体纷纷转载）。刘政也因为这篇文章小火了一把。

2025年开春，听说刘政离开法学院去做律师了，我带着学生去炜衡找他，采访了两次。听他再一次回顾这10年的经历。我们聊天的地方，隔着北四环西路，直线距离不到1km处就是燕园。我试图挖掘他"上岸叙事"之外的犹豫，纠结，他很坦诚，我们聊得很愉快，于是有了这篇文章。写作的过程我非常受触动。

或许我不会再写刘政的故事了，但我真的相信，"不虚度年华"会是他一生的信条。

我说她是上天派来拯救我的，她说是我自己的努力，相信"不虚度年华"是我一生的信条。她的上一次相信，让我度过了"炼狱"的一年，她的这一次相信，会让我度过"忙碌"的一生。不管怎样，被人相信的感觉真好！

北大师生给了我很多切实的帮助，父母的支持则是我最坚实的后盾。在我们国家的传统习惯中认为，父母对子女的帮助是理所当然的。不过，我认为但凡我父母给我打过一次退堂鼓，我都不可能第六次走上法考的考场，因此，我的父母是英明的。每次我失败的时候，他们总是第一时间送来安慰，鼓励我不要放弃，从头再来。每次我考试的时候，我和我妈都会约定好时间，如果在约定的时间没有微信回复，就可能是睡过了，赶紧给我打电话。就是这一次次的坚守，最终迎来了梦寐以求的圆梦时刻。

我父母除了对我的包容之外，对待老人也是非常的孝顺，因为我奶奶瘫痪多年，我们家在照顾奶奶方面付出了很多，另外邻里关系上也很和善。有句话叫："积善之家，必有余庆；积不善之家，必有余殃。"我想，我能取得一点点成绩，其实也是我们家这些年积累福报的一次显现。"但行好事，莫问前程"真的是一条值得相信的准则。

另外，考试的成功离不开考前复习时间的保障，这就要归功于我所在的物业公司的领导，能够在考前批一周的假给我。越是临近考试，时间越宝贵，特别是考前的一周，可以说是复习的黄金时间，像法考这种既有理解，更有背诵的文科专业考试，能够保证考前的复习时间对于通过考试非常关键。之前的几次考试，都是在最关键的时候掣肘，让我无法专心复习，因此，就差很少的分数遗憾败北。这次，有了充足的时间复习，是助力我通关的重要保证。

法考路上的贵人很多，最大的贵人还是那个没有放弃的自己。正如纪海龙老师在我通过法考后总结的朋友圈：有志者，事竟成，破釜沉舟，百二秦关终属楚；苦心人，天不负，卧薪尝胆，三千越甲可吞吴。遇到贵人的帮助，肯定会少走很多弯路，但怎样才能吸引贵人？我认为，只要自己不倒下，身边处处是贵人。

入职律所，律师梦圆

法考结束了，我也顺利领证了。在经过一段时间的沉淀，我决定作出一些改变，进入律所正式开启自己的律师职业生涯。通过法考后，法学院好多老师问我下一步的打算，在继续考公和选择做律师的抉择中，我选择了后者。得知我的选择，有老师愿意帮我推荐实习机会。后来，我也顺利通过面试，入职律所，实现了自己的律师梦。

团队的"高伙"也是北大的校友，承继了北大"兼容并包"的精神，没有嫌弃我的学历低，给我提供了历练的机会。我的带教律师是南开大学的法律硕士，执业将近十年，经验非常丰富，对我也是非常耐心地予以指导，出去办案吃饭也总是抢着买单。还有团队的其他律师，学历也都是985知名法学院的硕博，都愿意带我办案，传授给我很多宝贵的经验。总之，在这些业界前辈的帮助与激励之下，我在慢慢成长，慢慢变好。北大十年磨就律师梦，师友们言传身教，照亮了我的人生。

至此，我十年六战法考的故事暂告一段落。你如果问我有什么成功的秘籍，首先，我觉得自己并不算成功；其次，所谓的秘籍就是坚持。在我看来，实力不够，努力来凑，有志者事竟成。别人可能一年完成的目标，我需要用好几年，但又有什么关系呢？起步不如人的情况下，只能勤来补拙。每个人都有自己的"花期"，都有追求卓越幸福的权利,我只不过比别人的花期更晚一些。我妈也跟我讲:"来北大这条路选对了。"我跟她说:"因为路走通了,所以说路选对了。"其实每条路我们在选择之初,都不知道正确与否,但走着走着,或许就能找到答案。

身处旷野,鲜有同行者,更多的是独行。因为这注定是一段孤独的旅程,但请足够坚定,因为:内心丰盈者,独行亦如众。身处旷野有一个好处,就是只要朝着一个方向坚定地走下去,最终肯定会走出一片天地。独行之中,一位位师友们无私地帮助,让我在撑不下去的时候坚持,继续追逐梦想,让脆弱时的自己不至于被失败击垮。在无数个坚守岗位的漫漫长夜,郁郁不得志的我写下这样一首小诗,最后分享出来,与诸君共勉!

守夜人

寂静的夜里 有一颗孤独的心

孤独的心里 有一个美丽的梦

美丽的梦里 有一阵钻心的痛

钻心的痛里 有一份莫名的爱

岁月蹉跎 时间将理想击得粉碎

独在异乡 重复让生活索然无味

曾几何时 幻想把激情点燃迸发

现实生活 绝情地泼来一盆冷水

无所谓 时间不会倒退

擦干泪　任凭雨打风吹
抬头看　阳光依然明媚
咬紧牙　斗志不再沉睡
生活不易　必须谨慎面对
生命不息　学会经营体会
生机不再　梦想岌岌可危
生性不泯　苍穹任我轮回

（完）

我的跨界"食"验

——

杨 格

我从来不是个循规蹈矩的研究者，
我更希望成为名副其实的游牧者。

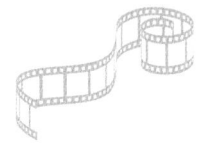

杨 格

Yang Ge

你好，我是馋同学，曾是一名法科学生，2012年毕业于中国政法大学。从街道办事处到联合国，我当了九年公务员，其间取得了社会工作硕士研究生学位。现如今，我已博士毕业，未来应该会从事饮食文化交流工作。欢迎来到我的"食"验室，观摩我的跨界三部曲。

我的跨界"食"验

杨 格

引言:"食"验室的邀请函

此刻,我刚好推开"食"验室的窗。

2024年的冬天,久违的干燥与阳光。

新口岸的海风卷着咸味涌进来,吹散工作台上的分类标签。

法学院的毕业证书略微泛黄,国际会议的铭牌压着油浸番茄干的罐,而砧板上的马介休,正用时间书写一篇关于边界溶解的宣言。

若你问我,是否还记得真理的滋味,我会给你递上一杯康宝蓝,和我一起品尝。

相信，你亦懂得，我为何会突然爱上可露丽，不过是想在焦香与丝滑之间，寻找那一瞬的平衡。

欢迎你推开这扇门，观摩我的跨界"食"验——在这里，遵守规则，打破框架。

步骤一：魔法配方——在规则中裱制自由的形状

小时候，我很喜欢看TVB的职场剧，尤其是那些充满紧张氛围的法庭场景，法官侠骨柔情、律师唇枪舌剑，他们的穿搭让人眼前一亮，法律是严肃的，而法律人可以是专业的、时尚的。文学作品中不乏对法律人的塑造，这些叙事赋予了他们天然的使命感，作为读者的我也在脑海中构思出如下画面：紧握法典如捧《圣经》，有人用钢笔墨水在起诉书中校准正义的毫厘；法庭的木槌落下时，有人坚信真理是一道公式——只要代入正确的条款，答案必定分毫不差；面对跨国贸易纠纷的合同漏洞，有人试图用罗马法的骨架填补东方商道的肌理……

起码在高三之前，我都没有想过自己会和法律有任何关系。和很多人一样，我对法律人有滤镜，但也仅仅将自己置身于滤镜的一侧，没有产生过任何靠近的想法。晚自习时，听着CD机中播放的小约翰·施特劳斯，不太情愿地刷着"五三"（《五年高考·三年模拟》系列图书），还有一本语文老师指定的习题册。如果刚好拿到在邮局包年订阅的《国家地理》或者《美食与美酒》，我能认真地阅读一整晚，新奇的地方知识令我的思绪飞出了魏公村，沉浸在简单快乐中无法自拔。虽然我是一名理科生，但我觉得自己挺有语言天赋的，一直梦想着能到某些高校学习"对外汉语"专业，未来到世界各地的孔子学院教教汉语，岂不美哉！

直到高三上学期，大概是一模后，年级组长建议我报考各高校的自主招生。那时候的报考没有网络系统，需要学生逐字逐句填写报名表，再将全部材料整理妥当用挂号信寄到学校相关部门。我报了清华大学和中国政法大学，不是觉得自己多有实力，只是因为这两所学校自主招生的专业是我比较能接受的，当时未曾料想之后的十几年与它们有着不解之缘。清华的报名表寄出后便杳无音信，法大给了我一次参加自主招生考试的机会。

去法大参加考试的笔试内容早已记不清，只记得一张卷子题量挺大，勉强做完，数学题好难；面试的表现也不够自信，现在明白面试官哪能记得住每个学生表格上写了什么（如果能够穿越时空，我真想给当时的自己做一次面试考前辅导，内容就围绕"通过宿构准备高校法学院自主招生面试"开展）。

即便自主招生考试未获录取，但我依然决定报考中国政法大学。是非常喜欢法律，才要考的吗？当时的我肯定回答"不是"，答案只是"刚刚好"。几次模拟考试的排名区间刚好够报考这所学校，专业课程设置刚好没有数学，地理位置又刚好可以实现走读的"学住平衡"。那就报吧！那就考吧！一切顺利！后来，我收到了中国政法大学的录取通知书，EMS寄来的，毫无设计感可言，但我觉得它挺好看的。

在大学的第一年，我对专业课的学习一直处于一种较为迷茫的状态。喜欢读《西窗法雨》，但法理学导论学得一塌糊涂；课堂上听得津津有味，考试时又言之无物。枯燥的法条、晦涩的理论，我只追求70分万岁（学校规定70分以下叫"小挂"）。转折发生在大二上学期，我第一次接触到了商法课程。记得在"商法（一）"课堂上，老师讲到老字号商标，用全聚德、大董等举例，瞬间吸引我的注意，觉得非常贴近生活。课后，我主动前往讲台"搭讪"，和老师讨论前几天吃大董烤鸭的感受。从未想过，我是从美食开始爱上学习法律的。

随着课程的深入，我逐渐感受到商法的魅力。商法的逻辑性和实用性让我眼前一亮。它不仅涵盖了公司法、破产法、证券法等众多与经济活动密切相关的法律领域，还通过具体的案例分析，让我看到了法律在实际商业运作中的应用。这些内容不再是抽象的条文，而是鲜活的规则。我对商法的学习热情一发不可收拾，选修了很多商法相关的课程，如"商法案例研习""外国商法"等，还参与了陈景善教授的中日双语教改课题，通过《漫画公司法》的图书同时学习日语和商法。课堂上，我积极回答问题，参与讨论；课后，我主动阅读大量的专业书籍和案例分析，不断拓宽自己的知识面。

还记得当时同学们分享了很多关于公司设立和运营的案例，再一次强化了我脑海中股东的权利义务、公司的治理结构等知识点。我对这些实际问题有着浓厚的兴趣,也逐渐明白了商法在维护市场秩序、保护投资者权益等方面的重要意义。通过老师的介绍,我毕业前有幸能在某韩国公司的中国投资公司法务部实习,在这里,我有了更多机会接触到企业经营案例,无论是诉讼还是非诉,我看到了法学的另一面,法律不仅仅是书本上的条文,更是解决实际问题的工具。

"股东代表诉讼,是指当公司的合法权益受到不法侵害而公司怠于通过诉讼追究相关责任人的责任时,符合法定条件的股东为了维护公司利益,依据法定程序以自己的名义代表公司提起的诉讼。"至今,我还能熟练地说出股东代表诉讼的解释,因为我的学年论文和本科毕业论文选题都与之相关。通过搜集整理与该制度相关的判决书,我撰写的《股东代表诉讼制度在司法实践中的应用——以实证分析为主》还获评了中国政法大学本科生优秀毕业论文。

以上,是对我作为一名法科生的大学学习经历的回顾。既是跨界,便一定有四年四度军都山下的"不务正业"。

甫一入学,我便凭兴趣加入了一系列艺术类社团,广播台、金话筒、话剧团等。三岁学习表演,演了两部电视剧,但我不是什么童星;十岁系统学习播音主持,小学、初中的寒暑假几乎是在电视台度过的,全国的比赛没少参加、获奖,但我没有加入艺考大军。谁说80后家长不鸡娃,只不过鸡娃的方式偏艺术特长而已。大学四年,我先后多次主持了江平民商法奖学金颁奖典礼、校园歌手大赛、品书阅世论坛、毕业晚会等。学校里诸多优秀的主持人，我既不是最瘦的也不是最美的，但有信心自我评价为心态稳、台风好，形象足够"国泰民安"。

"享受广播就像享受阳光，保持微笑，声音也会微笑。"在广播台，我是新闻组的主播和导播，除了每天上午播报早新闻，我当时还在每个周日傍晚五点的大节目中开设了个人栏目《饕餮传人》，专门录制了栏目的片花"饕餮传人，让味蕾舞蹈"。每期栏目时长为十分钟，按照节气介绍中国传统饮食习俗，这是我第一次尝试将个人爱好融入节目制作，台里的挚友从这时开始叫我"馋馋"。

莽原话剧团成立的那年我刚刚出生，许是一种缘分，在我20岁的时候，决定将一腔赤诚投入话剧表演。感谢莽原，给我机会独当一面，我确实在这里体会到戏如人生：我在两幕喜剧《窗户上的尸体》（曾获得1991年奥利弗最佳喜剧奖）中扮演侍者，临近毕业之时，原班人马重排了《窗户上的尸体》作为2008级莽原人的毕业大戏再现。

在原创话剧《悯命之徒》中扮演过气女演员，并在第二年带着它与公众见面。在担任团长的一年里，我联合首都高校共同举办了"十一校联合话剧周"，并与魔山

在广播台录制《饕餮传人》

剧场合作将重排的《悯命之途》推上中国大学生戏剧创演基地——海淀工人文化宫魔山剧场,拉开了莽原首场商业演出的序幕。这部剧是集 2004 级到 2009 级各代莽原人之力精心创演,积极打造的出众的法大话剧品牌,莽原话剧团首次真正走入公共剧场。工作以后,我曾加入东城区职工话剧团,2014 年作为群演参与林兆华导演话剧《人民公敌》。每一次在保利的后台候场,我都会有种时空交错的感觉,仿佛大幕拉开,台下就座观演的还是我熟悉的法大人。

体验至此,你觉得以上试剂会生成一个怎样的人设?文艺 + 法律会反应出何种物质?在法大学习的四年我始终在双行线编织的道路中畅行:从全聚德烤鸭的商标故事到股东代表诉讼的百份判例,我始终相信,法律的生命力藏匿于市井烟火与商业博弈的交织处;在魔山剧场的聚光灯下,我学会为角色设计动机,它又何尝不是一场关于"理解人性,预判冲突"的修行,是一个法科生的"戏精"进化论。

规则从来不是铜墙铁壁,相反,拓荒牛催化了法律思维的非典型迁徙。规则的本质是平衡的艺术,而平衡的智慧可以迁移到任何需要处理复杂关系的场景。

在中国政法大学昌平校区的礼堂里,我曾以两种截然不同的身份站在聚光灯下:一次是作为国庆 60 周年群众游行活动"依法治国"方阵的学生代表,用青春呐喊"我与祖国共奋进";另一次是作为话剧《悯命之徒》中的女演员,以一袭红裙展现角色在道德困境中的挣扎。多年后，当我从事国庆 70 周年群众游行活动策划指导工作时，忽然意识到这两段经历早已在思维深处完成化学反应——法律人特有的"风险预判基因"与艺术创作者的"叙事建构本能"，竟成为我在非法律领域突围的密钥。

曾经整理过的几百份股东代表诉讼判决书，如今也以另一种形式发挥着作用。在北京冬奥组委工作时，面对国际奥委会观众体验官员在项目审议中数次诘问，那些判决书中关于"公司利益"与"股东权利"的博弈逻辑，让我迅速提炼出对方的核心诉求：北京 2022 需要证明我们足够了解观众，并代表这一最大的利益相关方提出赛时的各项需求。此刻，那些反复拆解的股东代表诉讼案例，突然在脑海中自动解构重组：眼前这位持英国护照的国际奥委会官员，不正是位质疑"公司代理人"是否忠实履职的"股东"吗？而我们要做的，是证明自己具备"合格代表人"的资格。对方的核心诉求可以拆解为三个法律要件式问题：代表资格是否适格（观众需求采集系统是否科学）、代表行为是否善意（方案设计是否摒弃部门本位）、代表结果是否必要（替代方案是否明显损害观众利益）。这个隐秘的思维转化，

代表北京 2022 年冬奥会和冬残奥会组织委员会观众体验业务领域参加项目审议

让原本胶着的对话突然有了推进路径，所有看似对立的利益，本质都是同一枚文化硬币的不同侧面。

后来，我从观众体验业务领域调任志愿者业务领域，变成了又一利益相关方的代表。在一次线上项目审议会上，我忽然意识到：这段长达半年的博弈经历彻底重塑了我对"专业边界"的认知。或许法律人真正的毕业证书，从来不是通过了司法考试，而是被法理思维重塑过的大脑沟回。它们像隐秘的北斗，总能在职业迷航时，为你标定出穿越混沌的航向。

跨界者，要承担双重风险，要修炼成为一名时间管理大师。回望这段偏离师友预期的职业轨迹，最珍贵的收获恰是法大不曾明示的"暗知识"：那些在舞台上练就的临场发挥能力，转化成了项目审议会的汇报技巧；在导播台习得的时间管理术，演化成多线程推进项目的控制论；甚至期末备考中强化的记忆编码能力，如今支撑着我快速掌握不同领域的话语体系。

有几年，我常接触首都各高校的学生，当学联驻会主席问我"格格老师，如果最终不从事本专业，努力学习意义何在"时，我回答："那些曾在主楼刷夜背诵法条的夜晚，那些在话剧后台揣摩角色的清晨，那些为广播栏目考据食俗的周末，最终都融汇成个人独特的认知地貌。"法律人的规范意识与艺术家的破界冲动从来都不是非此即彼的对抗，而是共同构成了观察世界的双眼：一只看见系统运行的底层逻辑，另一只捕捉人性深处的幽微闪光。

步骤二：外交厨房——在文化温差中调和一席对话

大学毕业，二十三岁，考公务员，当公务员。大学时最不喜欢行政法，第一份工作内容偏偏是行政执法。初入职场，纵然我有丰富的学生工作经验，我依然不知道新人应该每天几点钟去吃午饭合适，不确定对非领导职务的长辈是跟着别人一起叫"哥/姐"还是表示尊重叫"老师"（甚至街道刚刚退休返聘的60周岁某老师要尊称"某老"），更不习惯早几年入职的前辈突如其来的"言外之意"。总之，我的职场初BGM就是《忐忑》。不过我也很幸运，定岗后我被分配到了一个经验丰富的团队，队长、教导员还有资深的监察员，他们严谨的工作态度和丰富的经验让我佩服，大家对我这个年纪最小的队员照顾颇多，似乎每天上公厕、在破旧的院子办公也就不太惨了。

我的第一项任务是学习案卷制作，这是行政执法工作的基础。队里的案卷制作与学校要求的法院实习时从事的工作略有区别，实习时更多的是辅助书记员整理核对，确保案卷装订前没有遗漏。工作后我就是案卷的直接负责人，每一个案件都需要详细记录，从立案到结案，每一个环节都要主动跟踪，确保程序完整。对于一名法科生，撰写调查报告、询问笔录、行政处罚决定书等法律文书应该不是什么难事，真正的挑战是要在快节奏的执法过程中迅速清晰地拍照取证。不同区域的无照经营会结合各种因素判断，有的劝离、有的暂扣，我体会到了法理与人情的平衡。行政执法不仅需要严格遵守法律规范，还需要考虑人情因素，做到既有力度又有温度。在行政执法中，法理与人情并不是对立的，而是相辅相成的。通过合理运用柔性执法方式，我们可以在严格执法的同时，体现人文关怀。

一年后，我代表单位参加了区直机关工委举办的演讲比赛，讲一个基层执法队员的成长与梦想，获得了一等奖。之后调入局机关从事党务工作，党务工作与行政执法工作截然不同，它更注重规则和程序的遵守，对公文写作和会议组织能力要求极高。公文写作有严格的格式和规范，字体字号、行距页边距等细节也不能忽视。不规范的公文，就像不正式的着装，属于公务员基本素养，没做好，印象分就一扣到底。公务员培训的时候，我最不喜欢的一节课就是公文撰写，内容听起来十分无趣，腹诽"基层执法队员八百年写不了一篇公文"，没想到不到一年我就到了机关工作，只好强迫自己开始学习。第一个月，每撰写一个通知、请示等常用公文都要用反面纸打印出来，科长不厌其烦地用笔帮我修改措辞和格式，站在科长旁边，我的心理活动是羞愧和立 flag 之间交替。事实证明，培训时的课程安排绝非虚设，不强求干一行爱一行，但是一定要让自己"合格"，很多技能不要"用时方恨少"。除了公文写作，会议组织也是党务工作的重要内容。会议的筹备、组织和记录并不是工作的全部，会议通知的起草、会议议程的安排、会议记录的整理，交给谁办谁就是全责，每一个环节都不能出错。

当这些流程从结构化面试的"宿构"中变为现实，我才明白：重要、紧急的事情往往接踵而至，高效工作就是学会在琐碎的工作中见缝插针，真正要修炼的是如何在复杂的工作环境中保持冷静和专注。

在行政执法和党务工作的实践中，我更深切地体会到了规则的重要性。规则不仅是工作的规范，更是日常工作中干部自我保护的盾牌。我一度负责区委下发的公文审批流转，科长曾数次叮嘱我："记住！文件就像足球，一定抓紧踢出去！一定不能在自己手里耽搁。"同时，规则并不意味着束缚。工作日复一日，学会举一反三方能在规则的框架内灵活应对各种问题。这种在规则中寻找自由的能力，不仅让我在工作中更加得心应手，也让我在个人成长中始终获益。然而，一年过去，我已经可以熟练地解决工作中的各种问题，我却越发感到一种按部就班的迷茫和矛盾。每天的工作虽然稳定，但似乎缺乏挑战和新鲜感。我开始反思自己的职业选择，渴望更多的挑战和成长。

2015年2月，我到北京团市委社区工作部挂职，对接城六区的社区青年汇工作。之后的两年，像一场未经彩排的跨界演出——从熟悉的政策法规领域，突然切换到青少年社会工作的广阔舞台。我们的督导和社工眼神中闪烁着光芒，言语中充满了创意，我不禁被感染：社会工作不是自上而下的"管理"，而是自下而上的"陪伴"；不是冰冷的"规则"，而是温暖的"看见"。这种"看见"，让我开始重新审视自己的角色，如何成为青少年生活的"成长陪伴者"。这种角色的转变，既是一种挑战，也是一种觉醒。青少年社会工作与法律实践有着某种隐秘的共通性——它们都在试图建立一种"信任机制"。法律通过规则构建社会信任，而社会工作则通过情感连接修复个体信任。这种顿悟，让我迅速找到了跨界适应的切入点。

在实务工作中，我逐渐学会了"案主自决"这一核心理念，尊重青少年的主体性，让他们在社工的陪伴下，自主决定自己的成长路径。这种理念，像一把钥匙，打开了青少年与社会工作之间的信任之门。成长不仅是一个人的事，更是一群人的事，不仅需要政策的支持，更需要人文的关怀。带着对实践经验的反思和对理论知识的渴望，我决定继续深造。2016年，我以总分第一名的成绩考入了清华大学社会工作专业，希望通过系统的学习，从"知其然"走向"知其所以然"。研究生期间，我尝试将理论与实践结合起来，开展了一场关于"成长"的实验：第一步，跨专业学习，跳脱出法律"应然"与"实然"之间博弈的思维定式；第二步，尊重多样性，学会用"优势视角"和"第三人视角"积极悦纳自我和一切既成的事实，但绝非摆烂。

我的硕士毕业论文是基于发展性社会工作理论对小组工作方法应用于学校社会工作的实证研究。在外派工作期间，我通过田野调查观摩了泰国S中学的"素质教育"模式，和我们小时候经常参加的班会、社团不同，他们的小组工作方法是将"生态系统"的理念融入教学，学生通过参加学校组织的各类兴趣小组掌握生活所需的能力（比如自然小组编织花环、化学小组制作精油等），在彼此协作当中提前与社会接触。回国后我调任北京团市委大学中专工作部（也是北京市学联秘书处）工作，便开展了中泰学校社会工作的比较研究，撰写了三万多字的论文，我并不认为它有如何突出的显性价值，但我深知它是我从一名"实践者"逐渐成长为"研究者"的过程中尝试建构的国际交流"隐性接口"。

青少年社会工作的核心，不仅是解决个体问题，更是构建社会支持网络。这种"连接"，既包括青少年与家庭、学校、社区之间的连接，也包括青少年与自我、他人、社会之间的连接。我开始用更系统的理论框架，分析社会工作实践中的问题；用更严谨的研究方法，探索青少年成长的规律。很多学联驻会主席、国际学生喜欢和我聊天，谈人生、谈理想。并非我抽屉里的零食有多好吃，或许是因为我没有用"师生关系"定义对话的身份，一定是因为我鼓励他们勇敢地尝试走出舒适区，重在人生的宽度。

在文化温差中调和对话，不仅需要规则的约束，更需要理解和包容。2017年，我公派赴联合国志愿人员组织（UNV）亚太区域办公室工作了6个月。我的职位是联合国青年志愿者，创新和知识生产岗，放在国内就是宣传工作。在抵达泰国之后，还没适应湿热的气候，就马上开始了工作。第一周，白天参加入职培训，晚上在UN大楼周边找房子。然而适应新的工作环境和文化氛围，并非一蹴而就。我们办公室有个好的传统，就是新人拥有"一杯咖啡"的时间和前辈"取经"，加深了解。我先和区域经理在国际食堂约了一顿午饭,她问我过去的工作经历,我磕磕绊绊地回复并对自己的表达不畅表示抱歉,她十分给面子地说:"你只是工作后这几年不说英语,不要紧张慢慢说,这里是国际化的工作环境,相信你很快就可以适应。"有话说不出来,实在太别扭了!痛定思痛,我决定主动出击。联合国对于宣传十分重视,各机构总部都会编制宣传指南,我把里面的高频词总结了一番,不会的词抓紧背、会的词就背搭配,既保证工作语言的规范,也能用"黑话"和主管任性交流。

在国际组织作宣传,关注行业动态、分析账号受众,努力提升内容的吸引力和传播力,这些只是最基础的工作。还有一些是职责没写但要主动拓展的,比如与其他部门的宣传官沟通协作,共同制订社交媒体计划,确保发布内容的质量和时效性。联合国会议多、纪念日多,台账是一个很好的管理工具。像南南知识交流青年志愿服务可持续发展目标会议、国际青年日、国际和平日等,除了制作线下宣传材料外,还要创建社交媒体宣传包。为了吸引更多人更为便捷地关注 UNV 的工作,图片要能抓人眼球、文字内容要生动严谨,我还把当时国内已经开始使用的二维码用在了布展上。

作为中国大陆地区首批外派的联合国青年志愿者,我和另外一位驻在缅甸国家办公室的志愿者经常感到"压力山大",因为"中国志愿者走出去"的使命,我们得主动"做些什么"。我一直觉得"让世界了解中国"绝非一个人甚至是一代人能够完成的,但是一个

向 UNV 区域办公室汇报"5 分钟了解'一带一路'倡议"

人的行为绝对会影响一个国家的形象。"讲故事"容易，但是"讲好中国故事"确实要好好构思。每当中国的志愿服务有什么新的动态，我都经主管审批后发布在联合国志愿人员组织亚太区域办公室的官方社交媒体账号上，同步给全世界关注志愿服务的人；我还充分利用区域办公室周会，向区域经理提议，准备了"5 分钟了解'一带一路'倡议"汇报，同事们都觉得这个介绍来得很及时，让他们更加理解中国"开放、共享"的合作态度，这对区域项目设计和交付很有帮助。或许这就是区域经理对我的期待——一次有意义的工作经历应当是"学习 + 贡献"的双赢！

文化多样如同一幅画卷中多彩的颜色，每一种文化都有其独特的色彩和魅力。在国际组织工作，文化多样性和包容不仅是一种理念，更是一种实践。通过与来自不同国家和地区的同事和志愿者的密切合作，我学会了如何尊重和欣赏不同文化背景下的价值观和工作方式。在志愿服务乃至国际交流中，不仅要尊重和欣赏这些不同的文化，还要通过对话交流，促进不同文化之间的相互理解和尊重。大多数外国人对中国青年是黑白的刻板的印象，在和维和专员约咖啡时，她认为亚洲青年人过于内敛，应该"积极走出舒适区"。我深以为然，如果不是这次外派，我或许也会囿于一份稳定的工作，按部就班地完成"领导交办的各项任务"，再度跨界的伏笔在此处正式埋下。

在与时任联合国助理秘书长兼联合国开发计划署助理署长兼亚太局局长徐浩良先生的座谈中，他表示很欣慰我能代表中国青年来到联合国系统工作，鼓励我未来继续从事国际交流工作。2017年12月，我参加了由联合国志愿人员组织、北京市志愿服务联合会、中国国际经济技术交流中心三方合办的"一带一路志愿服务论坛暨第二届国际志愿者交流营"，与来自世界五大洲34个国家和地区的66名国际代表分享了我的外派经历。在探讨如何实现国际志愿服务的多方共赢的话题时，我说一定要在满足服务对象和组织者需求的基础上，关注志愿者的体验和收获。

因此，当我的身份转变为组织者时，我更珍惜每一次机会，争取为中外青年提供丰富多彩的文化呈现机会，促

与时任联合国助理秘书长兼联合国开发计划署助理署长兼亚太局局长徐浩良先生（左）座谈

进彼此的文化理解。在中非合作论坛筹备期间，我策划了"服务中非合作 走进驻华使馆"系列活动，将文化交流融入志愿者激励活动，并将程序前置。邀请参与中非合作论坛的志愿者代表与驻华大使对话，我们前往驻华大使官邸、津巴布韦驻华大使馆分别拜访大使，还组织工作坊邀请来自刚果（金）的国际学生介绍国情，志愿者们感受到了不一样的激励。

文化自信沉淀于每一次身体力行的实践之中，于持续的行动积累里逐步彰显、日益深厚。作为北京市城市代表团的翻译以及女子高山滑雪教练，我带队参加2019年在美国普莱西德湖举办的国际儿童冬季运动会。行前，我们按照惯例准备了很多具有中国特色的徽章，并叮嘱小运动员们在开闭幕式和比赛间隙主动和其他国家的小朋友们交流。徽章交换是以同好会友，徽章虽小，却有可能承载着丰富的文化内涵与个人故事，它跨越了地域与语言的界限，成为连接不同心灵的纽带。在交换的瞬间，彼此分享着自己所珍视的文化符号，传递着独特的审美情趣。这方寸之间的小小载体，装饰了孩子们的注册卡，让更多的人在徽章的世界里，领略到不同文化的魅力。在北京冬奥周期，我连续两年为"上冰雪 迎冬奥"国际冰雪体验营的国际学生宣讲《我的冬奥会志愿者之旅》，借以提升公众对冬奥会的关注度，为北京冬奥会志愿者招募工作预热。我详细介绍冬奥会志愿者的工作内容和挑战，以及启发学生思考志愿服务过程中的职责和成长。每一年，我都根据学生规模和志愿服务经历设计不同的互动环节，让参与者以小组为单位展示他们的观点。学生们可以分享各自的文化视角和经验，共同探讨志愿服务的意义和价值，从而加深对彼此文化的理解和尊重。

同时，我在组委会担任前期志愿者指导教师，负责培训和指导志愿者们开展北京 2022 年冬奥会和冬残奥会赛会志愿者招募网络咨询回复工作。每天，前期志愿者都会将咨询的问题进行分类，下班前总结当日回复问题类型及数量，我们一起共同商讨个性化问题的回复。在这个过程中，回复语言的准确性、语境的适应性等问题是我着重强调的，而且还要尽量避免刻板印象，促进不同文化背景的人们之间的相互理解和尊重。

直到现在，我都时常想起那一年的曼谷雨季，在 UNV 亚太办公室的深夜，泛蓝的电脑屏幕陪伴我加班，键盘敲击声与雨打树叶的滴答声在缠绕，像两股拧不干的麻绳。当我用昭披耶河水冲泡茉莉花茶时，滚水冲开的不只是茶叶，还有被专业术语冰封的对话可能。这杯茶里，有西湖的晨雾、阿尔卑斯山的雪水、撒哈拉的沙粒——它们在杯中旋转、沉淀、交融，最终呈现文化多样的味道。某天，我收到一包来自乌兹别克斯坦的蜜瓜干，同事对我说："这是中亚的

在"上冰雪 迎冬奥"国际冰雪体验营的国际学生宣讲《我的冬奥会志愿者之旅》（中）

甜，请用东亚的茶解腻。"那些被严格语法割伤的词句，正在茶香中重新愈合。文化的温差，不过是人类在时间轴上错位的呼吸，或许时差恰恰可以调和呢？

从事国际交流的这几年，偶有通宵。第一缕晨光来临，我特别期待去食堂吃一碗豆泡汤。从师傅手中小心翼翼地接过它，加一勺浓浓的芝麻酱、淋一勺香香的辣椒油，端起这碗馄饨的浓汤，险些忘了加盐。那一刻，我忽然发觉盐的历程很像文化交流，跨文化对话很像海水蒸发成晶体的过程，何尝不是一次低调的自我瓦解？但当它们溶入冬阴功，咸味便化作千百种滋味的底色。尊重规则的真谛，不在于成为轰轰烈烈的焰火，而在于成为盐——在每一次溶解中，成全他人，也丰富自己。

步骤三：叛逆食验——在舌尖上重组规则的基因

我有多热爱美食，似乎就有多叛逆。记得上班还不到3个月，就通过调休、换班，申请了12天的离京假，参与CCTV-10《味·道》节目的录制。在被称作东方小巴黎的哈尔滨，我担任美食向导，和主持人一起穿行于冰雪覆盖的街道，每一步都像是在探索一个神秘的美食宝藏，仿佛中央大街的每一块面包石都在讲述这座城市的饮食故事。录制氛围是愉快且难忘的，我们向秋林大列巴第五代传人学习制作面包，那浓郁的麦香在烤箱中弥漫，仿佛听到了中东铁路的轰鸣声。当我们带着亲手烤制的大列巴，来到俄罗斯侨民后代的家中，品尝着正宗的红肠和红菜汤，独特的风味不仅仅是味蕾的享受更是文化的交融。在俄罗斯风情庄园体验俄式西餐时，我被那精致的餐具、优雅的环境和独特的菜品感染，每一道菜都像是一件艺术品，拍摄之余我从法香开始讲述香料的故事。而驱车几十公里到村民家中，学习腌渍酸菜、品尝杀猪菜时，我又感受到了最质朴、最地道的东北风味。最让我难忘的是，与中国烹饪大师刘振华先生全家人一起吃年夜饭，共同庆祝春节。丰盛的年夜饭，每一道菜都蕴含着中国传统文化中团圆的哲学。

参与录制 CCTV《味·道》栏目

我的美食启蒙很早，童年的味道是午后的肉桂苹果派和生日的硬奶油蛋糕。美食对我来说不仅是口腹之欲，更是一种深深的情感寄托和生活享受。这份热爱在很长一段时间里，仅仅停留在爱好的层面。这次录制像一把钥匙，开启了我的寻味之旅，更为我埋下了一颗种子，我的美食爱好者基因即将觉醒。十年之后，我甘愿为之冒险。决定攻读博士念起一瞬，因为热爱美食、喜欢澳门，所以我看到"中外文化交流专业"的招生简章便火速递交了申请。看似任性，亦绝非冲动。

正式入学前，我的导师说复旦大学历史系和日本关西大学开放式亚洲文化研究中心即将开办一场"近代以来的西餐、洋饭书与大餐馆"工作坊,让我尝试选个题目写出摘要后申请参会。我立即回想起录制《味·道》时哈尔滨的本土菜,近代西风东渐以及国际化城市的形成和发展对哈尔滨饮食文化产生了显著影响,它无疑是中西文化交流与融合的一个代表。我再度见到刘振华大师并对他进行了访谈,了解到起源于1907年的"老哈菜食铺"已发展至第五代,其融合菜式"华竹老哈菜"从食材选择、工具应用、烹饪技法和饮食习俗等方面都吸纳了外来文化的元素,成为西风东渐影响哈尔滨饮食文化的代表性案例。探寻城市发展的历史,"酒泛蒲桃作冷餐,䃎肩羊胛蠹杯盘。旁人大嚼先生笑,冰雪满胸寒不寒?"在写作的过程中,伴随对史料的梳理,我仿佛在观看一部记录哈尔滨大餐馆发展的黑白电影。

The Beginning

镜头1:1905年,中东铁路俱乐部西餐厅开业。

画面:全景镜头,展现中东铁路俱乐部西餐厅的外观,建筑风格典雅庄重,门前挂着开业的横幅。镜头缓缓推进,聚焦在餐厅门口,人们穿着正式的服装,脸上洋溢着喜悦的笑容,纷纷走进餐厅。

音效:欢快的音乐,人们的交谈声,开门的吱呀声。

镜头2:哈尔滨开埠后,西餐业迅速发展。

画面:俯拍镜头,展现哈尔滨的城市全景,街道上车水马龙,人来人往。镜头切换至各个高级西餐厅、西餐风味店,招牌林立,风格各异。中景镜头,展示不同国籍的侨民,俄国人、希腊人、波兰人、德国人等,穿着各自民族的服装,走进西餐厅。近景镜头,展示中国人经营的西餐厅,厨师们忙碌地准备着俄式和法式大菜。

音效:城市的喧嚣声,餐厅里的音乐声,人们的交谈声,餐具的碰撞声。

镜头3:1937年,全市有西餐馆260多家。

画面:全景镜头,展现道里和南岗的街道,西餐馆鳞次栉比,尤其是道里中央大街两侧的西餐馆最为密集。镜头切换至各个西餐馆,展示其独特的建筑风格和招牌。中景镜头,人们在西餐馆里用餐,享受着美食和音乐。

音效:街道上的嘈杂声,餐厅里的音乐声,人们的欢笑声。

镜头4:战乱时期,西餐业大萧条。

画面:全景镜头,展现战乱中的哈尔滨,街道上空无一人,西餐馆关门闭户,一片萧条景象。镜头切换至一些西餐馆的内部,空荡荡的大厅,落满灰尘的桌椅,显得格外荒凉。近景镜头,一些俄侨带着行李,匆匆离开,脸上露出无奈和悲伤的表情。

音效:战争的爆炸声,远处的枪声,风声,人们的叹息声。

镜头5:1945年反法西斯战争胜利后,西餐业恢复。

画面:全景镜头,展现苏联红军进驻哈尔滨的场景,士兵们整齐地行进在街道上,人们夹道欢迎。镜头切换至各个西餐馆,陆续恢复营业,招牌重新挂起,灯光亮起。中景镜头,人们再次走进西餐馆,享受美食,脸上洋溢着喜悦的笑容。特写镜头,展示马迭尔、马尔斯、大世界等著名西餐馆的招牌，以及苏联俱乐部饭店的宏伟建筑。

音效：庆祝的音乐声，人们的欢呼声，餐厅里的音乐声，餐具的碰撞声。

（时间推移，画面变为彩色，以下的几幕没有现场收音，背景音乐节奏明快，呈现一片欣欣向荣）

镜头1：改革开放后，哈尔滨餐饮业新发展。

画面：全景镜头，展现改革开放后的哈尔滨城市街景，街道两旁的餐厅招牌五彩斑斓。镜头切换至一家家餐厅，中景镜头展示不同风格的餐厅，有传统的中餐厅，也有新兴的西餐厅，还有各种特色小吃店。近景镜头，展示厨师们在厨房里忙碌地烹饪，中餐厨师熟练地翻炒着菜肴，西餐厨师精心地装饰着牛排。

镜头2：华洋大菜共置一席。

画面：全景镜头，展现一家大型餐厅的宴会厅，餐桌上摆放着中西合璧的菜肴，色彩鲜艳，令人垂涎欲滴。中景镜头，展示客人品尝着各种美食，脸上露出满意的表情。特写镜头，聚焦在一道道菜肴上，中餐的红烧肉色泽红亮，西餐的牛排煎得恰到好处，还有各种融合菜式，如黑椒爆猪肝、软煎鱼等。

镜头3：国有"华梅西餐厅"走进大众生活。

画面：全景镜头，展现华梅西餐厅的外观，建筑风格典雅，招牌醒目。镜头切换至餐厅内部，中景镜头展示客人在餐厅里用餐，享受着正宗的西餐。特写镜头，展示华梅西餐厅的特色菜品，如俄式红菜汤、奶汁肉丝等，色彩丰富，造型精美。

镜头4：民营企业恢复老牌西餐厅。

画面：全景镜头，展现一家老牌西餐厅的外观，建筑风格古朴，招牌上写着"老哈菜馆"。镜头切换至餐厅内部，中景镜头展示客人在餐厅里用餐，品尝着中西合璧的菜肴。特写镜头，聚焦在一道道菜品上，有传统的中餐，也有改良后的西餐，如番茄里脊、奶汁鳜鱼等。

镜头5：食材工具搭配使用。

画面：中景镜头，展示厨师在厨房里挑选食材，有新鲜的蔬菜、肉类、海鲜等。特写镜头，聚焦在厨师手中的食材，如圆白菜、洋葱、胡萝卜、红菜头等"四大金刚"，还有黑龙江安达县生产的奶酪和黄油，乌苏里江的大黄鱼、大马哈鱼等。镜头切换至烹饪过程，展示厨师使用煎盘和大勺等工具烹饪不同菜品，如用煎盘煎制葱姜鸡，用大勺滑炒奶汁肉丝。

镜头6：烹饪技法交互借鉴。

画面：中景镜头，展示厨师在厨房里采用中菜西做和西菜中做的技法烹饪菜品。特写镜头，聚焦在一道道菜品的制作过程，如黑椒爆猪肝采用中式滑溜技法，借用西餐的黑椒、洋葱调味；软煎鱼采用西式软煎技法，将鱼切块后包裹鸡蛋煎熟，之后淋上酱汁轻焖。镜头切换至客人品尝菜品的画面，展示客人对这些融合菜式的喜爱。

The End

没错，学术文章要求我的文字冷静理智，不妨碍我脑中自行放电影，相信这是我与美食爱好者的共鸣。原来研究自己喜欢的领域可以如此快乐呀！我开始阅读大量关于饮食文化的书籍和资料，了解不同地区、不同国家的饮食文化特点和历史渊源。我参加各种饮食文化研讨会和活动，向专家学者请教，大胆地提出一些设想。尽管再次跨界在常人眼中与"叛逆"画等号，但是法学教会我的"规则"意识已经编入基因。在饮食文化交流中，构建和运用恰当的话语体系是确保交流成功的关键。我参加中国西餐烹饪教育国际论坛，从 pudding 一词的汉译演变谈起，提出应当规范西餐菜点名称翻译的方法。规范不是去强制全部译者在翻译同一个菜点时使用相同的方法，而是要通过研究和论证，形成一种可被借鉴的思路，准确、易懂、兼具优美，因"菜"制宜。

以"驴打滚"为例，我做了一个写意型菜点英译的模板，在会上和大家讨论。先通过音译将中餐菜名按照中文发音用英文字母拼写出来，保留原菜名的音韵特点。再通过释义对中餐菜名进行解释性的翻译，传达菜品所蕴含的文化内涵、历史典故或寓意等，让读者更好地理解菜品背后的文化意义。最后一步要详细列出食材与烹饪方法，更注

| 举例 |

| Lǘdagunr |
| 驴打滚 |

| Donkey Rolling |
| Sticky Rice Rolls with Red Bean Paste inside and Soybean Flour outside. The soybean flour on the surface looks like the dust a donkey raises when it rolls in the wild, hence the name Donkey Rolling. |

| Sticky Rice, Red Bean Paste, Soybean Flour, Sugar, Water, Sesame Oil, etc. |

在首届餐饮烹饪教育高质量发展国际论坛圆桌会议展示中餐菜点英译规则

重对菜品整体风格和特色的描述,而不是单纯地罗列食材和步骤。这种结构看起来似曾相识啊!没错,因为中餐菜点名称英译的受众是非中文使用者,所以我们自然要采用他们熟悉的"长相"。

我对西餐菜单的关注应该是从大二暑假开始的。当时,我报名参加了法大和维多利亚大学合作开展的暑期课程,短暂地实现了黄金奇异果自由。在惠灵顿的3周,我们每天上午到学校学习政治学、国际关系和法学的课程,下午参观访问新西兰外交部、安全部、劳动部等重要政府部门,与新西兰政府官员进行深入访谈与交流,以及旁听议会辩论和最高法院庭审。在参观毛利人社区时,我们观摩了他们的传统仪式,还品尝了毛利人的杭吉大餐(Hāngī)和土豆面包(Rēwena),当中的食材既包括他们祖先从哈瓦基带来红薯、山药和芋头,也有在本地获得的鸡肉、羊肉、猪肉、海鲜等。在此之前,我寄宿家庭的作曲家奶奶曾经专门排队给我买回来当地知名的炸鱼薯条让我尝试,向我介绍她祖籍英国的美食。因为奶奶非常担心自己的高血压,所以每天晚上我和另外两位"家庭成员"都要吃不加盐的"黑暗料理"。有一次她买了新鲜的牛肉,在厨房折腾了好几个小时,端出来一道茄汁肉丸,以为我们不好意思多吃,还热情劝说:Help yourself eat more this……每日一餐淡味饮食,怎么不算 NZ 留子的 PTSD 呢?我一度以为新西兰的饮食是乏味的英联邦国家风格,然而毛利人社区的饮食体验打破了我的刻板印象,惠灵顿,应该挺好吃的吧。

年少不知愁滋味,为寻美食狂奔波。上学的中午约上同学打

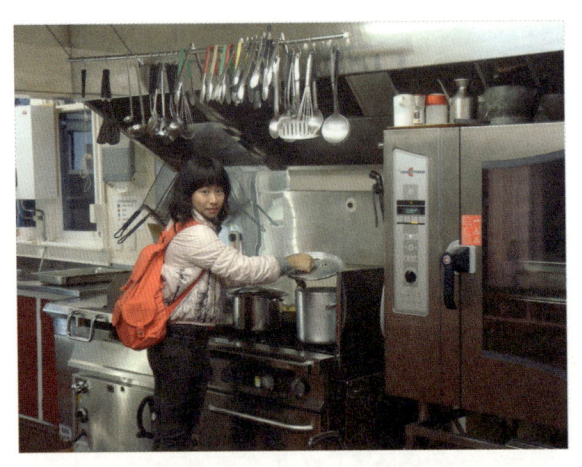

2010年8月，在新西兰惠灵顿毛利人社区后厨观摩

卡市中心的美食广场，点一份深海鱼，撒上黄色的柠檬胡椒；偶然走进一家寿司专卖店，尝试改良版的牛油果蟹柳寿司；专程去同学的寄宿家长推荐的印度餐厅，吃不减辣的正宗咖喱，一起嫌弃毫无黏性的米饭。我期待每周两天的休息日，约三五好友到麻辣江湖（Red Hill）吃自助火锅，城市漫步偶遇贝果专门店，误入咖啡豆烘焙工厂，海边市集狂喝有机苹果汁，看演出前买一份街头法式可丽饼……有心人天不负啊，在新西兰的最后一周，我竟然在报纸上看到了餐厅周的广告！"盘子上的惠灵顿（Wellington on a Plate）"旅程开启！在网络检索不便捷的年代，这份广告非常贴心地介绍了参加餐厅周活动的餐厅信息，按照菜系分类，介绍了早/中/晚不同时段的菜单和套餐价格（15~80纽刀不等），附上餐厅的地址和电话。

这一周我切身体会到何为分身乏术，忙着给想要体验的餐厅"排班"，忙着给只提供套餐的餐厅约"搭子"，忙着给美食美酒拍照，忙着学习菜单上的单词。当然，意外的收获，竟然是终于不用为了"健康"吃下淡味主菜，我在异国他乡实现了食盐自由！在 Tasty Room，主厨呈现的惠灵顿牛排让我印象至深，因为卓越的食材与烹饪技法无须多言。

没有错过最贵的 Crazy House，21 天草饲肉眼牛排吃了，三款当地葡萄酒喝了，西餐菜单这一伏笔正式埋下了。这些西餐菜单像密码本般引人一探究竟，如同我从事美食研究的"暂停/播放键"，蓄势待发。当我们解构一道经典菜肴时，实际上是在解码其承载的文化基因图谱。美食的终极翻译，是让不同文明在同一个砂锅里文火细熬。菜单翻译不仅是语言转换，更是文化解码系统，西餐命名遵循着"核心食材 + 文化符号 + 烹饪技法"的黄金三角结构，为何不能触类旁通：功能导向型菜品侧重写实，文化符号型菜品采用音译加注，避免中餐译名的"过度归化"或者"强行异化"。

从事饮食文化交流研究的这几年，我参与了教育部"基于烹饪专业人才培养目标的中高职课程体系与教材开发研究"课题，我常将自己想象成一名"教育食谱"的编纂者。那些深夜伏案编写的《烹饪英语》《中国饮食文化概论》，并非只是知识的堆砌，而是一次次对烹饪教育基因序列的重组——如何让"火候"与"温度"的术语跨越语言壁垒？怎样在《餐饮概论》中创新讨论餐饮消费者的体验？教材的受众未来极大可能成为餐饮从业者，对他们而言真正的挑战不在于复刻某道招牌菜，而在于读懂食客眼中闪烁的星辰。我们追求的是，像调制一锅老汤般，将历史考据、国际视野、产业动态缓缓熬煮，最终让教材成为学生手中既能指引实操、又能唤醒文化自觉的"味觉地图"。

我并非科班出身，凭着对美食的热爱转向学术研究，摸着石头过河。这几年，我也偶有反思，真正的美食研究应该如何做？其实问题不在于怎样开展研究，而是暂别全职工作重回校园，多年的工作经验到底应该如何发挥价值。虽然学术领域不同，但方法论是共通的。社会工作者的同理心让我换位思考，我常将自己作为餐饮消费者进行分析。大型赛会的管理经验支持我将观众体验时空架构迁移，突破传统的餐饮管理概念，开始研究全时空的餐饮消费体验。餐饮早已褪去单纯的果腹之欲，升级为感知与记忆的盛宴。餐饮消费体验的过程调动了我们所有的感官，如果一定要用学术语言，它是一种感官协同的认知范式。餐饮消费者走进餐厅的每一次驻足、每一次举箸，都在编织一张由需求与期待织就的网——这张网，既是马斯洛笔下层层叠叠的人性图谱，也是时空经纬中悄然流转的烟火故事。餐厅最后一盏的灯熄灭，餐饮消费者的体验并未终结。饱足的胃、被满足的需求、被触动的瞬间、被延展的空间，成为让人回味留白的余韵。

我喜欢思考，但不能接受生活的全部是研究。对于三分钟热度的白羊座来说，学术研究堪比苦难的修行。如何让撰写学术文章变得有趣？"放电影"这个无意间的脑洞拯救了我，我通过构建一个个的画面，来拆解餐饮消费者的体验，模拟可能发生的事。餐前的时光，是未开封的信笺，充满了未知和期待。或许是一个饥饿的午后，手机屏幕滑过美食博主的推荐；或许是恋人精心策划的纪念日，在地图软件反复标注路线；又或是临时取消的预订，让期待骤然跌入遗憾的深谷。就餐时分，我看到剧场帷幕拉开，寻找座位的局促，翻开菜单的期待，热毛巾带来的熨帖，邻桌婴儿突然的啼哭，服务员弯腰询问"换一个骨碟"的周到……餐后的余韵，有人带着餐馆的周边在街头漫步，也有人在社交媒体留下体验的二次发酵。

我把餐饮消费者体验的空间想象成一个剧场。餐厅是体验的圆心，是舞台；厨房隐藏在电影幕布后面，我们偶尔能够看到厨师挥勺的剪影。当然还有精心设计的舞美：灯光的角度要温柔得足以融化疲惫，背景音乐的节奏需与咀嚼的韵律合拍。然而，现代人的饮食地图早已突破四面墙的界限，外卖承载着都市人的孤独与忙碌，预制菜在微波炉的嗡鸣中重构家的定义。餐厅门口的伴手礼，像是演出散场的纪念册，与"吃"若即若离，让整个饮食叙事多了分生气。

刻板印象中的美食研究，离不开反复实验，更离不开案牍劳形。我希望有朝一日成为一名双师型教师，把多年的积累、产业的发展、行业的需求告诉我的学生，让学术论文沾染厨房的烟火气，和他们一起为美食学术赋予生命力；它不再是被观测的客体，而成为流动的、呼吸的、带着体温的认知主体。

  美食是舌尖上的生活哲学，五味调和，恰似人生的多元选择。美食的制作过程，更是一场与生活的对话。从食材的准备到火候的掌控，每一个步骤都需要耐心与专注。一道成功的菜肴，离不开精心烹制；一段精彩的人生，也需要大胆尝试。清淡或浓烈，每一种口味都是一种独特的生活体验。有的人偏爱清淡，追求内心的宁静与平和；有的人钟情浓烈，渴望生活的激情与冒险。美食告诉我，生活没有固定的模式，只要忠于内心，每一种选择都值得尊重。

  我曾带着法条的刻度尺，跳进了国际时钟的时差旋涡。我像一名味觉调停员，用指尖测量文化温差，用汤勺平衡利益浓淡。我从来不是个循规蹈矩的研究者，我更希望自己成为一个名副其实的游牧者。无论是米其林餐厅精美的餐具，还是街头摊档便捷的竹签，定位美食时，何尝不是在重构自己的认知边界？学术研究注定孤寂，我不想扮演固执的厨师，手握完美食谱，却找不到适配的灶火。我回到厨房，重新戴上"食"验手套。跨文化对话是一场永不停火的烹饪——法律是砧板上的秩序，艺术是刀尖上的锋芒，而食物，则是全人类共享的宝藏。我期待，也坚信，学术框架与感官直觉在蛋挞杯里达成奇妙的和解，毕竟，真正的美食研究，从来都是场蓄谋已久的味蕾舞蹈。

（完）

个体经验无法复刻
但我们都经历着同一代人的奥德赛时期